재벌가 며느리 **프로젝트**

초판 1쇄 찍은 날 | 2017년 11월 24일
초판 1쇄 펴낸 날 | 2017년 11월 30일

지은이 | 문희
펴낸이 | 예경원

편집 | 유경화 · 주승아

펴낸곳 | 예원북스
등록번호 | 제396-2012-000132호
등록일자 | 2012. 7. 25
YRN | 제1-0204호

주소 | 경기도 고양시 일산동구 호수로 646-24 위너스21-Ⅱ 206A호 (우) 10401
전화 | 031-819-9431 팩스 | 031-817-9432
http://cafe.naver.com/yewonromance
E-mail | yewonbooks@naver.com

ⓒ 문희, 2017

ISBN 979-11-6098-664-8 03810

재벌가 며느리
프로젝트

문희 장편소설

YEWONBOOKS
ROMANCE STORY

C · O · N · T · E · N · T · S

프롤로그 ···················· 7

1. 등잔 밑이 어둡다 ············· 30

2. 세상에서 가장 싫은 인간 ······ 66

3. 우연을 가장한 필연 ········· 103

4. 뜻하지 않은 욕망 ··········· 135

5. 외사랑 ···················· 169

6. 성북동 며느리 ·············· 200

7. 후계자 싸움 ··············· 231

8. 깊은 사랑 ················· 255

9. 진흙탕에서 건진 사랑 ········ 290

10. 사랑 한 모금 ············· 314

11. 하나가 된다는 건 ·········· 342

에필로그 ···················· 358

프롤로그

검은색에 윤기가 좌르르 흐르는 에쿠스가 성북동 주택가 안을 유유히 들어오고 있었다. 묵직한 자체를 자랑하며 길을 들어섰지만 어디서도 꿀리지 않는 몸값을 자랑하던 에쿠스는 멈춰 선 집의 주차장에도 들어서지 못했다.

엄청난 규모를 자랑하는 저택 앞에는 개미 새끼 한 마리도 없었고 그 기에 눌려 차 주인은 자연스레 주변에 차 댈 만한 곳을 찾기 시작했다. 차 주인은 집 근처에 잠시 차를 대고는 거대한 대문 앞에 서서 자신의 옷매무새를 점검한 후에 초인종을 눌렀다.

어디 가서 꿀려본 적이 없는 미모를 가진 오십대 중반의 여자는 검은색 정장으로 차분한 인상을 더했다. 키는 작지만 완벽한 비율을 자랑하는 몸매의 여자는 자기 관리가 철저해 보였다.

딩동!

[누구세요?]

집안일을 보는 사람의 목소리가 저 너머에서 들렸다.

"안녕하세요? 김말숙 사장이라고, 사모님과 10시에 약속되어 있는 사람입니다."

집안일하는 사람에게도 저자세일 수밖에 없는 게 이 집의 위용이었다. 김말숙 최대의 고객이 될지도 모르는 분을 만나러 가는 길이었다. 감히 얼굴조차 대면하기 어려운 우리나라 재벌 중에 최고의 재벌인 삼우그룹 사모의 부름을 받고 온 말숙은 온몸이 경직될 정도로 그녀 인생 최고로 떨리는 순간이었다.

"안녕하세요? 안녕하십니까? 아니지, 흠흠, 안녕하세요? 김말숙입니다."

말숙은 문이 열리기 전 다시 한 번 목소리를 가다듬으며 인사를 연습했다. 20년이 넘게 이 일을 했지만 오늘처럼 긴장을 한 건 처음이었다. 중매쟁이 20년사에 남을 최고의 고객이었다.

"들어오세요."

문이 자동으로 열릴 줄 알았는데 건장한 남자가 와서는 그녀를 문 너머에서 확인한 후에 문을 열어주었다. 그의 뒤로도 경호원으로 보이는 남자가 여럿 있었다. 이렇게 경호가 삼엄한 집은 처음이었다.

"따라오십시오."

"네."

숨 막히게 모든 게 철저하게 보호가 되는 느낌의 공간이었다. 반대로 모든 눈이 말숙 자신에게 향한 듯한 느낌이 드는 곳이기도 했다.

경호원의 뒤를 따르며 말숙의 눈이 바쁘게 움직였다. 재벌가 중매를 전문으로 하는 그녀의 직업상 우리나라에서 열 손가락 안에 드는 재벌들의 집에도 가보았지만 이곳만큼 크고 화려하진 않았다. 모름지기 처음 보는 광경이었다. 우와, 소리가 나오려는 걸 억지로 목뒤로 넘기고 있었다.

축구장만 한 정원은 각종 식물들로 가득했고 곳곳에 정원사들이 식물들을 관리하고 있었으며 집 안에 분수와 보기에도 시원스런 수영장까지 있었다. 경호원의 걸음이 어찌나 빠른지 거의 뛰다시피 했지만 말숙은 처음으로 대궐 같은 집에 넋을 잃었다.

5월의 싱그러움이 그대로 묻어나는 정원의 끝에는 현대적인 3층짜리 건물이 있었다. 집이라기보다는 하나의 예술품 같은 아주 멋진 모습이었다.

"어서 오십시오."

집에 도착하자 영화에서나 봄직한 나비넥타이를 한 검은색 정장의 남자가 그녀에게 아주 정중하게 인사를 했다. 하지만 굉장히 날카로운 얼굴을 하고 있었는데, 조용함 뒤에 칼을 숨기고 있는 것 같은 느낌이라 그렇게 인상이 좋지는 않았다.

"안녕하세요."

말숙은 저도 모르게 남자에게 구십 도로 인사를 했다.

"기다리고 계십니다."

"네, 집이 넓어서 걷는 데도 한참이네요."

촌사람이 상경한 것처럼 자신의 두리번거리는 모습을 들킨 것 같아서 말숙은 얼른 이렇게 말했다. 하지만 남자는 그런 그녀의 말에는 대꾸도 하지 않은 채 건물 안으로 들어갔다.

잠시 후 집 안으로 들어서서 그의 뒤를 따르던 말숙의 눈은 정원에서보다 더 커지고 있었다. 교과서에서나 보았을 유명한 작품들이 복도를 따라 놓여 있었고 검은색 메이드 복을 입은 사람들이 곳곳에서 분주히 움직이고 있었다. 확실히 다른 재벌가와 비교해도 이곳은 극명하게 차이가 나는 곳이었다.

그가 갑자기 멈춰 서더니 체리색의 고급스러운 방문을 열었다. 이 집은 문에도 조각이 들어가 있었다. 말숙은 여전히 시골에서 상경한 여자 같은 표정으로 문 앞에 서 있었다.

"들어가시면 됩니다."

"네."

마치 하늘의 옥황상제를 만나는 기분이었다. 뭐가 그렇게 떨리는지 심장이 오그라드는 듯했다. 그녀가 들어간 곳은 클래식 음악이 은은하게 흐르고 사방이 예술품들로 둘러싸인 곳이었다. 꼭 갤러리 같은 느낌이 들었다.

"이리 와서 앉아요."

방의 중앙에 소파가 놓여져 있었고 그곳에 오늘의 주인공이 앉아 있었다. 우아하다는 말로는 부족한 사람이었다. 분위기만으로도 사람을 압도하는 숨이 막히도록 아름다운 여자였다.

육십이 넘은 나이에도 방부제의 미모를 자랑하기에 항간의 소문에는 뱀파이어가 아니냐는 말이 떠돌 정도로 여자는 동안이었다. 오십대인 말숙보다도 훨씬 어려 보였다.

"사모님, 처음 뵙겠습니다. 김말숙입니다."

뱃속의 모든 용기를 끌어 모아 말숙은 정중하게 인사를 하고는 자리에 앉았다. 남자는 자리를 뜨지 않고 삼우그룹의 사모님 뒤에 자리 잡았다. 마치 그녀를 감시하는 것 같아서 기분이 그리 좋지는 않았다.

"말씀은 많이 들었어요. 아주 기가 막히게 잘 맞는 짝을 찾아준다고 우민그룹 사모의 칭찬이 대단하더라고요."

얼마 전에 우민그룹 사모님의 차남에게 딱 맞는 짝을 찾아주었다. 원래 떠벌리기 좋아하는 줄은 알았는데 이렇게 동네방네 소문을 내주시니 감사할 따름이었다.

"감사합니다."

그때 향긋한 차향이 방 안을 감싸더니 바로 메이드가 찻잔을 그녀의 앞에 놓았다.

"사모님께서는……."

"난 마셨어요. 편하게 드세요."

"네."

불편한 마음도 달랠 겸 차를 한 모금 마신 말숙은 그녀를 뚫어지게 보는 사모 때문에 사레가 들릴 뻔했다. 우아하고 여성스러운 분인데 눈빛은 굉장히 날카로웠다.

"단도직입적으로 말할게요. 우리 큰아이에게 맞는 짝을 알아봐 줘요. 아주 비밀스럽게."

"네."

원래 직업상 입이 무거웠다. 이 집이 대대로 부자라면 그녀의 집은 대대로 중매쟁이였다. 그녀의 할머니의 장부가 어머니에게 그리고 지금의 그녀에게 이어졌다. 그 장부 안에는 부자들의 자식들에 관한 기록과 그 집안이 대대로 어떤 스타일의 며느리를 맞이하는지까지 아주 상세하게 적혀 있었다.

하지만 삼우그룹에 관한 정보는 거의 전무한 상황이었다.

"원하시는 며느리 상을 말씀해 주시면 도움이 되겠습니다."

"그래요?"

사모의 날카로운 눈빛에 말숙은 순간 얼어붙었다.

"조금 까다로울 수도 있고, 김 사장같이 실력 있는 사람이라면 쉬울 수도 있어요."

어렵다는 애기였다.

"여중, 여고를 나와서 여대를 나왔으면 좋겠고, 유학은 절대로 다녀오지 않아야 해요. 부모님은 교육자였으면 좋겠고 이혼을 해서도 안 돼요. 굳이 총장일 필요는 없지만 교장 이상이었으면 해요. 형제는 너무 많아서도 적어서도 안 되고 너무 화려하게 생긴 아가씨는 아니었으면 해요."

여기까지는 대부분의 사모님들이 원하는 사항이었다. 유학은 부모의 눈을 피해 너무 자유분방한 생활을 할 수가 있기 때문에 사모님들의 기피대상 1호였다.

"직업은 봉사활동 관련된 일이거나 선생님이 좋을 것 같아요. 너무 전문적인 직업여성은 싫어요."

이것도 무난했다. 재벌가에서는 너무 똑똑한 며느리는 사절이었다. 보통 시어머니의 말을 잘 듣는 온순한 성격의 아가씨들을 원했다. 현재까지는 예상했던 수준이라서 말숙은 어느 정도 마음이 놓였다.

"네, 알겠습니다."

여기서 조건을 마무리 짓고 싶은 마음이었다. 이야기가 길어지면 그만큼 요구사항이 많아지고, 그럼 일하기가 힘들어지기 때문이었다. 하지만 말숙의 바람대로 이루어지면 그건 일이 아닐 것이다. 중요사항은 그 뒤부터였다.

"우리 아들이 좀 남달리 여자들과 염문을 뿌리고 다니는 건 아실 거예요. 자기 아버지는 안 그러는데 여성 편력이 아주 심해요."

"……."

진짜 삼우그룹 큰아들은 한반도에서 최고의 바람둥이었다. 그를 안 거쳐간 연예인들이 없을 정도였다. 일의 능력은 최고라고는 하지만 이미지가 그렇게 좋지는 않았다. 그래서 재벌가와 결혼을 하지 않는 건지는 몰라도 말이다.

"그런 우리 아들을 사로잡을 당찬 아가씨였으면 해요."

바람둥이를 사로잡을 만한 당찬 아가씨를 어디서 구한단 말인가? 아주 난감한 요구사항이었다.

"사모님, 그건 서로 만나봐야 하지 않겠습니까? 제가 고른다고 해서 유주영 본부장님이 마음에 들어하실지……."

"김 사장!"

사모의 낮은 목소리에 말숙은 또 한 번 온몸이 굳었다.

"그래서 부탁을 하는 거 아닙니까. 3개월 안에 적합한 신붓감을 구해줘요. 3명 정도로 압축해서 가져와요. 기간이 짧으면 좋겠고 성사가 되면 사례금은 상상 외로 많을 거예요."

"사모님, 사례금이 중요한 게 아니라⋯⋯."

"김 사장, 할 거예요? 말 거예요?"

사모님의 말이 떨어지기가 무섭게 뒤에 서 있던 남자가 봉투를 그녀 앞에 내밀었다.

"이건⋯⋯."

말숙은 봉투 안의 물건을 확인하고는 바로 답했다.

"해야죠. 암요. 하고말고요. 한반도를 다 뒤져서라도 찾아야지 요."

"믿어보죠."

2천만 원짜리 자기앞수표에 말숙의 눈이 돌아갔다. 성사만 된다면 최소 1억짜리 중매였다.

"난 영리한 아가씨를 원하는 거예요. 곰은 싫어요. 알겠죠?"

"네, 암요."

자리에서 먼저 일어난 사모님의 뒤에 말숙은 구십 도로 인사를 했다.

"성심을 다하겠습니다."

어찌나 풍기는 포스가 대단한지 저절로 충성을 맹세하게 만드는 사람이었다. 말숙은 잠깐의 시간 동안 기를 완전히 빼앗긴 느낌이었다.

"아이고, 기 빨려."

그녀는 삼우그룹의 본가를 빠져나오자마자 친한 언니에게 전화를 걸었다.

"은아 언니, 나 말숙이."

[어, 말숙아.]

"나 언니네 밥 먹으러 가도 돼?"

은아 언니는 어릴 때부터 친하게 지내온 언니였다. 초등학교 교장으로 퇴임을 하고 지금은 신랑과 함께 작은 빵집을 하고 있었다. 은아 언니가 흔쾌히 그녀에게 와서 밥을 먹으라고 했다.

그녀는 부유층들만 상대를 하는 직업이었지만 그녀 스스로는 평범한 사람이었다. 그래서 은아 언니와 같은 평범한 사람들이 마음 편했다.

그녀는 잠시 걱정을 접고 에쿠스를 끌고 은아 언니의 집으로 향했다.

삼우그룹의 기획본부는 우리나라의 최고 엘리트들의 집성지였다. 머리만 좋은 것이 아니라 다 가진 사람들이 모인 곳이기도 했다. 그만큼 보수적이기도 한 곳이었다.

깔끔한 실내에 각자 일하느라 분주한 사람들은 다른 이들에겐 관심 없이 자신의 업무에 열중하기 바빴다. 언제나 비슷한 분위기였고 다를 것이 없는 하루하루였다. 하지만 확실히 오늘은 똑같았던 그들의 일상에 충격으로 기억될 날임에는 틀림이 없었다.

또각 또각 또각.

이 소리가 들릴 때마다 파티션 위로 머리들이 놀이공원의 두더지처럼 올라오기 시작했다. 아무리 고지식한 공부벌레들에게도 유명한 영화배우가 지금 거의 옷을 벗다시피 한 채로 사무실을 가로지르고 있으니 어떤 사람은 턱이 빠질 정도로 그녀를 보고 있었고 또는 자신의 눈을 손으로 비비며 다시 그녀를 확인하는 이도 있었다.

"진짜 짜증나."

우리나라 최고의 여배우의 입에서 연속해서 험한 말들이 쏟아져 나오고 있었다. 험한 말을 하거나 말거나 그녀의 미모는 모든 걸 용서하게 만들 만큼 아름다웠다.

"잠깐만요. 어딜 가십니까?"

보안요원이 그녀를 잡으며 말했다. 이제는 아예 파티션 위로 서서 대놓고 그녀를 보는 직원들이었다. 기획실 사람들 성격상 이런 일은 진짜 이례적인 일이었다.

"유주영 만나러요."

"아까 전에는 광고 때문에 홍보팀에 가신다고 하셨잖습니까?"

보안요원은 난처한 표정으로 그녀에게 물었다.

"제가 언제요?"

여자가 발뺌을 하자 더욱 난감해진 보안요원이었다. 그때, 홍보팀 과장이 급하게 그녀에게 달려왔다. 임기응변이 뛰어난 홍보팀 과장도 주버들의 갑작스러운 등장에 당황한 표정이었다.

홍보팀에서 약속 날짜를 잘못 통보한 것인지 걱정이 되었다. 주버들의 까칠한 성격상 이렇게 행차를 했다가 아니면 윗사람들에게 혼쭐이 날 게 뻔했기 때문이었다.

"약속은 내일인데 오늘 어떻게 오셨습니까?"

"유주영 만나러요."

사태의 심각성을 느낀 홍보팀 과장은 보안요원에게 눈짓을 했다. 빨리 끌어내라는 뜻이었다.

삼우백화점의 전속모델인 주버들 때문에 사내가 완전히 발칵 뒤집힌 상황이었다. 거기다가 그녀는 어디 행사를 다녀왔는지 옷차림 또한 가슴이 거의 다 보일 정도로 과감했다.

"유주영만 만나고 갈 거예요. 그리고 내 몸에 손대면 성추행으로 고소합니다."

이러지도 저러지도 못 하는 사이에 그녀는 벌써 유주영의 사무실 앞에 도착했다.

"주버들 씨!"

아무도 막지 못하는 그녀를 이 실장이 가로막았다. 기획실의 2

인자인 이 실장은 실무뿐 아니라 본부장의 모든 걸 관리하는 사람이었다. 나이는 삼십대였지만 그의 카리스마 또한 장난이 아니었다.

유주영 앞에서만 고분고분하지 절대로 다른 사람에게는 호락호락한 사람이 아니었다. 특히 이렇게 본부장을 위협하는 상황일 경우는 더더욱 그랬다.

"비켜!"

주버들은 아주 막무가내였다.

"여기는 회삽니다."

덩치가 좋은 이 실장이 문을 막고 서서 싸늘하게 말했다.

"그럼 전화를 연결해 주던지 해야지. 전화로도 안 되니 직접 찾아올 수밖에."

"그래도 이건 좋은 방법이 아닙니다."

"야, 유주영!"

만만치 않은 여자였다. 모두가 숨을 죽이며 이 막가파 여자를 주시하고 있었다. 하지만 아무도 그녀를 말리지 못하고 있었다. 그때 이 실장의 핸드폰이 울리고 잠시 통화를 한 이 실장이 그녀에게 문을 열어주었다.

"들어오시랍니다."

"흥, 진작 그럴 것이지."

아주 도도한 표정으로 사무실로 들어선 버들은 잠시 숨을 멈추었다. 넓은 사무실에 완벽하게 고급스러운 가구들이 세련되게 인테리어 되어 있었다. 마치 제작비를 마구 쏟아부은 블록버스터 급 영화 세트장 같은 느낌이었다.

그중에서도 가장 영화 같은 건 책상에 앉아 있는 남자였다. 그녀가 소란을 피우고 들어왔음에도 남자는 흐트러짐 없이 자신의 일을 하고 있었다.

일주일 전 하룻밤, 밤새 그녀의 침대를 달구었던 짐승과는 사뭇 다른 모습이었다. 하지만 일주일이 지난 지금 그는 더 매력적인 존재로 그녀의 앞에 앉아 있었다.

"앉아."

그는 고개도 들지 않은 채 그녀에게 말했다. 버들은 썩소를 지은 후에 그와 정면에 있는 소파에 미끈한 다리를 꼬며 앉았다. 아주 천천히 야릇하게 자신과의 밤을 기억하라는 듯이 말이다.

"바빠요?"

"항상."

그가 서류를 덮더니 그녀의 앞으로 걸어왔다. 매력적인 줄은 알았지만 일할 때도 이렇게 섹시할 줄은 상상도 못 했다. 모델같이 기다란 기럭지에 탄탄한 근육질의 몸이 그녀의 몸 위에서 헐떡이던 걸 생각하면 지금도 아랫배가 찌릿했다. 그 밤의 기억에 버들의 여성이 젖어들고 있었다.

섹스라면 그녀도 남자들을 녹여 버리는데 주영은 그런 버들을 녹여 버렸다. 거기에 뭐 하나 흠잡을 곳이 없는 완벽한 얼굴은 잘생김의 끝판왕이었다.

"무슨 일이야?"

듣기 좋은 낮은 저음으로 말하며 주영이 페로몬을 뿌리며 아무렇지 않게 그녀의 앞에 앉았다.

"연락이 너무 안 되니까요."

"연락이 필요한가?"

뜨거웠던 그 밤과는 달리 그가 차갑게 말했다. 하긴 그녀를 만난 날도 그는 얼음처럼 차갑긴 했었다. 섹스의 순간만 뜨거웠지.

"난 유주영 씨가 연락을 할 줄 알았어요."

"내가 왜?"

그가 짙은 눈썹 끝을 올리며 그녀를 쳐다봤다.

"그, 그러니까……."

갑자기 그렇게 나오니까 할 말이 없었다. 태어나서 처음이었다. 이렇게 남자로부터 차가운 대접을 받은 건 말이다.

"우린 그날 좋았고 그럼 된 거 아닌가? 난 충분히 대가를 지불했다고 생각했는데?"

그날 그는 그녀의 아파트를 떠나기 전에 천만 원짜리 수표를 두고 갔었다.

"난 돈을 받고 잠자리를 하지 않아요."

자존심이 상했다.

"나 역시 돈을 주고 잠자리를 하지 않아. 하지만 그날은 왠지 그렇게 해야 할 것 같았어. 안 그러면 이렇게 질척거릴 것 같았거든. 우리는 하룻밤 그 이상도 이하도 아니야."

"유주영!"

태어나서 이렇게 자존심이 상한 건 처음이었다. 버들은 자신의 입술을 잘근잘근 씹었다.

"말이 아주 짧군. 연예계 생활을 접고 싶어?"

서늘한 그의 한마디가 모든 걸 말해주고 있었다. 그의 힘과 권력을 한꺼번에 말이다. 버들은 톱스타였다. 아직은 그 자리에서 내려올 때가 아니었다.

"이렇게 질척이면 얻는 것보다 잃을 게 많아. 바쁘니까 나가."

그는 이렇게 말을 하고는 다시 자신의 책상으로 돌아갔다.

"네가 그렇게 잘났어?"

"……."

더 이상 말해봐야 그녀에게 좋을 게 없다는 생각이 들자 버들의 눈에서 눈물이 흘러내리기 시작했다. 그녀를 울린 남자는 태어나서 처음이었다. 버들은 눈물을 닦으며 다시 당당하게 그의 사무실을 나갔다.

"괜찮을까요?"

버들이 나가고 이 실장이 들어와 걱정 어린 목소리로 물었다.

"어떻게 처리할까요?"

"그냥 놔둬. 잃을 게 많은 여자라서 그냥 포기할 거야."

"네."

이 실장은 비현실적으로 잘생긴 그의 상사를 물끄러미 쳐다봤다. 여자들이 왜 그렇게 그를 좋아하는지는 유 본부장을 만난 사람이면 바로 알 것 같았다. 섹시함과 잘생김, 거기다가 카리스마까지 완벽한 남자였다.

하지만 그에게 없는 게 있었으니 그건 하룻밤 상대에 대한 죄책감이었다. 회사를 찾아온 건 버들이 처음이었지만 비서실로 전화는 끊임없이 왔다. 유 본부장이 자신의 개인번호를 여자들에게 알려줄 리가 없기 때문이었다.

"오늘 스케줄은?"

멍하게 서 있다가 깜짝 놀란 이 실장은 오늘 스케줄을 줄줄이 말했다. 빡빡한 일정까지 소화하며 여자들까지 만나는 자신의 상사가 대단해 보이는 그였다.

"저녁에 한강그룹 대표님 댁에서 만찬 약속이 있습니다."

오늘 저녁에도 연예인들이 많이 올 텐데 걱정이 태산인 이 실장이었다. 정력이 과하게 넘치는 유 본부장 때문에 하루도 편할 날이 없었다.

헉헉헉!

오늘도 늦었다. 이건 할 짓이 아니었다. 짙은 베이지색 에이라인 스커트에 흰색 블라우스를 입은 소라는 어울리지 않게 크로스백을 메고 정신없이 뛰고 있었다. 어깨 아래로 오는 머리가 얼굴에 달라붙어 시야를 가렸다. 이럴 줄 알았으면 진작 묶는 건데 후회가 막심했다.

"선생님."

"헉헉, 그래."

"선생님, 어디 가세요?"

같은 동네 사는 지우 녀석이 자전거를 타고 그녀를 따라오며 물었다. 지우는 그녀의 반 아이였다. 호기심이 폭발한 1학년이었다. 수업 시간에도 질문이 가장 많은 녀석은 보글거리는 곱슬머리에 깨물어주고 싶을 정도로 귀엽게 생긴 아이였다. 거기에 꼬마 박사처럼 안경을 쓰고 있었다.

"집에."

"학교는 아까 끝났는데 어디서 놀다가 가시는 거예요?"

초등학교 1학년 담임은 올해가 처음이었다. 제일 어렵다고 하더니 딱이었다.

"학교에서 지금 끝났어. 헉헉."

"거짓말, 엄마가 거짓말하면 안 된다고 그랬어요."

"알았어. 미안."

말싸움을 할 시간이 없었다. 오늘 하루 우라지게도 운이 없더니 끝까지 말썽이었다. 아침부터 차가 퍼져서 버스를 타고 출근을 했고 아버지가 갑자기 다리를 삐끗하시는 바람에 그녀가 지금 아버지를 대신해서 배달을 가야 했다.

제자 녀석을 따돌린 그녀는 드디어 부모님이 경영하시는 가게에 도착했다.

"헉헉, 다녀왔습니다."

"왜 이렇게 늦었어?"

그녀의 노고를 모르고 엄마가 투덜거리자 서운한 마음이 드는 소리였다.

"차가 너무 막혀서. 어디라고?"

"고급주택가 중앙이야. 주소는 여기. 7시까지 간다고 했어."

"알았어."

그녀는 아버지의 오토바이를 타고는 가게 뒤쪽에 위치한 고급주택가를 향해 운전하기 시작했다. 한남동에서 작은 베이커리를 하시는 부모님을 도와 가끔 이렇게 배달을 직접 했다. 주소를 보니 누군지는 몰라도 아마 탑 오브 탑인 사람인 것 같았다.

위치가 우리나라에서 한다 하는 재벌들의 집들이 몰린 곳이었다. 그렇게 부자면서 빵을 만들어 먹지 굳이 이렇게 매일 배달을 시키니 참으로 얄미웠다.

엄마에게 예전에 들은 적이 있었다. 어떤 기업의 회장님이 매일 아침 그녀의 집 바게트를 드신다고 말이다.

"우유 배달도 아니고."

퇴직 후에 아빠가 파리까지 유학을 가서서 배워오신 빵은 동네에서도 아주 유명했다. 그리고 소문을 듣고 찾아오신 분들도 많았다. 그래서 아빠도 자부심이 강하셨다. 그런 아버지를 알아주는 고객이기에 아빠도 그들에게 배달하는 걸 자랑스럽게 생각하셨다. 그래서 소홀히 할 수가 없었다.

"저긴가?"

검은색 차들이 오늘따라 골목길에 가득했다. 별생각 없이 그 사이를 지나면서 주소를 확인했다.

"120번지. 오케이."

주소를 확인하느라 위쪽만 보고 가던 그때였다.

"아악!"

순간적으로 정차되어 있던 차 문이 열리면서 뒷좌석에서 나오는 사람과 부딪쳤다.

"죄송합니다."

"이봐, 아가씨!"

그녀와 부딪친 남자는 인상을 찡그리며 자신의 옷을 털고 있는데 갑자기 운전석의 남자가 나오더니 그녀를 밀쳤다. 바닥에 치마를 입은 채로 엉덩방아를 찧은 소라는 엉덩이에서 전해오는 아픔에 인상을 찡그렸다.

"괜찮으십니까?"

운전석의 남자는 자신이 밀친 그녀가 아닌 그녀와 살짝 부딪친 남자를 살피고 있었다.

"아저씨! 아무리 그래도 이렇게 사람을 밀치면 됩니까?"

소라가 바닥에서 일어서며 항의했다.

"미친년. 이분이 누군 줄 알고."

신경질적으로 생긴 남자가 그녀를 쳐다보지도 않고 계속 남자를 살피며 말했다.

"미친년?"

"그래, 이 미친년아."

남자는 다시 한 번 그녀를 자극했다. 한 번은 참아도 두 번은 못 참는 법이었다. 순간 소라는 정신 줄을 아주 산뜻하게 놓아버렸다.

"뭐 이 새끼야? 미친년? 너 미친년이 어떤 건지 보여줄게."

유도와 태권도 사범 자격증이 있을 정도로 운동신경이 좋은 그녀는 자신을 밀친 남자에게 다가가서 그의 양복을 잡고는 단번에 넘겨 버렸다. 자신이 치마와 블라우스를 입은 사실도 잊은 채 말이다.

퍽!

바닥에 그대로 꽂힌 남자는 쫙 뻗어버렸다. 소라는 남자의 목을 무릎으로 눌렀다. 그녀의 미끈한 다리가 허벅지까지 드러났다.

"컥!"

남자가 숨이 막히는지 얼굴이 하얗게 질려 있었다.

"사람 봐가면서 지랄해."

그녀는 손바닥을 탁탁 털며 오토바이를 세웠다. 그리고는 그녀와 부딪친 남자와 눈이 마주쳤다. 소라는 순간 호흡이 멈췄다. 잘생겨도 너무 잘생긴 남자였다. 그런데 그가 웃고 있었다. 지금 상황이 아주 재밌는 모양이었다.

"고의로 그런 건 아닙니다. 죄송합니다."

소라가 허리를 구십 도로 숙여 정중하게 사과했다.

"다치신 곳이 없으신 것 같으니 없었던 일로 해주셨으면 합니다."

그녀는 이렇게 말을 하고는 다시 오토바이를 타고 배달하는 집 앞으로 향했다. 뒤통수가 따갑기는 했지만 지금은 시간이 없었다.

배달처에 전화를 거니 뚱뚱한 남자가 나왔다. 딱 보기에도 주방장 같은 사람이었다.

빵을 전달하고 나오는데 방금 전의 차가 그 집안으로 들어가고 있었다. 운전사가 그녀를 째려보는 게 느껴졌다. 소라는 혀를 내밀어줄까 하다가 참았다. 그리고 뒷좌석에 앉아 있는 남자와 눈이 마주쳤다.

"영화배운가?"

아주 잘생긴 사람이었다. 소라는 너무 잘생긴 사람은 부담스러웠다.

"혼자서 뭐 하는 거야."

김칫국을 아주 사발로 마시고 있었다.

"쟤도 너 싫단다."

부르릉—

이렇게 혼잣말을 하며 그녀는 오토바이의 시동을 걸었다.

"제발 오늘은 여기까지만 하자."

진짜 하루 종일 너무나 버라이어티했다. 그녀는 블라우스가 치마에서 빠져나온지도 모른 채 오토바이를 탔다. 그녀가 달릴수록 블라우스가 풍선처럼 부풀어 올라 그녀의 등이 시원하게 보이고 있었지만 그것도 모른 채 아빠의 가게로 향할 뿐이었다.

1. 등잔 밑이 어둡다

한남동의 한적한 길가에 자리 잡은 상만 베이커리는 주택가로 들어가는 입구에 위치했다. 프랑스 거리의 오래된 베이커리를 연상시키는 이곳은 이국적인 느낌을 풍겼다. 유리창 안에는 크고 작은 바게트가 손님을 맞을 준비를 하고 있었고 작은 가게 안에는 열심히 하루를 준비하는 사람들로 분주했다.

푹푹 찌다 못해서 아주 삶아지고 있는 8월의 더위에 소라는 오븐 앞에 서 있었다. 줄줄줄 흘러내리는 땀에 미칠 것 같았다. 마른 체형을 가졌지만 더위에 아주 취약한 소라는 방학이 싫었다.

"여기."

그런 소라를 위해 아빠가 얼음수건을 건넸다.

"에어컨 달면 안 돼요?"

"응, 여기 말고 매장에 가 있어."

아빠는 언제나 확고한 신념을 가지고 빵을 만드셨기 때문에 조금의 편법도 없었다. 하지만 빵은 맛이 있을지 몰라도 딸은 죽을 판이었다.

"괜찮아요."

아빠 이름을 딴 상만 베이커리는 동네에서도 아주 유명한 맛집이었다. 그래서인지 날이 갈수록 손님이 늘었고 아빠, 엄마만으론 역부족이었다. 그래서 방학 때면 그녀와 여동생 소미가 같이 일을 도와서 그나마 여름과 겨울 방학 시즌에는 안정적으로 가계를 운영할 수가 있었다.

"방학이 있어서 얼마나 다행이야."

소미가 오븐에서 빵을 빼며 말했다.

"그러게."

소라네는 집안 식구들 모두가 교사였다. 그렇게 되기도 쉽지는 않은데 말이다. 할아버지, 할머니도 교사셨고 엄마와 아빠는 초등학교 교장까지 지내셨다. 그리고 그녀와 하나뿐인 동생 소미 역시 초등학교 교사로 일을 하고 있었다.

"그런데 며칠 있으면 개학인데 괜찮으시겠어요?"

소라가 오븐 옆에서 땀을 뻘뻘 흘리고 있는 아빠에게 물었다.

31

"네 엄마 친구들이 돌아가면서 도와주기로 했다."

"그러지 마시고 사람을 구하시는 게 낫지 않을까요?"

"뭘, 돈 벌려고 하는 것도 아닌데……."

아빠의 고집은 진짜 대단했다. 바늘로 찔러도 피 한 방울 나오지 않을 분이었다. 고지식함의 끝판왕이 그녀의 아빠였다.

"엄마, 빵."

"어, 그래."

오븐에서 나온 따끈한 바게트 향이 작고 아담한 베이커리 안을 꽉 채우고 있었다. 빵은 바게트 한 종류뿐이었다. 그 흔한 케익도 상만 베이커리에는 없었다.

"이름을 상만 바게트라고 하지, 왜 상만 베이커리라고 하셨어요?"

"길 건너에 비슷한 이름이 있잖아."

"아."

그 근처에는 큰 프랜차이즈 제과점들이 많이 있었다.

"음, 향기 좋고. 가게 분위기도 좋고."

클래식 음악을 좋아하는 엄마가 항상 가게 분위기에 맞는 음악을 틀어놓으셨다. 온통 나무로 된 가게의 인테리어는 따뜻한 바게트와 너무나 잘 어울렸다.

"가게를 좀 키우고 사람을 구해."

"네 아빠 고집을 누가 꺾니."

"하긴."

바게트를 담을 봉투를 정리하며 엄마가 말했다. 엄마와 소미, 그리고 소라는 아침에 나온 바게트를 봉투에 담았다.

"넌 이제 서른인데 남자친구도 없어?"

"귀찮아."

"나도."

소라의 말에 소미가 냉큼 말했다.

"지랄들 한다."

"엄마, 고운 말 쓰셔야죠."

소미의 말에 엄마가 들고 있던 바게트로 소미의 머리를 쳤다.

"아, 아파."

"아프라고 때리지. 진짜 이제 너희들만 좋은 짝 만나서 결혼하면 엄마가 맨날 예쁜 말만 쓰지. 안 그래?"

"요즘엔 능력 있으면 혼자 사는 게 속 편하대."

"야!"

엄마의 바게트가 소라를 향해 날아왔지만 소라는 날렵하게 피했다.

"인연이 있겠지. 어디선가 분명히 나타날 거니까 너무 걱정하지 마세요. 가게 문 엽니다."

8시부터 기웃거리는 사람이 있었다. 원래 가게 문은 9시에 열었는데 오늘은 엄마 때문에 30분 일찍 오픈을 해버렸다.

"더운데 들어오세요."

소라가 선심을 쓰듯 손님에게 말했다. 그 후로부터 정신없이 바쁜 시간을 보냈다. 아빠의 판매 전략 중의 하나가 배달이었다. 주변에 바게트를 배달해서 먹는 집들이 제법 돼서 아빠는 자신의 오래된 오토바이로 배달을 했다.

그렇게 정신없이 시간을 보내고 나니 점심시간이 되었다. 엄마가 집에서 만들어 온 샐러드와 바게트가 점심메뉴였다.

주방에 옹기종기 앉아서 빵을 먹으며 온가족이 수다 타임을 가졌다.

"언니, 유주영하고 주버들하고 저번에 스캔들 났었잖아? 주버들이 삼우그룹까지 쳐들어갔었고. 근데 이번에는 조하나랑 났네. 우리나라 스타들 다 데리고 놀 생각인가 봐."

"누군데?"

"유주영."

소미가 엄마에게 핸드폰을 보여줬다.

"인물값 하겠네."

"우리랑 관계없는 일이니까 신경 꺼. 요즘에 얼마나 무서운 사건들이 많은데 겨우 그런 가십이야?"

소라가 관심 없다는 듯 한숨을 쉬며 말했다.

"하긴 우리 앞 동에 층간소음 때문에 싸우고 난리였다고 하더라고요. 그냥 말다툼이 아니라 칼부림까지 났다고 하던데……."

"우리 소미는 어디서 그런 정보들을 수집하는지 진짜 궁금하다."

아빠가 한마디 하셨다.

"아빠, 요즘은 정보화 사회라고요. 얼마나 매체들이 발달을 했는데요."

"알았어요, 공주님. 그런데 언제부터 출근이야?"

"개학 전에 정리 좀 해야 하니까 다음 주 월요일에 출근해요."

"이제 더 힘들어지겠구나."

엄마는 가게도 걱정, 자식들도 걱정이었다.

"늦은 밤에 집에 데려다줄 든든한 녀석은 어디 없어?"

"다 꼭꼭 숨었지."

"자랑이다."

"헤헤."

똑똑!

누군가 주방의 문을 두드렸다.

"빵 다 훔쳐가도 모르겠어."

"말숙아."

어릴 때부터 친하게 지낸 말숙 이모였다. 어릴 적 이웃에 산 인연인 두 분은 나이 차이가 좀 있었지만 오랜 시간 여전히 가족처럼 지내셨다. 말숙 이모 역시 아직 결혼을 하지 않아서 엄마는 늘 걱정이었다.

"밥은?"

"먹고 왔어."

"처제는 너무 말랐어. 좀 더 먹어."

오십이 넘었지만 이모는 날씬한 몸매의 소유자였다. 부동산을 해서 그런지 부유한 사모님의 모습이었다. 혼자 살아서 돈 나갈 데가 없어서인지 걸친 것들도 다 명품이었다. 엄마 말로는 상대하는 사람들이 다 재벌이라고 했다.

"이모, 이거 드세요."

소라가 말숙에게 샐러드 접시를 건넸다.

"맛있을 거예요."

"그럼 조금만 먹어볼까."

말숙 이모는 털털한 성격의 소유자였다. 그래서인지 조카인 소라와 소미와도 스스럼없이 잘 어울렸다.

"오늘은 좀 까칠해 보인다."

이모가 표정이 좋지 않자 엄마가 물었다.

"피곤해."

"왜?"

"그럴 일이 좀 있어."

엄마가 이모를 걱정 어린 시선으로 보며 말했다.

"말하기 곤란해?"

"응."

"우리가 있어서 그런 거 같으면 나가서 얘기해."

"아니에요, 형부."

이모는 애써 웃음을 보였지만 뭔가 고민이 있어 보이기는 했다. 아빠는 너무 눈치가 빨라서 탈이었다. 거기다가 오랜 세월 상담사 역할을 해서 그런지 남이 고민하고 있는 모습을 못 보셨다.

"언제 개학이야?"

"개학 전이지만 다음 주부터 출근요."

"그렇구나."

소라가 보기에도 오늘은 이모가 힘이 없었다.

"집이 잘 안 나가요?"

"뭐, 비슷해. 고객이 원하는 집이 있는데 아주 까다로워. 3개월이 다 되어가는데 적임자가 없다."

"적임자?"

"아니, 적당한 집."

"아, 네."

소라는 이모의 이런 모습은 처음이었다.

"일단 저희는 일하러 갑니다. 엄마랑 커피 한잔 하시고 천천히 나오세요."

소라와 소미는 엄마와 말숙을 두고 아빠와 함께 가게 안으로 들어섰다. 때마침 손님들이 들어와서 이모의 일은 잊어버렸다.

말숙은 속이 타들어갔다. 상큼한 샐러드를 먹기는 했지만 물을 연거푸 두 잔이나 마셨다.

"어제 술 마셨어?"

은아 언니가 걱정스레 물었다. 사실 그녀가 중매를 하는 건 주변 사람들은 아무도 몰랐다. 재벌들의 중매가 많아서 될 수 있으면 비밀을 유지하는 게 우선이었다. 그건 할머니도 어머니도 마찬가지였다.

그래서 친한 은아 언니에게도 부동산 일을 하는 걸로 말해서 그녀의 진짜 본업을 알지 못했다.

"무슨 일인데?"

"아주 고가의 집이라서 중개 수수료가 아주 높아."

"잘됐네."

"그런데 매물이 없어."

"조건이 아주 까다로워?"

"응, 주인의 마음을 사로잡아야 한대."

언니가 그녀의 얼굴을 보았다.

"난해하네."

"응, 거기다가 주인이 이랬다 저랬다 하거든. 사람으로 치면 바람둥이야."

"오늘 바람둥이 이야기 많이 듣네. 삼우그룹 아들 알지? 그 인간이 그렇게 바람둥이라며?"

말숙은 고개를 떨어뜨렸다. 걱정이 가득한 얼굴이었다.

"선금을 받는 게 아니었어."

"뭐?"

"아니, 미리 선금을 받았거든."

"문제네."

"응, 아주 큰 문제야."

언니가 그녀의 얼굴을 한참 바라보았다.

"돌려주고 그냥 다리 뻗고 자."

"그러기엔 너무 자존심이 상해. 이건 중매, 아니, 중개업자로서 자존심이 상하는 일이야."

"하긴 그렇게 오래 부동산을 했으니까. 어머니, 아니, 할머니 때부터 했다고 했지?"

"응."

"문제다 진짜. 삼우그룹 아들처럼 사람이면 때려서라도 잡지. 이건 말 못 하는 건물이니……."

"어떻게 때려잡아?"

말숙의 눈이 아주 동그랗게 변해 있었다.

"뭘?"

"삼우그룹 아들."

"우리 소라한테 걸려봐. 아주 작살을 내놓을걸. 쟤가 보기에는 순해도 태권도 사범 자격증까지 있는 애 아니니. 거기다가 말빨하면 우리 소라지."

"거기다가 교육자고 교육자 집안에서 태어났고. 예쁘지. 그러네. 왜 진작 그 생각을 못 했지?"

은아 언니가 그녀를 이상한 눈으로 바라보았지만 말숙의 얼굴에 화색이 돌았다.

"왜 그래?"

말숙이 그녀의 손을 꼭 잡았다.

"언니는 나의 구세주야."

"너 이상한 거 알아?"

"어, 난 이상해."

"미쳤어?"

"응."

말숙은 소리를 지르고 싶은 심정이었다. 딱 적임자를 곁에 두고도 몰라봤다.

"등잔 밑이 어둡다더니……."

"야, 김말숙!"

"언니, 진짜로 언니가 나에게 감사할 일이 생길지도 몰라."

"점점……."

"나중에 봐."

말숙은 이렇게 말을 하며 가게 안으로 나왔다. 그리고는 소라를 위에서부터 아래로 천천히 훑어 내렸다.

"이모, 왜 그래요?"

소라가 이상하다는 듯이 물었다.

"아주 좋아."

"뭐가요?"

"차차 알게 될 거야."

말숙은 이 한마디를 남기고 상만 베이커리를 나왔다. 아주 기쁜 마음으로.

8월의 뜨거움은 밤으로 이어져 열대야의 나날을 이어가고 있었다. 하지만 열대야는 서민들의 것이지 이곳 삼우그룹의 저택에서는 남의 일이었다.

주영은 집 안의 커다란 수영장에서 시원한 물살을 가르며 한가로이 열기를 식히고 있었다. 첨벙거리며 물살을 가르는 모습이 마치 한 마리의 돌고래 같았다.

모처럼 저녁 스케줄이 없는 날이었다. 아니, 사실 연속적으로 터지는 스캔들 탓에 아버지 유 회장이 외출 금지령을 내린 상태라 집으로 강제 소환이 된 상황이었다. 유럽에 출장 중인 아버지와 아직 얼굴을 마주한 건 아니지만 최소한 다리 하나는 부러질 것 같았다.

푸하!

자유형으로 몇 번을 왕복한 그는 지금은 배를 하늘 위로 하고 달을 바라보는 배영 자세로 물 위에 떠 있었다. 그는 자신 안의 터질 듯한 에너지를 매일 밤 파티를 하며 풀었다. 그렇다고 일을 절대로 소홀히 하는 스타일은 아니었다.

다만 문제는 눈을 뜨면 그의 옆에 여자들이 있다는 것이었다. 잊을 만하면 터지는 스캔들 때문에 매번 어른들이 화를 내셨지만 그는 자신의 패턴에 문제가 없다고 생각했다.

"유주영!"

우아하신 어머니의 목소리가 그의 귀를 울려왔다. 아름다운 그의 어머니는 언제나 그가 제일 걱정이었다. 진심인지 아닌지 의심스럽기는 했지만 말이다.

"이리 나와."

오늘 목소리가 우렁찬 걸 보니 화가 아주 많이 난 상태셨다. 어머니는 흥분을 잘 하는 스타일이 아니었다.

그가 다시 수영을 해서 물가로 나왔다. 숨이 막힐 것 같은 완벽한 그의 몸에는 아슬아슬한 삼각 수영팬티 한 장만이 걸려 있었다.

탁!

어머니가 그의 얼굴로 수건을 던지셨다. 오늘은 아주 불같이 화를 내실 것 같았다.

"앉아!"

수영장 옆에 있는 작은 테이블 앞으로 간 그는 어머니 앞에 앉았다.

"도대체 언제쯤이면 너의 가십기사를 안 보게 되겠니?"

"걱정하실 일 없습니다."

"온 동네 여자들하고 염문을 뿌리고 다니는데, 네 나이 이제 서른다섯이야. 가정을 꾸릴 나이가 지났다고."

"결혼을 바라시는 거라면 조금만 더 기다려 주세요."

"뭐?"

"그리고 저 말고 하영이도 있잖습니까. 어머니의 아들."

주영은 하지 말았어야 할 말을 오늘도 하고 말았다. 아버지의 본처인 자신을 낳아준 어머니는 지금의 어머니에게 밀려 끝내 삼우그룹의 안주인 자리를 내주었다. 그리고 그는 다섯 살 이후로 낳아주신 어머니를 보지 못했다.

물론 지금의 어머니의 잘못이라고 보기는 어려웠다. 재벌가의 딸로 태어나 곱게 자란 어머니를 이 집으로 들어오게 만든 건 어른들의 모종의 거래였다. 재벌의 딸이 더 큰 재벌의 아들을 만나 지금의 삼우그룹의 안주인이 된 것이었다.

아버지를 더 부자로 만들어준 합병의 결과였다. 하지만 그는 절대로 재벌가의 딸과 재산 증식을 위해 결혼하지는 않을 것이다. 그래서 더욱 그는 바람둥이로 살 수밖에 없었다. 그래야 재벌가의 딸들이 그에게 시집을 오지 않을 것이기 때문이었다.

"잘 들어라. 나에게 넌 큰아들이다."

그건 어머니의 말이 맞았다. 어릴 때부터 사랑으로만 키워주셨다고 보기는 어려웠지만 최소한 하영과 차별을 하지는 않으셨다. 그건 아마도 어머니 자신의 자존심 때문일 것이다.

"압니다. 그리고 다른 여자의 아들이라는 것도……."

"주영아."

"때가 되면 저도 결혼이라는 것을 할지도 모르지만 지금은 아닙니다."

그가 자리에서 일어났다.

"네 어머니가 내게 자리를 빼앗긴 이유를 아니?"

"……."

그가 걸음을 멈추었다.

"그건 힘이 약하기 때문이었다. 물론 나도 이 집에 시집을 오기까지 수없이 울었지만 말이다. 다른 여자의 남자를 빼앗는 기분도 그리 좋지는 않았다."

"힘이라고 하셨습니까?"

"그래. 네 어머니나 그때의 네 아버지는 할아버지를 당할 힘이 없었고 지금의 너 또한 네 아버지를 당할 힘이 없어. 그러니 이제 방탕한 생활을 그만하고 네 위치를 확고히 해라."

"하영이를 위해 그러십니까?"

"안 위한다고는 할 수 없지만 난 하영이는 이 무거운 짐을 지지 말았으면 한다."

어머니는 상당히 현명한 분이었다. 무엇이 먼저이고 무엇이 나중인지를 아는 사람이었다. 자신의 아들이 삼우그룹을 차지해서 불행하게 사는 것보다는 무거운 짐을 조금이라도 덜고 행복하게 살기를 바라는 사람이었다.

"결국은 이 무거운 삼우그룹의 짐은 제가 지고 가라는 말씀이시군요."

"처음부터 네 것이었어."

45

고마움보다는 두려움을 가득 갖게 만드는 완벽함이 어머니에게는 있었다.

"감사해야겠군요."

"감사는 아버지에게 해야지. 널 후계자로 키우신 분이니까."

어머니는 확실히 여느 어머니와는 다른 모습이었다.

"어, 이거 내가 방해를 했나?"

하영이가 퇴근을 하고 들어오는 길이었다.

"엄마, 너무 섹시한 남자와 있는 거 아니야?"

하영이 어머니에게로 와서 따뜻하게 안았다. 큰 키에 어머니의 부드럽고 고급스러운 외모를 닮은 녀석이었다.

주영이 아버지의 터프한 모습을 그대로 닮았다면 하영은 귀공자 그 자체의 모습이었다. 거기에 백옥같이 하얀 피부는 구릿빛 피부인 주영과는 확실히 대조를 이루었다.

삼우그룹은 재벌가 재력 순위도 1등이었지만 외모 순위에서도 단연 1위였다. 그래서인지 어릴 때부터 하영과 그는 세간의 비교 대상이 될 수밖에 없었다.

마치 흑과 백의 양산처럼 주영을 지지하는 세력과 하영을 지지하는 세력이 언제나 있었다. 하영이 싫다고 해도 그 주변 사람들이 아마도 그와 후계자 대결 구도를 만들 수도 있었다.

그게 재벌가의 삶이었다. 마치 왕국처럼 자신이 모시는 사람이

왕위를 잇기를 바라는 것처럼 삼우그룹 내에서도 자신이 모시는 사람이 삼우의 후계자가 되기를 바라는 것이었다. 그걸 너무나 잘 알고 있는 주영이었다.

"형, 나랑 같이 수영해."

"난 다 했어."

"또, 또 저런다."

그와는 다른 하영이었다. 착한 성격에 온화하기까지 한 동생이었다. 그도 그런 하영을 미워하고 경계할 수만은 없었다. 하지만 그걸 잘 표현하진 않았다.

"엄마는 형을 너무 좋아하는 것 같아."

하영은 언제나 이렇게 너스레를 떨었다. 어머니와 그의 사이가 불편한 관계라는 걸 안 다음부터 늘 하영은 둘을 이어주는 연결고리를 자처했다.

그는 어머니와 하영을 수영장에 남겨두고 자신의 방으로 올라왔다. 그에게 집은 아늑한 공간이 아닌 전쟁터 같은 곳이었다. 오히려 회사는 일만 열심히 하면 마음이 편했지만 집에선 항상 뭔가 모를 불안함이 있었다.

"독립을 해야겠어."

언제부턴가 집에서 독립을 해야겠다는 생각이 들기 시작했다. 아버지에게 허락만 받는다면 그는 바로 집을 나갈 생각이었다.

"쉽지 않겠지?"

그는 이렇게 혼잣말을 하고는 욕실로 향했다. 따듯한 물줄기가 그의 조각 같은 몸으로 흘러내렸다.

샤워를 마치고 나오는데 핸드폰의 진동이 요란하게 울려대고 있었다.

윙—

친구의 전화였다.

[어디야?]

"집."

[집?]

그가 10시도 안 되는 시간에 집에 있다는 게 놀라운지 친구가 거듭 물었다.

"무슨 일이야?"

[한수 집인데 왜 안 와?]

"못 가."

[왜? 인터넷기사 때문에?]

"뭐, 그렇게 됐다."

[오늘 한수 결혼하고 처음 하는 집들인데 네가 안 온다고 다들 난리야.]

중학교 때부터 친하게 지내온 친구 중에 한 명이 결혼을 해서 집들이를 하는 날이었다.

"곤란한데……."

[그러지 말고 빨리 와. 아버님도 한수 아시잖아.]

동명산업 아들인 한수를 아버지도 잘 알고 계셨다.

"알았어."

그는 머리를 대충 말리고 흰색 면 티에 청바지를 입고는 주차장으로 향했다. 몇 주 전부터 그에게 말을 했는데 깜박하고 있었다.

검은색 아우디에 몸을 실은 그는 주차장을 빠져나와 한남동에 있는 친구의 집으로 향했다. 지난번 한강그룹 대표의 집에서 그리 멀지 않은 빌라에 신혼살림을 차렸다.

주택가로 가던 중에 그는 지난번 오토바이를 탔던 여자가 떠올랐다. 그의 운전기사를 단번에 제압하던 모습이 꽤 인상적이었다. 헬멧을 쓰고 있어서 얼굴을 제대로 보지 못했지만 말이다.

그의 얼굴에 웃음이 번졌다. 그의 운전기사가 완전히 쫙 뻗어버린 자리를 막 지났기 때문이었다.

"웃기는 여자야."

그때였다. 우회전을 하려는 그의 차로 뭔가 검은 물체가 쑥하고 들어왔다.

끼이익!

놀란 그가 급브레이크를 밟았다. 골목이라서 속력을 내지 않았기에 망정이지 진짜로 큰 사고가 날 뻔했다. 놀란 그가 핸들에 머리를 기대고 마음을 안정시켰다. 뭔가를 친 것 같지는 않았는데 그래도 혹시 몰라 그는 차에서 내렸다.

길가에는 자전거와 여자가 넘어져 있었다.

"괜찮아요?"

여자는 자리에서 벌떡 일어났다. 순간 다행이라고 생각하는 사이에 여자가 그 자리에서 힘없이 쓰러지고 말았다. 친 것 같지는 않았지만 일단은 자신의 차를 피하다가 난 사고니만큼 주영은 구급차를 불렀다.

"이보세요. 괜찮아요?"

어머니 또래의 아주머니였다. 주영은 아주머니의 상태를 파악했다. 숨은 쉬는 것 같았고 바지가 찢어져서 무릎에 피가 흐르는 걸 빼면 특별하게 다친 곳은 없어 보였다. 하지만 넘어지면서 뇌진탕이라도 걸렸다면 큰일이었다.

윙—

여자의 핸드폰이 울리고 있었다.

"여보세요?"

[······]

"여보세요?"

[김은아 씨 핸드폰 아닌가요?]

"그건 잘 모르겠고. 지금 이 핸드폰 주인이 제 차를 피하다가 넘어져서 안 일어나고 있어요."

[네? 거기 어디예요?]

"한남동 120번지 앞입니다."

그때 구급차가 왔다.

"구급차가 왔으니까 잠시 후에 연락드리죠."

상황이 아주 고약했다. 주영은 아주머니의 자전거를 자신의 차에 싣고 구급차를 따라 병원으로 향했다.

"오늘은 되는 일이 없군. 오는 게 아니었어."

가장 가까운 한남병원 응급실에 도착해서 얼마 안 있다가 아주머니가 깨어났고 아주머니의 가족들이 병원으로 왔다. 혹시나 뺑소니가 되면 안 되는 상황이라서 그는 끝까지 자리를 지켰다. 시끄러워지는 게 싫었기 때문이었다.

"저기요."

그가 응급실 의자에 앉아 고개를 숙이고 있는데 트레이닝복 차림의 운동화를 신은 여자의 발이 그의 눈앞에 보였다. 그는 고개를 들어 여자를 보았다. 조명 때문에 여자의 얼굴이 잘 보이질 않았다.

"엄마 일어나셨어요. 잠깐 기절하셨는데 검사 결과가 나와야 알겠지만 현재는 괜찮으신 것 같아요. 엄마가 골목에서 커브하시다가 차를 보고 놀라셨다고 하네요. 부딪치진 않으셨다고 말씀하셨어요."

보험사기단은 아닌 모양이었다. 다른 사람 같으면 많이 다쳤다고 말하며 보상을 요구했을 것이다. 그의 정체를 안다면 큰 금액도 말할 수 있었다.

그는 지갑에서 백만 원짜리 수표 5장을 꺼내 여자에게 주었다.

"이게……."

"치료비."

"치료비는 안 주셔도 되는데요. 어차피 차로 치신 것도 아니고 쌍방 과실이니 굳이 이러실 필요까지는……."

그가 일어서자 그의 어깨 정도밖에 오지 않는 여자가 그의 눈에 들어왔다. 앉아서 볼 때와는 달리 얼굴이 선명하게 보였다. 화장기가 없는 얼굴이었지만 상당한 미인이었다.

"어?"

여자가 그를 알아본 모양이었다. 아주 골치 아픈 순간이 될 것 같았다.

"저기 혹시……."

"네, 맞아요. 유……."

"그때 그 네가지 없는 운전사…… 아니, 뒷자리에 타신 분?"

네가지 없는 운전사라니, 도통 모를 소리만 하는 여자였다.

"그 집에 사세요? 오늘 사고도 그 집 앞에서 난 것 같은데……."

"아, 그 유도?"

"네, 그 유도요."

아까 그 길을 지나면서 생각이 났는데 희한한 인연이었다. 그날은 헬멧 때문에 제대로 못 봤지만 지금 보니 어지간한 연예인보다 훨씬 예쁘게 생긴 여자였다. 키도 그랬고 몸매도 아주 훌륭했다.

"그러니 이 돈은 넣어두세요."

그녀가 그의 손에 다시 수표를 올려놓았다.

"언니."

응급실 안에서 다른 여자가 그녀를 불렀다.

"그럼, 안녕히 가세요."

여자는 돈을 다시 돌려주고는 그에게 인사를 하고 홀연히 사라져 버렸다. 그의 손에는 수표가 쥐어져 있었다. 돈을 바라지 않는 사람은 처음이었다.

"뭐지?"

여자의 뒷모습만을 멍하게 보다가 그는 병원을 빠져나왔다. 이렇게 가도 되는 건지 알 수가 없었다. 뭔가 찜찜한 기분이 더 했다.

윙—

친구 녀석의 전화였다.

[왜 이렇게 안 와?]

"집 앞에서 사고가 있었어. 병원이야."

[뭐? 다친 거야?]

"아니, 상대방이 다쳐서 병원에 왔는데 다행히 괜찮아."

[시끄러운 일 아니고?]

"응, 어쨌든 오늘은 못 갈 것 같아."

[알았어. 그렇게 말할게.]

차에 실려 있던 자전거를 병원 측에 전달까지 부탁하고 병원을 다시 나선 주영은 자신의 뒤로 보이는 한남병원을 물끄러미 쳐다 보다가 차에 올랐다. 묘한 매력을 풍기는 희한한 인연의 여자였 다.

"이름이라도 물을 걸 그랬나?"

그는 자신의 핸드폰에 남은 그녀 어머니의 핸드폰 번호를 떠올 렸다. 그리고 잠시 후 차를 몰아 집으로 향했다.

다행히도 엄마의 회복 속도가 빨라서 당일에 응급실에서 나왔 다. 넘어 지면서 가벼운 뇌진탕 증상을 일으킨 것을 빼고는 이상 이 없어서 퇴원이 결정이 되었다.

그런데 응급실에서 나올 때 사고가 난 엄마보다 아빠의 얼굴이 더 창백했다. 이상하게 아빠의 표정이 좋지 않았고 걸음걸이 또한 느렸다.

"여보, 괜찮아요?"

"······."

"엄마보다 아빠가 사고를 당한 것 같아. 얼굴도 더 창백하고."

소라가 아빠의 안색을 살피며 말했다.

"그러게 내가 영양제 잘 챙겨 드시라고 했죠?"

"······."

아빠는 아무런 말 없이 앞만 보고 걸었다.

"여보?"

"······."

뭔가 분위기가 이상했다. 아빠는 지금 가슴을 손으로 움켜잡고는 앞만 보며 걷고 있었다.

"아빠?"

"가슴이······."

갑작스러운 아빠의 고통 호소에 모두가 놀라 아빠를 부축했다.

"괜찮아요?"

"아파······."

가슴의 통증을 호소한 아빠는 급기야 그 자리에 주저앉았다.

"아빠!"

소라는 뒤도 돌아보지 않고 응급실 안으로 다시 뛰어 들어가 소리를 질렀다.

"도와주세요!"

그녀의 소리에 응급실 안에 있던 사람들이 모두 놀라 그녀를 쳐다보았다.

"아빠가 앞에서 쓰러졌어요. 제발 살려주세요!"

소라의 눈에서 눈물이 흘러내렸다. 건강하던 아빠가 갑자기 식구들 앞에서 쓰러지다니, 소라의 두 다리가 떨려왔다. 응급실 의사와 간호사들이 밖으로 나가는 게 보였다. 정신을 차린 소라는 아빠가 쓰러져 있는 곳으로 향했다.

엄마와 소미는 그 자리에 얼어붙어 있었고 아빠는 정신이 돌아오지 않고 있었다. 그렇게 응급실의 환자가 엄마에서 아빠로 바뀌게 되었다. 엄마는 충격으로 넋을 놓아버렸고 소라는 아빠의 곁을 지키고 있었다.

"넌 엄마 옆에 있어. 무슨 일이 있으면 내가 말해줄게."

"응."

소미는 엄마에게로 갔고 의사들이 분주하게 움직이는 뒤편에서 소라는 아빠를 바라보았다. 잠시 후에 분주히 움직이던 의사들 중에 하나가 그녀에게로 다가왔다.

"이상만 씨 보호자 되십니까?"

"네."

"지금 검사를 더 해봐야 알겠지만 쇼크가 온 상황이고 급성심근경색입니다. 일단은 병원 앞에서 쇼크가 와서 신속하게 처리를 했기에 그나마 다행이었습니다. 지금 바로 시술을 해야 할 것 같습니다."

심근경색이라니, 소라의 머릿속이 하얗게 되었다. 하지만 지금은 정신을 차려야 할 상황이었다.

"그럼 괜찮은 건가요?"

"지금 상황에선 혈관을 뚫는 시술이 먼접니다."

"네, 뭐든 아빠만 괜찮아진다면 빨리 해주세요. 제발."

의사는 이렇게 말을 하고는 어디론가 사라졌다. 소라는 의사들에 둘러싸인 아빠를 보며 소리없이 눈물을 흘렸다.

"보호자분 여기 서명해 주세요. 지금 환자는 시술실로 들어가실 거고 시술 후에 입원실로 옮길 거니까 필요한 거 준비하세요."

"……."

쇼크는 이제 소라가 온 것 같았다. 갑자기 급성심근경색이라니, 이건 말도 되지 않았다. 조금만 늦었어도 심장 마비로 돌아가실 수 있는 상황이었다. 잠시 후 정신을 차린 소라는 엄마의 옆에서 아빠의 시술이 끝나기를 기다렸다.

아빠는 관상동맥 풍선 시술 후 다행히 경과가 좋아서 얼마 후에 바로 퇴원을 하셨다. 상만 베이커리는 당분간 영업을 하지 않기로 결정을 내렸고 아빠는 그동안 휴식을 취하기로 결정을 했다.

당초에 돈이 목적이 아니었기 때문에 가게 문을 닫는 건 그리 어렵지 않았다. 아빠도 아직은 베이커리를 그만두고 싶어 하지 않으셨기 때문에 그냥 문을 닫기만 했다.

아빠가 수술을 한 순간부터 소라는 한순간도 마음이 편한 적이 없었다. 마치 십 년은 지나간 것처럼 힘이 들고 지루하게 긴 시간이었다.

소라는 한순간에 가족을 잃을 수 있다는 생각을 하게 되었다. 그래서 퇴근을 하는 대로 집에 바로바로 들어와서 아빠와 많은 시간을 보내려고 노력했다. 살아 계실 때 잘하는 게 최선이라는 생각이 들었기 때문이었다.

가을 학기로 바빠진 소라는 그렇게 정신없이 9월을 맞이하게 되었다. 아빠는 결국 상만 베이커리를 그만두게 되었다. 좋은 사람이 나타나서 가게를 파셨다. 많이 아쉬워하셨지만 지금 생각해도 아주 잘한 결정이었다. 요즘은 엄마와 가까운 산이나 맛집을 찾아다니시며 좋은 시간을 보내셨다.

윙—

오랜만에 말숙 이모에게 전화가 왔다. 그동안 아빠 때문에 정신이 없어서 매일같이 찾아와 준 이모에게 감사하다는 말도 못

했었다.

"이모."

[그래, 바쁘니?]

"아니오."

[오늘 끝나고 저녁이나 먹을까?]

"둘이요?"

[응, 할 말도 있고 그동안 아빠 때문에 매일같이 집으로 칼같이 들어가는 우리 착한 소라 몸보신도 좀 시켜줄 겸해서.]

"제가 맛있는 거 사드릴게요. 제가 정신이 없어서 감사하다는 말도 제대로 드리지 못했어요."

[누가 사든 이따가 집 근처에 있는 명인식당에서 보자.]

"네."

갑작스러운 이모와의 약속이었지만 특별히 부담이 가진 않았다. 약속 시간이 되자 소라는 서둘러서 약속 장소로 향했다. 이모와의 첫 약속인데 늦고 싶지 않았다.

명인식당은 근처에서 소문이 난 맛집이었다. 작은 한식당이었지만 예약을 하지 않으면 식사하기 어려운 곳이기도 했다.

"이모."

열심히 왔지만 이모가 먼저 와서 앉아 있었다.

"서둘렀는데 제가 늦었죠?"

"아니, 여기 사장님하고 친해서 미리 와서 얘기 좀 하려고 먼저 온 거니까 너무 맘 쓰지 마."

버버리 체크 원피스를 입은 이모는 참 고급스러워 보였다.

"이모는 이렇게 멋진데 결혼 안 해요?"

"내 사주엔 남자가 없대."

"남자친구도 없대요?"

"아니, 남자친구만 있고 결혼할 남자가 없단다. 하지만 난 이대로 만족해. 넌?"

"전 남자친구도 없네요."

식사가 줄줄이 나오기 시작했다. 역시 한식은 상다리가 휘어지게 나오는 것 같았다.

"왜 없어?"

이모가 음식을 먹으면서 아무렇지 않게 물었다.

"글쎄요. 좀 제가 그런 면에선 관심이 없어서요."

"형부는 좀 어때?"

"매일 보시면서 그러세요? 많이 좋아지셨어요."

"먹자. 말하느라 국 다 식겠다."

말숙 이모가 조기를 발라서 그녀의 밥 위에 얹어주었다.

"우리 엄마가 예순에 심장 마비로 갑자기 돌아가셔서 그런지 형부 일이 남일 같지가 않아."

이모의 말에 소라의 손이 멈췄다. 지금 소라가 가장 겁내는 부분을 이모가 바로 건드렸기 때문이었다.

"저도 불안해요."

"그렇지?"

"갑자기 무척 늙으셨어요."

"나도 그렇게 보여. 그래서 말인데 언니나 형부의 소원이 너희들 시집가는 거라는 거 알고 있니?"

"알아요."

확실히 요즘 부쩍 엄마가 그녀의 결혼 이야기를 많이 꺼냈다. 서른이 너무 늦은 건 아닌데 앞자리 숫자가 바뀌고 난 다음부터는 부쩍 서두르는 엄마였다.

"네 생각은 어때?"

"뭐가 있어야 가죠."

"그래서 말인데……."

이모가 말끝을 흐렸다. 선을 보라는 말 같았다. 선을 본 지도 어언 3년이었다. 서당 개 3년이면 풍월을 읊듯이 선 3년이면 눈치가 백단이 된다.

"선보라고요?"

"어떻게 알았어?"

"안 봐요. 이모. 지금 아빠도 아픈데……."

"아니, 지금이 적기야."

이모가 평소와는 다르게 강하게 그녀에게 말했다.

"아빠가 손잡고 예식장에 들어가야지. 돌아가신 다음에 후회해 봤자 소용없다. 안 그래?"

"……."

"빨리 손자도 보여 드리고 해야지."

이모가 여세를 몰아 세차게 공략을 하고 있었다.

"그래서 이모가 소개하고 싶은 남자가 있어. 아마 엄마, 아빠도 깜짝 놀랄 사람이야."

"누군데요?"

"네가 이 사람을 만나고 결혼을 하게 된다면 넌 평생 돈 걱정은 안 하고 살 거야."

"지금도 돈 걱정은 안 해요. 그리고 돈만 많은 사람은 부담스러워요. 전 자상한 사람이 좋아요."

"이모가 오늘 여기 나오기 전에 네 엄마하고 아빠에게 먼저 물어봤어."

"마음에 드신대요?"

"응."

도대체 어떤 사람이기에 이모가 이렇게 흥분을 하는 건지 알 수가 없었다.

"대단한 사람이에요?"

"응."

"부담스러운 거 싫어요. 전 저에게 맞는 평범한 사람이 좋아요."

"그런 건 네가 하기 나름이야. 돈이 적고 못생겨도 부담스러운 거야. 다 인연은 따로 있어. 그리고 부모님은 네가 결혼할 때까지 천년만년 기다려 주지 않으셔."

"이모가 날 너무 코너로 모는 것 같은데요?"

이상한 기분이 들었다. 마치 이모가 이번 선을 꼭 보게 하려는 것 같은 그런 느낌 말이다.

"솔직하게 말해서 이모는 말이다. 너에게 소개시켜 줄 사람에게 네가 꼭 맞는 것 같아."

"왜요?"

"돈 많고 잘생겼는데 사랑을 몰라. 그런 건 네가 주 종목이잖아."

"주 종목이라뇨?"

"가르치는 거."

"이모."

"왜 맞잖아. 초등학교 1학년이 가장 가르치기 어렵다는데 넌 담임이잖아. 말귀 못 알아듣고 천방지축인 녀석들도 잘 가르치는데 어른 하나 못 가르치겠니?"

어이가 없어서 한숨이 나왔다.

"이모, 그런 게 아니잖아요."

"일단 네가 나가서 한번 만나봐. 혹시 알아, 첫눈에 반할지."

거절을 할 수 있는 상황이 아니었다.

"엄마, 아빠도 원해요?"

"그렇다니까."

왠지 엮이는 기분이었지만 지금 이모는 그녀의 불안 심리를 아주 잘 이용하고 있었다. 안 한다고 고집을 부리다가 진짜로 지난번처럼 아빠가 쓰러지기라도 한다면 그녀는 평생 자신을 용서하지 못할 것 같았다.

"마음에 안 들면 안 만나도 돼요?"

"일단은 마음먹은 거야?"

"네."

이모의 얼굴이 그제야 환해졌다.

"언제 만나요?"

"일주일 후에. 내가 자세한 내용은 차차 설명할게. 넌 나만 믿으면 돼."

"알았어요."

그 후로 저녁을 먹는 동안에 선에 관한 이야기는 하지 않았다.

아빠에 대한 이야기와 학교생활에 관한 이야기를 묻는 게 다였다. 밥을 먹고 나와서도 불안한 마음이 들기는 했지만 나름 즐거운 저녁시간이었다.

이모와 다음날 다시 만날 약속을 잡고는 소라는 집으로 향했다. 앞으로 어떤 일이 그녀에게 펼쳐질지 꿈에도 모른 채 말이다.

2. 세상에서 가장 싫은 인간

서울호텔의 최고층에 자리 잡은 사무실은 고급스러운 느낌이라기보다는 아주 현대적이었다. 그 사무실의 주인의 성격을 그대로 담아내고 있었다. 깔끔하고 차분하고 그리고 알 수 없는, 모던하지만 어딘가 모르게 모호한 느낌이 드는 곳이었다.

화이트 책상에 레드 모니터가 크게 자리 잡고 있었다. 그리고 요정같이 하얀 피부를 가진 주인이 앉아 있었다.

태준은 자신이 모시는 유하영 이사를 멍하니 바라보았다. 남자가 봐도 아름다운 사람이었다. 누구나 그를 좋아했고 누구에게나 친절한 사람이었다. 호텔의 대표이사라서 그런지 몰라도 그는 모든 사람들에게 친절했다. 그게 태준은 늘 불만이었다. 그의 시선이 다른 곳에 가 있는 게 싫었다.

태준은 보통 남자들보다 머리 하나는 큰 아주 건장한 체격의 소유자였고 하영은 큰 키를 가졌지만 호리호리했다. 그 둘은 아주 어릴 적부터 친구였다. 동갑의 두 사람은 공통점이 1도 없었다. 그래서인지 더 친했다. 서른이 넘은 지금까지도 아주 각별한 사이였다.

정신없이 서류를 검토하고 있는 하영을 바라보고 있던 태준이 조용히 하영을 불렀다.

"이사님."

하영이 너무 집중을 했는지 고개를 들지 않았다.

"이사님."

드디어 하영이 고개를 들었다. 하영의 하얀 피부와는 반대되는 칠흑같이 어두운 눈동자가 태준을 바라보았다.

"오늘 저녁에 감성택 사장님이 뵙기를 원하십니다."

"왜?"

"후계자에 관한 이야기를 하고 싶어 하시는 것 같습니다."

"그 사람들하고는 말하고 싶지 않아."

권력에 목을 매는 사람들이었다. 하영은 그런 사람들의 노리개는 되고 싶어 하지 않는 것 같았다.

"알겠습니다."

태준은 약속을 취소했다. 그리고 다시 이사실 안으로 들어갔다.

"구 실장."

"네."

"불안해?"

"네? 무슨 말씀이신지 모르겠습니다."

"내가 항상 하하 호호하고 다니니까 말이야."

하영은 그가 무엇을 불안해하는 줄 알고 있었다. 하영은 태준의 마음을 읽어내는 유일한 사람이었다.

"나에게 맡겨. 난 반드시 삼우그룹을 내 것으로 만들 거니까. 아직은 때가 아니어서 기다리는 거야."

"네."

태준은 알고 있었다. 어릴 때부터 하영은 착한 모습 뒤로 아주 잔인한 모습을 숨길 줄 아는 사람이었다. 그게 무서웠다. 하영은 사냥감을 기다리는 표범 같았다. 덮칠 타이밍을 기다리고 있는 것일 뿐이지 포기한 게 아니었다.

"조금만 참아."

하영은 태준이 꼼짝하지 못하는 미소를 지었다.

은은한 연꽃차 향이 고급스러운 방 안을 가득 채우고 있었다. 마치 차분한 안주인의 모습과 같은 차향이었다. 작은 찻잔을 입가로 가져가 그 향을 음미하며 한 모금을 마신 미옥은 찻잔을 내려 놓으며 깊은 한숨을 쉬었다.

"오늘 몇 시에 온다고 했죠?"

자신의 옆에 서 있는 황 집사를 보며 그녀가 물었다.

"오늘 11시에 약속이 되어 있습니다."

"무슨 말은 없었어요?"

"따로 말은 없었습니다."

김 사장이 주영에게 소개시킬 아가씨들에 관한 이야기를 하기 위해 오늘 그녀와 약속을 잡았다. 5월에 만나고 4개월이 지난 시점이었다. 그동안 주영은 여러 차례 스캔들을 냈고 그중에는 배우, 가수, 모델 그리고 재벌가의 자녀들도 있었다.

"어쩜 그렇게 회장님과 다를 수가 있을까요?"

"……."

유 회장은 그녀와의 결혼 생활 중에서 단 한 번의 바람도 피우지 않았다. 물론 그의 화려했던 여성 편력을 모르진 않았다. 하지만 그건 어디까지나 미옥을 만나기 전의 일이었다. 피는 못 속인다고 하지만 주영의 바람기는 해도 해도 너무했다.

스스로 재벌가의 아가씨와 염문을 뿌리긴 해도 절대로 결혼할 생각은 없었다. 그리고 뿌리 깊은 벽이 그녀와 주영 사이에는 있었다. 그게 미옥은 안타까웠다.

주영의 어머니는 확실히 화려한 사람이었다. 이건 주영이 모르는 일이었다. 재벌가에 속하지 못하고 겉돌기를 반복했던 주영의 어머니는 그녀가 아니었어도 견디지 못했을 것이다.

다섯 살 주영을 처음 봤을 때 그녀는 너무나 안쓰러운 마음뿐이었다. 그리고 너무나 잘생긴 주영에게 마음을 빼앗겼다. 지금도 그런 마음이 미옥에게는 있었지만 매번 그녀에게 얼음처럼 차갑게 구는 주영에게 그녀도 점점 지치고 있었다.

그녀와 유 회장 사이에서 태어난 하영은 무난한 성격의 아이였다. 그래서 그나마 그녀가 조금은 마음의 위로를 얻을 수가 있었다.

이렇게 큰 살림을 하며 아이들을 키우는 것은 쉬운 일이 아니었고 지금 시집올 며느리가 누가 될지는 모르겠지만 힘이 들 게 뻔했다. 그래서 잘 가르치고 싶은 마음이 미옥에게는 강했다. 그녀처럼 태어날 때부터 재벌가의 사람이라면 조금은 편하게 적응할수 있겠지만 주영의 상황에서는 절대로 일어날 수 없는 일이었다.

예전처럼 부모님의 말에 따라 결혼을 하는 시대는 이제 지났다. 바람둥이 신랑을 좋아할 사람은 없었다. 특히 재벌가에서는 더더욱.

"걱정되십니까?"

"그럼요. 서른다섯이 어린 나이는 아니니까요."

미옥의 미간에 주름이 잡혔다.

"사모님, 하영 도련님도 적은 나이는 아닙니다."

"우리 하영이는 주영이 결혼시킨 후에 시켜도 늦지 않아요."

"저는 안 되는 큰도련님보다는 작은도련님에게 더 신경 쓰시는
게⋯⋯."

"황 집사님!"

"죄송합니다."

황 집사는 그녀가 시집올 때 데리고 온 사람이었고 하영이를 어
려서부터 키운 사람이었다. 하영을 각별하게 생각하는 게 고맙기
도 했지만 주영에게도 신경을 써줬으면 하는 바람이 있었다.

"도착한 것 같습니다."

황 집사가 정중하게 말했다.

"후, 그럼 한번 미래의 며느릿감에 관해 들어볼까요?"

"마음에 드시지 않으면⋯⋯."

"느낌에 그럴 것 같지는 않아요. 김 사장이라는 사람에게 왠지
모르게 믿음이 가네요."

그녀의 말이 끝나자 황 집사가 김 사장을 데리러 밖으로 나갔
다. 그리고 잠시 후에 몇 달 전보다 수척해진 김 사장이 들어왔다.

"안녕하십니까?"

"오랜만이에요."

"늦었습니다."

"괜찮아요. 좋은 아가씨들이었으면 좋겠군요."

김 사장이 붉은색 파일을 그녀 앞에 놓았다.

"3명입니다."

"그래요?"

미옥은 차분히 서류를 살펴보았다.

"다들 선생님이군요. 교육자 집안에 생긴 것도 예쁘고."

"최선을 다했습니다."

"그런 것 같군요. 김은별, 조미지, 이소라라……."

미옥은 세 아가씨들의 차분한 이미지가 마음에 들었다. 특히 이
소라라는 아가씨는 웃는 모습이 예쁘다는 생각이 들었다.

"그럼 언제부터 이 아가씨들과 선을 보나요?"

"순서대로 금, 토, 일에 서울호텔에서 만나시면 됩니다."

"이번 주요?"

"네."

"만나는 건 빠르네요."

"심사숙고해서 고른 아가씨들이니까 걱정 안 하셔도 될 것 같
습니다."

미옥이 김 사장을 바라보았다. 무엇을 원하는지 빠르게 파악을
하는 사람이구나 하고 생각했다.

"주영이가 잘된다면 우리 하영이도 부탁할게요."

"최선을 다하겠습니다."

미옥은 김 사장이 돌아간 후 다시 한 번 서류를 세심하게 살펴보았다.

"마음이 가시는 아가씨가 있으십니까?"

"난 소라라는 아가씨에게 마음이 가네요. 나이는 다른 사람보다 많지만 왠지 만만해 보이지가 않아서요."

"그럼, 사모님께서 피곤하실 텐데요."

"아니요, 나보다는 주영이에게 도움이 될 아가씨가 필요해요."

"왜 그렇게 큰도련님을 생각하십니까?"

"미안함이 있어서요."

"그러실 필요는 없습니다. 이미 훌륭하게 키우셨습니다."

황 집사는 누구보다 그녀가 주영을 아낀다는 것을 알았다. 그리고 주영이 그녀에게 쌀쌀맞게 구는 게 불만인 사람 중에 하나였다.

"고마워요. 어쨌든 잘됐으면 좋겠네요."

그녀는 자리에서 일어나 점심을 먹기 위해 식당으로 향했다. 이제 조금 있으면 며느리가 들어올 것이고 평일 오후에 그녀 혼자서 밥을 먹는 일은 없을 것이다.

서울호텔 로비를 빠른 걸음으로 걷고 있는 주영에게 그곳의 모든 사람들의 시선이 쏟아졌다. 블랙 슈트 차림의 그는 마치 패션 잡지에서 튀어나온 사람 같았다.

　어제저녁에 만났던 여자는 완전히 그의 타입이 아니었다. 그를 보고 어찌나 벌벌 떠는지 안쓰러워서 못 봐줄 지경이었다. 어머니의 강압적인 요구에 의해 3일간 3명의 여자를 만나기로 했다. 그리고 마음에 들지 않는다면 당분간은 그를 가만히 두기로 약속을 받아냈다.

　물론 여자들은 마음에 들지 않을 게 불 보듯이 뻔했다. 그러니 3일간 답답하게 구는 상대들과 저녁만 먹으면 되는 것이다. 3일을 희생해서 당분간의 자유를 얻는 것이니 그가 손해 볼 일은 아니었다.

　레스토랑으로 들어서자 여자들의 시선이 그에게로 또 쏟아졌다. 그는 잘 알았다. 많은 여자들이 그의 외모나 재력에 반한다는 사실을 말이다. 그는 그걸 잘 알았고 그래서 여자들이 귀한 줄을 모르고 살았다.

　아니, 그냥 성적인 욕구만 해소하면 된다고 생각했다. 그건 여자도 마찬가지였다. 그들도 그를 그저 성적인 욕구해소 상대로만 봤으면 했다.

　하지만 여자들은 그와는 확실하게 달랐다. 끊임없이 그를 자신이 신데렐라가 되기 위한 왕자로만 생각하는 것 같았다. 신분 상승을 위한 도구 정도로 말이다. 그래서 그는 미안해하지 않았다. 그들도 그에게 사랑을 주는 건 아니니까 말이다.

그는 도착하자마자 단번에 만날 여자를 찾아냈다. 어리바리한 게 눈을 어디다가 둘지도 모르는 여자가 있었다. 그는 곧장 그리로 가서 자리에 앉았다.

"조미지 씨?"

"네, 안녕하세요."

"배고프지 않아요?"

"조, 조금."

그는 웨이터를 불러서 알아서 음식을 시켰다. 선생님이라고 하니 보수적일 것이고 어제 선생님을 보니 음식 주문을 할 줄 몰라서 쩔쩔맸기 때문이었다.

"몇 학년 가르치세요?"

"중1이요."

어제는 고등학교였는데 오늘은 중학교였다.

"그렇군요."

"……."

그 후로 음식이 나올 동안 그는 아무런 말도 하지 않았다. 대충의 이력도 보지 않았다. 사진도 보지 않고 이 자리에 나왔다. 어머니가 불러준 이름은 몹쓸 기억력 때문에 단번에 순서대로 외워 버렸다. 내일은 이소란지 뭔지 하는 여자를 만나는 날이었다.

"저, 저기요."

그가 말이 없자 여자가 답답했는지 떨리는 목소리로 그를 불렀다. 그가 고개를 들어 그녀를 처음으로 제대로 보았다. 예쁘장하게 생긴 얼굴이었다.

하지만 그가 만나던 쭉쭉 빵빵한 여자들과는 확실하게 거리가 먼 여자였다. 끌림도 없고 그냥 밋밋한 감정이었다.

"왜 오늘 나오셨어요?"

제발 떨지 말고 물어줬으면 하는 바람이었다.

"그냥요."

"네?"

"나가라고 하니까. 조미지 씨는 왜 나왔죠?"

"궁금해서요."

"뭐가요?"

"재벌은 어떻게 생겼는지 어떤 말을 하는지 궁금했어요. 그리고 왜 절 선의 상대로 골랐는지도 궁금했고요."

궁금할 수도 있다는 생각이 들었다.

"그런 생각이 들 수도 있겠네요. 하지만 내가 이 자리에 온 건 나의 자유를 보장받기 위해섭니다. 오늘은 우리의 처음이자 마지막 만남이구요."

여자의 얼굴에 서운함이 스쳤다. 뭔가를 기대하고 나온 모양이었다. 하지만 그녀는 그의 스타일이 아니었다.

그는 밥을 먹고 나서 바로 자리를 빠져나왔다. 그리고는 호텔 주차장으로 나왔다. 그의 은색 벤츠를 향해 가려고 하는데 어디서 많이 본 여자가 그의 차 앞에서 기웃거리고 있었다.

"이봐?"

여자가 그를 향해 돌아섰다. 유도소녀였다. 서울호텔과는 어울리지 않는 맨얼굴에 청바지 차림에 후드티를 입고 있는 여자는 집에서 막 나온 듯한 느낌이었다.

"안녕하세요?"

그녀도 그를 알아본 모양이었다. 언제나 그를 아무렇지도 않게 보는 여자였다. 그가 누군지 모른다에 한 표를 걸고 싶었다. 하지만 그게 아니라 치밀한 계획 아래 그에게 접근하는 여자일 수도 있었다. 그러니 항상 경계를 해야 했다.

"남의 차 앞에서 뭐 하는 거지?"

"아니, 이모가 사고가 났다고 가보라고 해서요. 은색 벤츠를 받았다고 했고, 차 번호도 맞는데……."

그 소리를 들은 주영은 그녀와 마찬가지로 몸을 숙이고 자신의 차를 살펴보기 시작했다. 그런데 차는 아주 멀쩡했다.

"무슨 수작이야?"

"이거 봐요? 번호가 맞잖아요."

그녀가 억울하다는 듯이 그에게 메모지를 보여주었다. 진짜로 그의 차량번호가 맞았다. 이상한 일이었다.

"맞죠?"

"이건 당신이 썼을 수도 있고. 나에게 바라는 게 뭐야?"

흔하게 있는 일이었다. 이런 일이 있을 땐 항상 뭔가가 있었다.

"제가요?"

"어머니 때문에 돈이 필요한가?"

그때 그냥 넘어간 게 손해였다고 생각해서 그를 찾은 게 분명했다.

"아뇨. 엄마는 멀쩡해요."

"그럼, 뭐지? 내 앞에 이렇게 얼쩡거리는 이유가?"

"잠깐만요."

그녀는 어디론가 전화를 걸었다. 주영은 날카로운 시선으로 그녀를 내려다보았다. 그의 어깨 정도의 키에 청바지, 후드티 차림의 그녀는 상당히 어리게 보였다. 이십대 초반의 대학생 같았다. 처음에 보았을 때도 아르바이트를 하던 것 같았으니까.

모델이나 배우는 아니었지만 일반인치고는 눈에 띄는 미모임을 인정하지 않을 수 없었다. 화려하게 생기진 않았지만 상당히 여성스러운 얼굴의 소유자였다. 특히 그녀의 눈부신 피부는 인정하지 않을 수 없었다. 화장을 하지 않았는데도 티끌 하나 없는 피부였다.

주영은 갑자기 웃음이 났다. 누군가의 외모를 이렇게 평가한 적이 있었나 생각을 해보니 한 번도 그런 적이 없었다.

"죄송해요. 이모가 잘못 이야기를 했다고 하네요. 차는 벌써 보험사 직원이 와서 처리를 했다고요."

여자가 갑자기 난처한 표정을 지으며 그에게 말했다. 수준급의 연기 실력이었다.

"어이가 없군."

"네?"

"일단은 서로 피해가 없으니 알았어."

"원래 그렇게 말이 짧아요?"

"……."

일단은 뭔가를 노리는 건 아닌 것 같았다. 그렇지 않고서는 저렇게 얼굴이 빨갛게 되지는 않으니까 말이다. 그는 여자의 말에 일일이 대꾸하기 싫어서 차에 올랐다.

"이봐요."

그는 뒤도 돌아보지 않고 차에 시동을 걸고는 방방거리는 그녀를 뒤로하고는 주차장을 빠져나왔다. 지나친 우연이었다.

"이런 지나친 우연은 위험해."

그가 살아오면서 경험한 바에 의하면 지나친 우연은 그리 좋은 일이 아니었다. 그에게 그런 식으로 접근하는 여자들이 종종 있었기 때문이었다.

"누군지 몰라도 우연은 사양하는 걸로."

그는 차를 몰아 집으로 향했지만 머릿속에는 아직도 그를 사납게 째려보던 그녀의 마지막 얼굴이 떠오르고 있었다.

일어나기가 싫은 아침이 있다. 월요일 아침, 개학날의 아침, 그리고 오늘 아침이었다. 소라가 일요일에 일어나는 시간은 대충 9시였다. 평소에 못다 한 잠을 자기도 했고 애인이 없는 솔로의 일요일은 그야말로 자유였으니까 말이다.

하지만 오늘은 6시부터 정신이 멀쩡했다. 11시에 집으로 그녀를 데리러 오는 말숙 이모 때문이었다. 사실 말숙 이모 때문이 아니라 저녁에 있을 선 때문이었다. 선을 안 본 건 아니었지만 이번엔 진짜 그녀 인생의 다시없이 과한 남자와 선을 보기 때문이었다.

삼우그룹 아들이라니 이건 아무리 생각을 해도 말이 되지 않았다.

"이건 불행이야."

가자마자 차일 게 뻔했다. 소라는 자신의 베개에 얼굴을 묻고는 소리를 질렀다.

"재벌이 말이 되냐고."

이모의 말을 들은 엄마와 아빠는 겉으로는 크게 티는 내지 않았지만 아주 좋아하시는 것 같았다. 그녀가 임용고시에 합격한 날보다 입꼬리가 더 올라가 있었다. 심지어 엄마는 진짜냐는 소리를 열 번이나 이모에게 물어봤다.

"언니."

"왜?"

"엄마가 목욕탕 가게 빨리 일어나래."

"싫어, 너랑 엄마랑 다녀와."

소라는 머리가 복잡해서 꿈쩍도 하기 싫었다. 시계를 보니 8시가 조금 넘은 시간이었다. 아직 이모와의 약속 시간도 멀었다.

"빨리 안 일어나?"

급기야 엄마가 방문을 벌컥 열고는 들어왔다.

"엄마……."

"마사지 예약해 뒀으니까 빨리 일어나."

엄마의 성화에 못 이겨 소라는 천근만근인 몸을 이끌고 목욕탕으로 향했다. 동네 목욕탕으로 갈 줄 알았는데 소미가 운전을 해서 간 곳은 청담동의 한 마사지 숍이었다.

"목욕탕 간다며?"

"이모가 예약했어. 그리고 조금 있다가 온대."

"엄마는?"

"나랑 소미도 덩달아서 호강하고."

"이모가 제대로 한턱 쐈네."

숍은 아주 고급스러운 인테리어와 분위기였다.

"언니, 나 들어오면서 주버들 봤어."

"진짜?"

"응, 완전 섹시하더라고. 맨 얼굴도 예뻐. 여기 연예인들이 많이 오는 곳이라고 그러더라고."

직원들의 안내를 받고 세 모녀가 마사지를 받는 동안 이모가 도착했다.

"이것저것 준비 좀 하느라고 늦었어."

이모는 이렇게 말을 하고는 그들과 함께 마사지를 받지 않고 뭔가 열심히 숍의 직원과 이야기를 나누었다.

"이소라 님, 옆방으로 옮길게요."

"네?"

"얼굴 집중 케어를 받으실 거예요. 그래야 화장이 잘 받거든요."

"언니 부럽다."

소미가 안마를 받으며 부러움을 표했다.

"그럼 네가 대신 선봐."

"진짜?"

"쓸데없는 소리 한다."

엄마의 한마디에 소미가 꼬리를 내렸다.

"얼른 받고 와."

"알았어요."

소라는 이제 포기하는 마음으로 옆의 마사지실로 옮겼다. 그곳에는 다른 사람이 누워서 먼저 팩을 하고 옷을 다 벗고 전신 마사지를 받았는지 여자는 옷을 하나도 걸치지 않고 커다란 타올만 두르고 있었다.

누워 있는데도 가슴이 하늘을 향해 있었다. 가슴성형을 한 게 한눈에 딱 들어왔다. 소라는 옆에 누워 얼굴 마사지를 받기 시작했다. 얼굴에 끈적이는 뭔가를 바르고는 연신 마사지를 하는 직원이었다.

"어쩜 이렇게 얼굴이 작아요? 자꾸 만지면 닳겠어요."

"……."

얼굴에 뭔가를 바르고 나니 말을 하기가 부자연스러워서 소라는 손으로 아니라는 표시를 했다.

"여기 연예인분들 많이 오시는데 하나도 안 밀리시는데요? 옆에 주버들 씨만 빼고요. 버들 씨는 제가 본 여자 중에서 제일 예쁘시고요."

옆에 누워 있던 여자가 주버들이었다. 어쩐지 몸매가 예사롭지 않다고 생각했었다. 요즘 가장 핫한 여자이자 오늘 그녀가 만나는 남자와 대박 스캔들을 불러일으킨 장본인이었다.

그녀의 마사지가 끝날 즈음에 주버들의 마사지도 끝이 났다. 먼저 자리에서 일어난 주버들의 쌩얼을 보고 소라는 입을 벌렸다. 그녀가 본 여자들 중에 가장 예쁜 건 사실이었다. 어릴 때부터 예쁘다는 소리를 듣고 자라긴 했지만 주버들의 빛나는 얼굴과는 상대가 되지 않았다. 달리 연예인이 아니었다.

"진짜 예쁘세요."

저도 모르게 말이 나와 버렸다. 주버들이 그녀를 한번 보더니 대꾸조차 하지 않고는 밖으로 나가 버렸다. 네가지는 없는 여자인 것 같았다.

"팬 서비스가 꽝이죠?"

무안했을 그녀를 위해 직원이 말했다.

"많은 사람이 그렇게 말할 테니까 싫겠죠."

"아뇨 원래 저래요. 약간 사람을 무시하는 게 있죠. 그리고 마음에 들지 않으면 짜증이 장난 아니에요. 진짜 한 성질 하거든요."

보기에도 약간 센 느낌은 있었다.

"그리고 민낯은 손님이 백배 나아요. 아까는 옆에 있으니까 그냥 한 말이고요. 혹시 어디 미인대회 같은 데 나가신 적 있죠?"

"아뇨, 너무 띄우지 마세요. 떨어지겠어요."

"아닌데……."

마사지가 다 끝이 난 그녀는 정성스럽게 메이크업을 받았다. 거울 속의 여자는 그녀가 아닌 것 같았다.

"이모, 오늘 파티에 가는 게 아니라 선을 보는 거라고요."

스모키 화장을 한 자신의 모습이 어색해서 소라가 말했다.

"다 생각이 있으니까 너무 걱정하지 말고 옷이나 입어."

"옷이요?"

"응."

말숙 이모의 말을 따르고 있긴 하지만 소라는 도통 이해가 가지 않았다. 탈의실에서 옷을 갈아입고 나오자 마사지를 막 마치고 나온 엄마와 소미가 거의 턱이 빠져라 그녀를 바라보고 있었다.

"이모, 언니 클럽 가요?"

"너무 야하지?"

소미의 말에 소라가 어색하게 물었다.

"이게 유주영의 취향이야."

"네?"

거울의 비친 자신의 모습을 본 소라는 놀라움을 금치 못했다.

옷을 입을 때도 설마 설마 했는데 이건 정말 큰일이 날 복장이었다. 공무원의 집안에서 태어나 공무원으로서 산 그녀의 보수적인 면과는 완벽하게 상반 된 차림이었다.

그녀가 입은 블랙 원피스는 과감하다 못해 야한 디자인이었다. 시스루 스타일의 옷으로 위에는 얇은 망사 사이로 가슴이 거의 훤히 보였고 치마또한 너무 타이트해서 그녀의 몸매를 완벽하게 드러냈다.

난생처음 입어보는 옷에 소라는 부끄러웠다. 소미와 엄마의 놀란 얼굴은 평생 기억날 것 같았다. 거기에 잘 신지도 않는 킬힐까지 신어서 어색함을 더하고 있었다.

"우와, 진짜 섹시해 보이네요. 연예인들보다 나은 것 같아요."

직원들의 탄성이 쏟아졌다. 그녀가 이모에게로 천천히 걸어갔다. 발목이 꺾일 것 같았기 때문이었다.

"이모, 이대로는 좀……."

"괜찮아. 아주 좋아."

"좋기는 뭐가 좋아? 아주 이상하고만."

엄마가 못마땅한 시선으로 이모를 보며 말했다.

"언니, 다 생각이 있어서 그러는 거야. 어디 재벌집 며느리 되는 게 쉬운 줄 알아?"

"그래도……."

"이런 기회가 아무 때나 오는 게 아니야. 그리고 형부도 생각을 해야지."

아빠 얘기가 나오자 엄마는 더 이상 말을 하지 않았다. 지금 소라가 결혼을 해서 안정적인 결혼생활을 하길 바라는 아빠의 마음을 엄마가 누구보다 잘 알기 때문이었다.

"소라 넌 어때?"

"난 좀……."

"너도 아빠를 생각해서 잘해. 그리고 이모가 말하는데 돈 때문에 이번 결혼을 너에게 소개해 주는 게 아니라 이왕 결혼을 할 거면 다 갖춘 사람이 좋지 않겠냐는 얘기야. 너희 아빠도 좋아하시고."

"알았어요."

이모의 말에 소라는 더 이상 토를 달지 않았다.

꼬르륵!

뱃속에서 요란한 소리가 났다.

"자."

이모가 음료수 병을 그녀에게 건넸다.

"뭐예요?"

"티톡스 주스, 나 먹으려고 가져왔는데 너 먹어라. 그리고 일단은 굶어. 몸매가 예쁘게 보여야 하니까."

"우와, 이모 난 이모가 소개시켜 주는 소개팅은 안 나갈래요."

옆에서 보고 있던 소미가 말했다.

"너도 기다려."

"워워, 전 사양요."

소미의 시선이 아직도 그녀에게 향해 있었다.

"언니, 걸을 수는 있겠어?"

"어, 그런데 떨어질까 무섭다."

마사지 숍에서 나와 이모 집으로 향한 그들은 약속 시간까지 이모 집에서 시간을 보냈다. 그리고 드디어 약속 시간이 거의 다 되었고 그녀는 이모의 차를 타고 서울호텔로 향했다.

"그냥 마음 편하게 만나."

"네."

대답은 그렇게 했지만 머리는 아주 복잡했다. 도살장에 끌려가는 소처럼 소라는 걸음걸음이 아주 무거웠다. 진짜 죽으러 가는 느낌이었다.

오늘따라 호텔 로비에는 사람들이 많았다. 소라는 어색한 자신의 모습을 사람들이 쳐다보고 있는 걸 온몸으로 느끼고 있었다. 약속 시간보다 10분 일찍 도착한 그녀는 직원의 안내에 따라 자리에 앉은 후 서울의 야경을 바라보았다.

야경이 아름다워서가 아니라 사람들의 시선이 싫었고 앞으로

10분 뒤에 그녀의 앞에 앉아 있을 부담스러운 존재를 잠시나마 잊고 싶었기 때문이었다.

모든 게 어제와 같은데 그녀는 지금 완전히 다른 사람이 된 것 같은 기분이었다.

"어제 그 재수 없는 인간 같은 사람만 아니면 되지 뭐. 다 가진 사람인데 설마 네가지가 없지는 않겠지."

키 크고 잘생긴 게 다가 아니었다. 소라는 기본이 된 사람이 좋았다. 자신의 아버지처럼 점잖은 사람이면 기분 좋은 시간을 보낼 수 있을 것 같았다. 신분의 차이 때문에 하룻밤의 추억이 될 사람이겠지만 기분은 좋을 것 같았다.

"이모는 괜히 이런 자리를 마련해서."

오늘은 잘 넘기고 다음엔 진짜 평범한 직장인을 소개해 달라고 해야겠다는 생각이 들었다. 어쨌든 소라는 지금 생전 처음으로 결혼이 하고 싶어졌다. 그건 아버지 때문이었다.

"이소라 씨?"

갑작스러운 저음의 목소리에 소라는 온몸이 경직될 정도로 긴장이 되었다.

"네, 안녕하……."

몸을 일으키고 고개를 드는 순간 소라는 그 자리에 그대로 얼어붙어 버렸다. 상대방도 약간 놀랐는지 그녀를 바라보고 있었다.

왜 그녀는 항상 원하지 않는 최악의 경우를 맞이해야 하는 것인가를 생각했다.

정말 아니길 바랐던 그 인간이 그녀의 앞에 서 있었다. 오늘따라 더 잘생긴 얼굴로 말이다. 화면과 실물의 차이가 크다는 생각을 처음으로 했다. 사진도 보고 인터넷 기사도 보고 뉴스에도 나온 사람이었는데 그녀는 몇 번이나 본 유주영이 그 유주영이란 생각을 하지 못했었다.

실제로 그런 사람을 평상시 만날 거라고 생각하지 않았기 때문일 수도 있었다. 하지만 어쩜 그리도 몰라봤을까? 그가 그녀를 의심 어린 눈초리로 보았던 일들이 다시 떠올랐다.

그녀가 접근한 줄 알았던 게 분명했다. 그는 그렇게 자신을 못 알아볼 거라고 생각하지 않았기 때문일 것이다.

'멍청이, 멍청이……'

소라는 속으로 자신을 탓했다. 하지만 다시 생각해도 그녀는 진짜 바보였다.

삼우그룹의 아들이라는 생각이 들자 그가 더 귀티나게 생겼다는 걸 알게 되었다. 어쩜 정말 그렇게 몰라볼 수가 있었을까? 딱 봐도 유주영인데.

"자주 만나는군. 이렇게 극적인 장면을 연출하기 위해 그간 그렇게 노력을 한 건가?"

"……."

그가 그녀의 앞에 앉으며 물었지만 그녀는 놀란 마음이 진정이
되지 않아 답을 하지 못했다.

"앉아, 여기 천장은 무너지지 않으니까."

"몰랐어요."

"진부해."

"네?"

"접근 방법이 진부하다고. 그 정도의 미모라면 그렇게 하지 않
아도 봐줬을 거야."

그는 소라를 제대로 보지도 않고 귀찮다는 듯이 말했다.

"아주 무례하시군요."

"나의 장기지."

그가 웨이터를 불러 그녀에게 묻지도 않은 채 주문을 했다.

"원래 그렇게 상대방은 배려도 안 하고 그러세요?"

"아니, 3일을 똑같은 장소에서 똑같은 시간에 밥을 먹다 보니
이곳에 익숙하지 않은 여자들이 헤매는 것 같아서 번거로움을 덜
었을 뿐이야."

"내가 주문도 못할까 봐 그러세요?"

"응."

한마디로 정리를 한 그가 그녀를 위에서 아래로 무례하게 훑어

내렸다.

"목소리가 아니었다면 못 알아볼 정도야."

오늘 하루 종일 그를 위해 준비한 걸 한마디로 평가해 버린 그였다. 못 알아본 게 전부였다. 예쁘다, 섹시하다, 뭐 그런 말이 아닌 못 알아볼 뻔했다가 그가 말한 전부였다. 뭐 그렇다고 기대를 한 건 아니니까 실망도 하지 않기로 소라 역시 마음먹었다.

"오늘은 저도 못 알아볼 정도예요."

"평소에도 이렇게 다녀?"

"아뇨, 처음이에요."

"처음이라고 하기엔 너무 자연스러워."

"제가 좀 잘 소화하죠."

그가 어깨를 한번 으쓱이는데 머리를 한 대 쥐어박고 싶은 심정이었다.

"확실하게 내 신경을 끄는 데는 성공한 것 같군."

"그렇다니 다행이네요."

소라는 그의 얼굴을 똑바로 바라보며 말했다. 괜히 이 남자에게 밀리고 싶지 않았다. 재벌가로 시집을 갈 것도 아니고 이 남자는 분명히 그녀와 저녁만 먹고 헤어질 사람이었다. 다시는 만날 일이 없었다.

"학교 선생님이라고 들었는데?"

"맞아요."

"몇 학년을 가르치지?"

"초등학교 1학년이요."

"요즘은 아이들이 말을 많이 안 듣나 봐."

"네?"

"그러니 선생님이 이렇게 삐뚤어졌지."

"……"

이를 악물었다. 참을 인 자가 세 개면 살인도 면한다고 했다. 소라는 속으로 참을 인을 3천 개는 더 써내려가고 있었다.

음식이 나온 후에는 소라는 열심히 음식만 먹는 데 집중했다. 하루 종일 옷에 몸을 맞추느라 주스 한잔 먹은 게 다여서 몹시 배가 고픈 상태였다.

"맛이 있나 보군."

"네."

"하긴 여기 쉐프가 우리 집에서 일을 했었지. 그래서 말인데 스테이크는 세계 제일이야."

잘난 척까지 하다니 이제는 더 이상 들어줄 수가 없었다.

"오늘 잘 먹었습니다."

"나도 간만에 맛있게 먹었어."

"다행이네요. 이제 그만 일어날까요?"

"2차를 원하나? 여기 비엔나 커피가 아주 맛있어."

커피를 너무나 좋아하는 그녀에겐 혹한 제안이었다. 커피만 아니었어도 그녀는 그냥 일어나서 나갔을 것이다. 하지만 커피 때문에 소라는 앞에 앉은 재수 없는 인간과 조금 더 시간을 보내기로 했다.

진짜 그의 말대로 비엔나 커피의 맛은 환상이었다. 나중에 친구들하고 와서 다시 먹고 싶은 생각이 들 정도였다. 가격은 완전히 비싸겠지만 말이다.

"어제, 그제 여자분들은 별로셨어요?"

너무 뚫어지게 그녀를 보는 주영 때문에 어색한 마음이 들어서 소라가 물었다.

"응, 별로."

"왜요? 다들 예쁘고 품위 있는 분들이라고 들었는데……."

이모에게 다른 여자분들에 관한 이야기도 들었다. 그리고 이모가 이번 선을 주선했다는 말도 함께 들어서 좀 놀라기는 했었다. 부동산으로 알게 된 사모님의 부탁을 받아서 했다고는 하는데 어쨌든 이모가 이런 일을 한 건 좀 의외였다.

"왜 신경을 쓰지?"

"할 말이 없어서요."

"할 말이 없나?"

"네, 그렇다고 주버들 씨하고의 스캔들을 물어볼 수도 없고 우리나라의 경제에 대해 논의할 것도 아니고."

"하하하, 그렇긴 하군."

그가 아주 호탕하게 웃었다. 소라는 그의 얼굴을 잠시 멍하니 보았다. 진짜 그림처럼 그려진 얼굴이었다. 신이 아주 기분이 좋을 때, 아니, 컨디션이 만땅일 때 만든 인간이 바로 그녀의 앞에 있는 유주영일 것이다.

"싸가지도 주시지."

"뭐?"

"제가 뭐라고 했나요?"

아주 태연하게 상황을 모면한 그녀였다. 가끔 속엣말이 밖으로 나오는 걸 보면 나이를 먹긴 한 건 같았다.

"어떻게 이 자리에 나왔지?"

"이모가 나가보라고 해서요."

"나인 건 알았나?"

"너무 유명한 분이니까 알기야 했죠. 하지만 내가 순간순간 만났던 그 사람일 거라는 생각은 꿈에도 못 했어요. 어쩜 그렇게 화면하고 다르죠?"

그가 그녀를 아주 의심의 눈초리로 보았다.

"어차피 우리는 오늘로 끝인데 너무 그렇게 의심의 눈초리로

95

보진 마세요."

"……."

비엔나 커피를 다 마신 그들은 자리에서 일어났다. 소라는 레스토랑을 나오는 내내 사람들의 시선이 쏟아지는 것을 느꼈다. 그 시선의 대부분은 유주영에게 쏟아지는 것이라는 것도 알았다.

엘리베이터 앞에서 소라는 그에게 인사를 했다.

"오늘 저녁 아주 맛있게 먹었습니다. 그리고 커피는 최고였고요."

"다행이군."

그녀는 슬며시 썩소를 지었다. 그때였다. 갑자기 그가 그녀를 자신의 품 안으로 끌어당겼다.

쨍그랑!

그녀의 뒤에 있던 유리 화병이 갑자기 그녀 쪽으로 넘어져 산산조각이 났다. 그의 탄탄한 가슴이 그녀의 가슴을 누르고 있었다. 하지만 놀란 마음에 그녀는 그를 뿌리치는 대신에 그의 가슴에 편히 안겨 있었다.

두근거림이 놀라서 그런 건지 아니면 그의 체취 때문인지 알 수 없었지만 지금 심장 소리는 그녀의 귀에도 크게 들리고 있었다.

"죄송합니다."

호텔 직원이 달려 나와 사과를 하는 바람에 그가 그녀를 놓아주었다. 하지만 그의 손은 여전히 그녀의 어깨 위에 있었다.

"이렇게 허술해서야 어떻게 이 호텔을 믿고 이용합니까?"

"죄송합니다."

그의 한마디에 호텔 직원은 완전히 얼어붙어 버렸다. 역시 힘이 있는 사람은 달랐다. 그냥 일반 손님이었다면 직원이 그렇게 몸을 낮추지는 않았을 것이다.

"전 괜찮아요."

소라는 직원이 안쓰러워서 서둘러 그에게 괜찮다고 말했다.

"이번 일은 그냥 넘어가지 않을 겁니다."

"직원의 잘못이 아니잖아요. 내가 건드렸을 수도 있고 하니까 그만하세요."

그녀는 직원을 잡아먹을 듯이 쳐다보는 그가 무서웠다. 엘리베이터가 도착하자 소라는 그를 엘리베이터 안으로 끌고 들어갔다. 다행히 그는 그녀를 따라 안으로 들어왔다.

"전 괜찮아요."

직원을 보며 이렇게 말을 하는데도 직원은 어쩔 줄을 몰라 하며 그 자리에 있었다.

"이 호텔 당신 거예요?"

엘리베이터의 문이 닫히자가 그를 올려다보며 따지듯이 물었다.

"내 껀 아니지만 될 수도 있지."

"네?"

"여기 호텔 총책임자가 동생이거든."

그러니 그렇게까지 직원이 쩔 수밖에 없었을 것이다.

"그럼 더 상냥하게 대해줬어야죠."

"뭐?"

"아니, 그렇게 돈이 많으면 다른 사람에게 더 상냥해야 하는 거 아니에요? 가진 사람의 여유 같은 거 말이에요. 어쩜 그렇게 사람이 그래요?"

"……."

"난 내가 여유 있는 사람이라면 아까처럼 그렇겐 안 해요."

이모가 나중에 데리러 온다고 끝나면 전화를 하라고 했었다. 그녀는 핸드폰을 들어 이모에게 전화를 걸었다.

"안 받나?"

"……."

"내가 데려다주지."

"아뇨, 택시 타고 가면 돼요."

그녀는 1층을 눌렀다. 하지만 그가 다시 취소 버튼을 눌렀고 지하 1층의 버튼을 눌렀다.

"뭐 하는 거예요?"

"가진 사람의 여유를 발휘하고 있는 중이지."

말싸움이 안 되는 사람이었다.

"원래 그렇게 말을 얄밉게 하세요?"

"때때로."

어쩜 저런 캐릭터일까라는 생각에 소라는 한숨을 지었다. 지하 주차장으로 온 그는 그녀를 자신의 벤츠에 태웠다.

"저희 집은 한남동이에요."

"……."

"근처에 세워주셔도 돼요."

"……."

여전히 말이 없는 그였다. 그녀 또한 더 이상 말을 걸지 않았다.

집 근처에 들어서자 그녀가 세워달라고 말을 했지만 그가 끝까지 우겨서 결국은 그녀의 아파트 단지 앞까지 왔다.

"여기 사는군."

"네, 오늘 잘 먹었고 좋은 분과 인연이 되시길 바랄게요. 안녕히 가세요."

그녀는 이렇게 말을 하고는 빨리 그의 차에서 내렸다. 9월의 서늘한 기운이 그녀의 시스루 의상을 뚫고 들어왔다. 소라는 양손으로 자신을 감싸고는 아파트 안으로 뛰어 들어갔다.

소라는 입구에 도착해서 뒤를 돌아보았다. 왜 그랬는지는 알 수 없었지만 그녀는 그냥 그가 있을 것 같다는 생각이 들었다. 그리고 뒤를 돌아보았을 때 그가 차에서 내려 담배를 입에 물고는 그녀를 바라보고 있었다. 놀란 소라는 하마터면 하이힐에서 떨어질 뻔했다.

"왜 저러고 있지?"

그녀는 고개를 숙여 다시 한 번 인사를 하고는 집으로 들어갔다.

"다녀왔습니다."

"어땠어?"

소미가 궁금했는지 신발을 벗고 있는 그녀에게 물었다.

"꽝이었어."

"실물이 별로야?"

"아니."

"그럼?"

"너무 괜찮아서 나 같은 건 안중에도 없으실 것 같아. 그냥 좋은 경험했다고 생각하려고."

엄마와 아빠의 얼굴에 실망감이 가득했다.

"엄마, 아빠, 나한테 어울리는 사람으로 진짜 열심히 골라볼게요."

"시집은 갈 거야?"

"네."

그녀의 말에 그나마 안도의 한숨을 쉬시는 부모님이었다.

"그래, 서로 편한 상대여야지. 하지만 아빤 우리 소라가 유주영에게 하나도 꿀릴 게 없다고 생각했다."

아버지가 엄지를 척하고 들어 올리셨다. 딸이 기죽지 않게 하려는 아빠의 마음이 그대로 느껴졌다.

"저도 하나도 안 꿀렸어요. 제가 누구 딸인가요? 천하의 이상만 씨 딸 아닙니까?"

"맞아."

엄마도 맞장구를 쳐주셨다.

"그래도 난 아쉽네. 재벌 형부를 만날 수도 있었는데……."

"네가 재벌한테 가라."

"응, 기회만 주어진다면."

"야망이 가득해."

"넘치지."

"다음은 네 차례야."

두 딸의 모습을 보며 어른들이 고개를 가로저으셨다. 이렇게 소라는 무사히 힘든 하루의 고비를 넘겼다.

"어때?"

방으로 들어가려는데 소미가 그녀를 붙들고 조용히 물었다.

"세상에서 가장 재수 없는 놈이야."

"오올~"

소미에게 이렇게 한마디를 한 후에 소라는 자신의 방으로 들어갔다. 너무 긴장을 했던 탓인지 하이힐이 높아선지 온몸이 쑤시고 아팠다. 다시는 하이힐 같은 건 신지 않을 생각이었다.

3. 우연을 가장한 필연

마지막 선을 보고 집으로 돌아온 주영을 어머니가 소파에 앉아서 기다리고 계셨다. 다른 날보다 조금 늦게 온 그를 어머니께서 부르셨다.

"주영아."

"네."

"오늘은 어땠니?"

3일 만에 처음으로 어머니가 물으셨다. 마지막 날이기도 했지만 한 번에 묻는 게 나을 것 같다고 판단을 하신 모양이었다.

"저랑 인연은 아닌 것 같습니다."

"그래? 마음에 드는 아가씨가 하나도 없어?"

"너무 순진한 사람들입니다. 저랑은 맞지 않습니다."

"그렇구나."

어머니의 얼굴에 숨길 수 없는 근심이 떠올랐다.

"알았다."

"결혼은 제가 알아서 할 테니 당분간은 그냥 놔두십시오."

"놔두긴 뭘 놔둬!"

아버지의 목소리가 갑자기 집 안을 쩌렁쩌렁하게 울리고 있었다. 오늘은 일찍 오신 모양이었다. 잦은 출장과 약속 탓에 아버지와 그는 집에서 마주칠 시간이 거의 없어서 아버지의 갑작스러운 등장에 놀라지 않을 수 없었다.

"남자 구실을 못 하는 것도 아니고 온 동네 여자들하고 다 자고 다니는 녀석이 왜 마누라 하나를 못 구하는 거야!"

"여보!"

어머니가 아버지를 말리셨지만 아버지는 꼼짝도 하지 않았다. 삼우그룹의 두 고집쟁이가 정면충돌하기 일보 직전이었다. 그는 아버지의 판박이였다. 생김새도 성격도 어디 하나 다른 구석 없이 빼다 박았다.

"제가 알아서 합니다."

"아니, 이번엔 내가 알아서 해."

"전 어머니와 선을 3번 보기로 약속을 했고 마음에 안 들 경우엔 제가 알아서 하기로 했습니다."

"그래? 누구 맘대로!"

"여보!"

급기야 어머니가 아버지의 허리를 감싸 안았다.

"너 이번 년도에 결혼할 여자를 데려오지 않으면 회사를 하영이에게 넘길 거다."

"여보!"

화가 머리끝까지 오른 주영이었다. 그건 아버지도 마찬가지였다. 둘의 얼굴이 똑같이 붉었다.

"네가 얼마나 네 앞가림을 잘하는지 보마."

"……."

주영의 눈이 매섭게 어머니를 보았다. 항상 이런 식이었다. 어머니가 그를 생각해 주는 척하면 결론은 어머니에게 유리한 일이 생겼다. 이번엔 후계자가 걸린 문제였다.

"네 어머니가 소개해 준 여자보다 괜찮은 여자여야 할 거다."

"네, 알겠습니다."

주영은 속으로 이를 갈았다. 그는 주변의 사람들로부터 항상 어머니와 하영을 경계해야 한다는 소리를 듣고 자랐다. 결국은 이걸 노리는 것이었다. 하지만 절대로 주영은 후계자 자리를 놓칠 수가 없었다.

자신의 방으로 돌아온 주영은 넥타이를 신경질적으로 풀고는 와인 냉장고에서 손에 잡히는 와인을 꺼내 병마개를 땄다. 그리고는 숨도 쉬지 않고 벌컥벌컥 마셨다. 감성적일 때가 아니었다.

자신의 자리를 지키기 위해 그가 무언가를 할 때가 온 것이었다. 와인을 마시며 그는 여자들의 얼굴을 떠올렸다. 아버지가 원하는 대로 그와 걸맞은 여자들을 그는 찾아야 한다.

그동안 그의 곁을 스쳐 지나간 여자들이 많기는 했다. 재벌가의 여자들과 연예인들이 많았지만 그중 누구도 그의 마음에 딱 꽂히는 사람이 없었다. 하지만 이상하게 오늘 그가 만난 소라가 자꾸 그의 머릿속을 맴돌았다. 그녀의 섹시함은 그가 좋아하는 화려한 스타일의 여자와 같았고 그녀는 그의 기에 눌리지도 않았다.

모자라지도 넘치지도 않는 여자였다. 그리고 무엇보다 강하게 그를 끄는 무언가가 있었다.

"초등학교 선생님이라……."

하지만 그는 강하게 머리를 흔들었다. 그녀는 어머니가 소개시켜 준 여자였다. 뭔가 의도가 있는 게 분명했다. 언제부터 이렇게 어머니에 대한 불신이 생겼는지 모르지만 지금은 어머니 주변의 모든 것들은 경계대상이었다.

그는 조금 더 신중하게 여자를 찾아보기로 마음먹었다.

"어딘가에는 있겠지."

선을 보느라 정신없이 한 주를 보내고 나자 집안 행사가 연속으로 그녀를 기다리고 있었다. 9월 달에만 3명이 생일이었다. 그중에 첫 번째가 소미였고 그 다다음날이 엄마 생일, 그리고 9월의 마지막 날은 아빠의 생일이었다.

9월은 그야말로 그녀의 주머니가 탈탈 털리는 달이었다. 일주일 중에 가장 힘이 드는 월요일의 수업이 끝나고 소라는 소미에게 전화를 걸었다.

"수업 끝났어?"

[응.]

"오늘 약속 잊지 않았지?"

[그럼.]

오늘 삼우백화점에서 생일 선물을 사주기로 한 소라였다. 엄마가 상품권을 주며 소미 옷 한 벌을 사주라고 갑자기 아침에 상품권을 주는 바람에 오늘의 코스가 정해진 것이었다.

백화점에 오랜만에 들른 김에 소라도 가을 느낌의 립스틱을 사기로 마음을 먹었다.

"소미야!"

백화점에서 만난 그녀들은 1층의 화장품 코너에서부터 2층의 여성복까지 꼼꼼하게 살피고 마음에 드는 옷과 화장품을 골랐다.

확실히 소미는 그녀보다 키가 크고 서구적인 체형을 가져서 그런지 어떤 옷을 입어도 잘 어울렸다.

"다 어울려도 고민이다."

소라의 칭찬에 동생의 얼굴에 웃음꽃이 피었다.

"내일은 친구들하고 보낼 거야?"

"응, 친구들이 생일 파티 해준다고 했어."

"잘 놀고 그중에 멋진 놈도 한번 구해보고."

"넵!"

너무 열심히 쇼핑을 한 그녀들이었다.

"배고프다."

"그럴 줄 알고 언니가 특별한 선물을 준비했지."

"뭔데?"

"가보면 알아."

삼우백화점 근처에 서울호텔이 있었다. 어제의 기억이 좀 쓰라리긴 했지만 비엔나 커피 맛은 단연코 최고였다. 그 잊을 수 없는 맛 때문에 소라는 오늘 오전에 서울호텔의 레스토랑을 예약했다.

진짜 큰마음을 먹고 준비한 생일 선물이었다. 뜻밖의 선물에 소미는 놀랐고 너무나 즐거워했다.

"진짜 언니가 최고야."

"어제 진짜 맛있게 먹었는데 네가 마음에 걸리더라."

사실 소미가 그녀를 부러워하는 게 마음에 걸린 소라였다.

"이모에게 부탁했어. 너에게도 곧 좋은 소식이 갈 거야."

"언니는 어떻게 됐어? 진짜 마음에 안 들었어?"

"마음에 안 든 것도 안 든 거지만 솔직히 굉장히 부담스럽더라."

"뭐가?"

"사람 자체가 그래. 너무 완벽하니까 다가가기가 좀 그런 사람이야."

"하긴 나도 그랬을 것 같아. 그런데 언니 여기 커피 맛 끝내준다."

"그렇지."

비엔나 커피 하나로 대동단결이 된 자매였다. 즐거운 시간을 보낸 그들은 자리에서 일어나 데스크로 향했다. 계산을 하기 위해서였다.

"여기요."

소라가 카드를 지배인에게 내밀었다.

"계산은 됐습니다."

"네?"

"저희 이사님께서 이미 하셨습니다."

"이사님이요?"

소라와 소미가 서로의 얼굴을 쳐다보았다.

"어떻게 된 거야?"

"몰라."

소라가 어깨를 으쓱였다. 그때였다. 소미의 등 뒤로 키가 훤칠한 아주 미남의 남자가 나타났다.

"어제 저희 쪽 부주의로 다치실 뻔했다고 들었습니다. 죄송합니다."

"괜찮습니다. 안 다쳤는데요."

"오늘 손님께서 오셨다는 보고를 받고 제가 직접 와야겠다고 판단했습니다."

그러니까 그의 앞에 서 있는 미남자는 어제 그녀와 선을 본 유주영의 동생인 것이다. 그가 이곳의 책임자가 자신의 동생이라고 말했었다. 그런데 달라도 너무 다르게 생긴 두 사람이었다.

"괜찮으시면 제가 와인 한잔을 대접하고 싶은데요."

"왜요? 아!"

소미가 그녀의 옆구리를 손으로 꼬집었다. 가만히 있으라는 소리였다.

"아, 네."

그녀의 모습에 그는 미소를 짓더니 룸으로 그녀들을 안내했다. 커다란 룸은 보기에도 화려하면서 고급스러운 분위기였다.

"제가 좋은 와인을 골랐습니다. 마음에 드셨으면 합니다."

어쩜 그렇게 자신의 형하고 다른지 아주 부드러움이 온몸에 차고도 넘치는 사람 같았다. 까칠함으로 뒤범벅이 된 그의 형과는 완전히 달랐다. 그리고 생김새도 달랐다. 주영이 터프하게 잘생긴 사람이라면 그의 동생은 부드러운 꽃미남 스타일이었다.

"소개가 늦었습니다. 유하영입니다."

"안녕하세요. 전 이소라이고 옆에는 이소미예요. 자매 사이죠."

"자매 분들이 아주 미인이십니다."

"감사해요."

와인이 들어오자 그가 직접 그녀들에게 와인을 따라주었다.

"호텔에서 그런 사고는 잘 일어나지 않는데 저희도 좀 놀랐습니다."

"그러게요. 저도 갑작스러운 일이라서 어제 유주영 씨가……."

말을 멈춘 소라였다. 괜히 어제로 끝난 인연을 다시 들먹거리고 싶지 않았다.

"압니다. 어제 형과 선보신 분이란 걸."

"아시는군요."

"그래서 모신 건 아닙니다. 진짜 어제의 일을 사과드리고 싶은 마음이 전붑니다."

하영은 부드러운 사람이었고 그런 그에게 화를 낼 수가 없었다.

술에 약한 소라와 소미는 와인 한잔에 얼굴이 붉어지고 있었다.

"술이 약하시나 봅니다."

하영이 소미의 붉어진 얼굴을 보며 물었다.

"저희 집안 자체가 술이 약해요."

"그런 것 같아요. 하지만 살짝 붉어진 얼굴이 더 예뻐요."

그의 말에 소미의 얼굴이 더 붉어졌다. 여자를 다룰 줄 아는 사람이었다. 소라는 소미가 이런 남자를 만나면 좋겠다는 생각이 들었다.

"여자친구가 좋아하겠어요. 말씀도 이렇게 잘하시고……."

소미가 하영에게 물었다.

"전 여자친구 없습니다."

좋은 신호였다. 지금 타이밍에서 빠져주고 싶지만 빠질 구실이 없었다. 그렇다고 무작정 일어나기도 그렇고 조금 난감한 상황이었다.

벌컥!

그때 갑자기 룸의 문이 열리고는 주영이 룸 안으로 들어왔다.

"형!"

"……."

주영은 하영에게는 눈길도 주지 않은 채 소라에게 다가와서 그녀의 손을 잡고는 그대로 일으켜 세웠다.

"뭐 하시는 거예요?"

"······."

그는 말없이 그녀를 끌어내기만 했다.

"형, 내가 오늘 오셨길래 어제의 일을 사과하려고······."

하영이 상황을 설명하고 있었지만 주영의 귀에는 들리지 않는 것 같았다.

"형!"

하영이 소라의 손을 잡고 있는 주영의 손을 잡았다.

"모든 손님에게 이렇게 해? 놔!"

주영이 하영을 매섭게 쳐다보며 말하자 하영이 손을 놓았다.

"그건 아니지만······."

"그럼 그냥 조용히 있어."

그가 잡은 손은 피가 통하지 않을 정도였다.

"이보세요?"

소미가 주영을 불렀다. 하지만 그는 막무가내였고 하영이 소미의 어깨를 잡고 말렸다. 그 모습을 보니 소미에게 기회인 것 같았다.

"소미야, 먼저 집에 가 있어. 나도 얘기만 하고 돌아갈게."

"괜찮겠어?"

"응."

소라는 룸에서 나오자마자 그의 손을 뿌리치며 물었다.

"도대체 무슨 일이에요? 이유나 알고 끌려가도 끌려갈 테니까."

하지만 끝내 뿌리치지 못한 소라는 그의 손에 이끌려 지하 주차장까지 갔고 그의 차에 올라서야 아프게 잡힌 손이 자유를 얻을 수 있었다.

"왜 다시 이 호텔에 온 거지?"

"네?"

"왜 다시 여기 왔냐고?"

"동생 생일이라서 저녁 먹으러 왔어요."

"왜 하필 여기고 왜 하필 내 동생을 만나는 거야? 어머니가 당신에게 시켰어?"

"뭘요?"

황당했다. 알지도 못하는 그의 어머니가 뭘 시킨다는 말인가?

"난 당신 어머니가 누군지도 몰라요."

"김말숙."

이모의 이름이 갑자기 나오자 더 당황스러운 소라였다.

"여기서 왜 이모 이름이 나와요?"

"이모?"

"어릴 때부터 잘 알고 지낸 이모예요. 엄마와는 자매와 다름없어요."

"재벌가의 소문난 중매쟁이가 이모라니 이제야 이해가 되는 군."

이모가 중매쟁이라니 무슨 말인지 알 수가 없었다.

"이모가 중매쟁이라뇨?"

그가 갑자기 차를 출발시켰다.

"어디 가는 거예요?"

"……."

참 난감한 일이었다. 그의 어머니는 뭐고 이모가 중매쟁이라는 말은 또 뭔지 소라는 갑자기 정신이 없었다.

"차근차근 이야기를 해주면 안 될까요?"

그녀는 모든 인내를 끌어 모으며 그에게 차분하게 물었다.

"다섯 살 땐가? 자고 일어나니까 엄마가 바뀌어 있는 거야. 어린 마음에 너무 놀라긴 했지만 난 엄마가 바뀐 다음에 놀라거나 보채지도 않았고 지금의 어머니에게 바로 엄마라고 불렀어."

"……."

뜻밖의 말에 소라는 어쩔 줄을 몰랐다.

"그리고 얼마 후에 나에겐 남동생이 생겼지."

차의 속도가 빨라지고 있었다. 안전벨트를 매긴 했지만 소라는 무서웠다.

"어린 마음에도 그렇게 얌전하게 지내면 진짜 엄마를 다시 보내줄 거라고 생각했어. 하지만 그들은 그렇지 않았어. 난 그 후로 단 한 번도 엄마를 보지 못했어."

"……."

그의 말에 소라는 가슴이 아팠다. 어린아이가 얼마나 엄마를 보고 싶었을까를 생각하니 눈물이 나올 것 같았다.

"그런데 그 아이는 조금씩 적응을 했고 어머니와 작고 귀여운 동생을 가족으로 받아들이기 시작했어. 그런데 문제는 그다음부터 시작이 됐어. 사람들이 나에게 말했지. 언젠가 지금의 나의 자리는 동생의 것이 될 거라고 말이야."

그는 불안한 것이었다.

"그래서 난 그때부터 한 번도 일등을 놓친 적이 없었어. 무엇이든 다 일등이었어. 그래야 아버지가 날 인정해 줄 것 같았거든. 하지만 주변에선 늘 어머니 때문에 동생이 나의 자리를 차지할 거라고 말해."

"그래서 지금 동생에게 자신의 자리를 빼앗길 거라고 생각하는 거예요?"

"……."

"뭐 그렇게 자신이 없어요? 가진 건 깡밖에 없을 것같이 생겨가지고."

끼이익!

그가 도로가로 차를 세웠다.

"이봐요? 내가 당신의 불행한 어린 시절 때문에 죽어야 하는 거예요?"

화가 났다. 그의 이런 말을 들어줄 이유가 그녀에겐 없었다.

"왜 그렇게 얼쩡거리지?"

또 그 말이었다. 그녀는 그의 앞에 얼쩡거린 적이 한 번도 없었다. 다 기가 막히게도 우연이었다. 하지만 그는 믿지 않는 것 같았다.

"제가 언제요?"

"항상 준비를 하고 덤비는 것처럼 나의 앞에 나타나잖아."

"말은 똑바로 해요. 오늘은 당신이 나타난 거라고요."

"아니, 오늘도 당신은 전혀 예상치 않은 상황에서 동생의 호텔에 간 거야."

"알았어요. 다 내 잘못이니까 우리 다신 만나지 마요."

그녀가 차에서 내리려고 했지만 차 문이 잠겨 있었다.

"문 열어요!"

그가 갑자기 그녀의 어깨를 잡아 그를 보게 했다. 그의 깊은 눈동자 안에 그녀가 들어가 있었다.

"유주영 씨."

"맞아, 내 이름은 유주영이야. 그러니 다시는 내 앞에 나타나지

마. 한 번만 더 나타났다가는 가만히 두지 않겠어."

"절대로 그럴 일 없어요."

"사람이 장담을 아무 때나 하면 못 써. 혹시나 날 보게 되더라도 도망가. 알았어?"

"알았어요."

진짜 이상한 남자였다. 무섭게 자신을 쳐다보고 있었지만 무서움보다는 불쌍한 마음이 들게 하는 사람이었다. 그다음부터 그들은 말이 없었다. 그는 다시 운전을 했고 그녀의 아파트 앞에 도착할 때까지 말이 없었다.

왜 그가 그녀에게 자신의 과거 이야기를 했는지 알 수 없었고 왜 그가 지금 느끼고 있는 고민을 자신에게 이야기했는지도 소라는 도저히 알 수가 없었다.

이런 생각 저런 생각을 하다 보니 벌써 그녀의 집 앞이었다.

"내려."

여전히 싸늘하고 네가지가 없었지만 지금 소라는 그에 대한 연민이 생겨 버렸다.

"안녕히 가세요. 힘내시고요."

"……."

그들의 눈이 공중에서 부딪쳤다. 그는 대답하지 않고 그녀에게서 시선을 거두었다. 소라도 다시는 그와 만나지 않기를 바라는 마음뿐이었다.

아파트 단지를 빠져나오면서 주영은 몇 번이나 거친 욕을 내뱉었는지 모른다.

"왜 그랬을까?"

자신도 모르게 그는 자신의 과거를 그녀에게 말했다. 하긴 그의 과거는 알 만한 사람들이라면 다 아는 이야기였다. 그의 버려진 어머니에 대한 이야기와 삼우그룹의 어두운 가정사는 세간의 관심거리임에는 분명했다.

하지만 그는 거기서 그치지 않고 어머니와 동생에게서 받는 스트레스까지 그녀에게 말했다. 왜 그랬는지 지금도 이해가 가지 않았다. 하긴 이해가 가지 않는 건 그가 비서로부터 그의 동생에 관한 보고를 받던 도중에 그녀가 그의 동생과 같이 있다는 말을 듣고는 뒤도 돌아보지 않고 사무실을 빠져나와 그들에게 간 것이 더 컸다.

그냥 무시했으면 될 일이었다. 왜 그렇게 화가 나서 그들이 있는 곳까지 갔을까?

"너무 예민해."

아버지의 말을 듣고부터는 더 예민한 그였다.

윙—

[도대체 어디야?]

저녁에 소개팅 약속이 있었다. 친구 녀석의 사촌 동생인데 피아니스트로 아주 얌전한 여자라고 했다.

"일이 좀 있었어. 지금 바로 갈게."

[알았어.]

그는 모든 여자들의 로망이었다. 준수한 외모와 우리나라 제일의 부를 가진 남자. 마음만 먹는다면 권력도 잡을 수 있는 그였다. 그런 그를 마다할 사람들은 없었다. 재벌가에서 그를 꺼려한다고 했지만 막상 그가 손을 내민다면 그의 손을 뿌리칠 재벌가들은 없었다.

하지만 재벌은 그가 싫었다. 아버지가 어머니를 내쫓고 지금의 어머니와 결혼을 한 것도 다 막대한 부를 갖기 위해서였다.

하지만 지금은 또 그때와는 달랐다. 지금 삼우그룹을 따라올 그룹은 없었다. 더 이상 비대하게 기업을 키울 필요도 없었다. 지금은 국내보다는 세계로 나아가는 데 주력하면 그뿐이었다. 그래서 따로 조력자가 필요 없었다.

어머니는 조용한 며느리를 원하는 모양이었다. 그래서 학교 선생님 패키지로 그에게 선을 보라고 한 것 같았다.

운전을 해서 도착한 곳은 한남동의 고급 이탈리안 레스토랑이었다. 친구 녀석이 자신의 사촌 동생과 함께 앉아 있었다. 대하그룹의 서자인 그의 친구는 일을 한다기보다 한량같이 놀러 다니는 놈이었다.

"주영아."

그가 손을 흔들었다.

"늦어서 죄송합니다."

친구의 사촌인 관계로 그는 예의를 갖추었다.

"밥은?"

"아직."

친구 녀석이 음식을 주문하고는 자리를 비켜주었다.

"같이 먹어."

"원래 백수가 더 바쁜 법이다."

친구는 그렇게 사라져 주었고 여자와 그만 남았다. 상당히 미인인 여자는 조용한 스타일이었다.

"궁금한 것 없습니까?"

"좀 믿어지지가 않아서요."

"뭐가요?"

"오빠가 유주영 씨라고 해서 전 농담하는 줄 알았거든요."

그가 피식 웃었다.

"굉장히 잘생기셨어요."

여자는 무슨 연예인을 보듯 그를 바라보았다.

"떨리네요."

"편하게 생각하세요."

"어떻게 그래요. 우리나라에서 최고로 부자이신 미혼남인데."

"부모님은 어떤 분이시죠?"

하도 부자 부자 노래를 부르니 그녀의 환경이 궁금했다.

"아버지는 작은 중소기업을 운영하시고 어머니는 전업주부세요."

재벌은 아니어도 무난한 집안의 사람인 것 같았다.

"혹시 회사 이름이?"

"무림상사요. 아마 작아서 이름은 모르실 거예요."

"압니다."

"정말요?"

알고 말고, 무림상사 회장의 바람기는 세상이 다 아는 사실이었다. 그 집안이 다 그랬다. 주선자인 상호도 그 집안사람이었다. 하지만 솔직히 상관은 없었다. 그도 그렇게 떳떳하지는 않으니까 말이다.

하지만 문제는 여자를 보는 내내 딴생각이 든다는 것이었다.

"왜지?"

"네?"

식사를 하던 여자가 동그랗게 눈을 뜨며 그를 쳐다봤다. 이 정도면 훌륭했고 직업도 더 괜찮았다. 거기에 교육자 집안보다 부유한 환경에서 자란 여자였다. 게다가 얌전했고 대들지도 않았다. 그런데 매력이 없었다. 자꾸 소라 생각이 나는 그였다.

섹시한 외모에 불쑥불쑥 나타나 사람을 당황하게 만드는 그녀가 자꾸 떠올라 앞에 앉아 있는 이름도 기억나지 않는 여자를 아예 지워 버리고 있었다.

"신기하군."

"네? 제가 잘 못 알아들어서요."

"혼잣말이니 신경 쓰지 마시고 드세요."

여자의 손이 가늘게 떨리고 있었다. 그만큼 그를 의식하는 것이었다. 하지만 조금 전에 그가 만난 소라는 그에게 대들기 바쁜 여자였다. 나름의 주관이 있다고 해야 하나? 하지만 눈앞의 여자는 그런 부분에서는 영 아니었다.

식사를 마친 그는 여자를 택시에 태워 보냈다. 여기까지가 그가 친구를 위해 한 마지막 매너였다. 담배를 한 대 피운 후 그가 시계를 보니 10시가 넘은 시간이었다. 그는 차를 타고 집으로 향했다.

결혼할 여자를 찾는 건 문제가 되지 않았다. 그가 마음만 먹는다면 그에게 시집올 여자는 한 줄로 세우면 부산까지는 갈 것이기 때문이었다. 하지만 그래도 평생을 살 여잔데 함부로 고르고 싶지는 않았다. 아이를 낳아서 그처럼 상처받으며 자라게 하고 싶지 않았다.

길을 가다 보니 소라의 아파트 앞을 지나게 된 그였다. 그리고 그는 자신의 눈을 의심하고 있었다. 소라가 아파트 앞에 서 있었다.

그는 잠시 차를 멈추고 그녀를 보았다. 핑크색 트레이닝복 차림에 완벽하게 쌩얼인 그녀는 아까의 화려한 모습과는 많은 차이가 있었다.

그는 차를 길가에 대고 그녀를 부르려고 하는데 갑자기 그녀의 앞에 익숙한 차가 섰다.

그것은 하영의 차였다.

"하영이가?"

그녀가 하영이를 보더니 구십 도로 인사를 했다. 아주 죽을죄를 지은 사람 같았다.

"뭐지?"

그 이유는 하영이 차 문을 열자마자 알게 되었다. 하영이 차 안에서 여자를 끌어 내렸다. 아까 호텔에서 본 여자였다. 아무래도 술이 많이 취한 듯했다. 동생이라고 했었나? 집안에 저런 주정뱅이가 있다니 주영은 혀를 찼다.

남자가 저래도 볼썽사나운데 여자가 저러고 있으니 말이다. 그런데 하영이 여자를 업고는 아파트 안으로 들어가고 있었다. 소라의 집에 하영이 들어가는 것이었다. 그는 차에서 내릴까 하다가 시동을 걸고는 운전을 하기 시작했다.

"어차피 나랑 상관없는 일이야."

그는 그렇게 집으로 향했다.

기획본부 회의실의 분위기가 그리 좋지 않았다. 이 실장은 날이 갈수록 그들을 조여오는 회장님을 이해할 수가 없었다.

"오늘 회장님께서 곧 후계자를 발표하신다고 임원진들에게 말씀을 하신 모양이야. 이렇게 공적인 자리에서 후계자에 대한 언급을 하신 게 처음이신지라……."

기획실 부장이 떨떠름한 표정으로 말했다.

"차남이 존재하니 이래서 문제야."

"부장님이 보시기에도 그렇죠? 그런 데다가 유 이사의 평판이 본부장님보다 좋으니 문제예요."

기획실 우 과장이 걱정스런 목소리로 말했다.

"업무 능력은 우리 본부장님을 따를 사람이 없는데 이상하게 스캔들이 너무 많아서……."

"정력이 넘치시는 걸 어쩌나?"

김 부장이 한숨 섞인 목소리로 말했다.

"이 실장은 어떻게 생각해?"

"뭘요?"

"본부장님이 부회장님이 되실 것 같아?"

"그게 맞는 거죠."

이 실장이 김 부장의 말을 단칼에 잘랐다. 유 본부장은 경영을 위해 태어났고 길러진 사람이었다. 완벽하게 삼우그룹 총수의 자격이 있는 사람이었다. 여자 문제 하나 때문에 동생에게 밀릴 사람이 아니었다.

하지만 불안하기는 했다. 왜냐하면 어차피 후계자 지정은 유 회장의 몫이었고 유 회장은 둘째 아들을 몹시도 예뻐했기 때문이었다.

이 실장은 자신이 5년 넘게 모셔온 본부장이 얼마나 일에 미쳐 있는지를 누구보다 잘 알고 있었다. 그래서 더욱더 부회장 자리를 유 본부장이 차지해야 한다고 생각했다.

"이번 달 스케줄에 대해 말해주시죠."

이제 잡담은 그만하자는 표현이었다.

"이번 달에는 미국에서 열리는 무역 박람회에 참석하셔야 하고 새로운 핸드폰 출시 때문에 중국에도 다녀오셔야 하기에 스케줄 잘 체크해 주시면 될 것 같습니다. 자세한 내용은 이걸 참고하시면 될 것 같습니다."

우 과장이 서류를 그에게 건넸다.

"다른 특별한 사항은 없습니까?"

"이 실장이 사적인 것까지 관리하기는 힘이 들겠지만 최소한 지난번처럼 여자가 회사에 찾아오는 일은 없어야 해. 진짜 그러다가 회장님 눈 밖에 나서 밀린다니까."

"……."

이 실장은 대꾸 없이 자리에서 일어났다. 기획실 부장도 이 실장을 함부로 하지는 못했다. 그만큼 회사의 실세인 본부장의 오른팔이라는 걸 인정하기 때문이었다.

회의를 마친 이 실장이 본부장실로 들어갔다.

"오늘은 점심 약속이 없으십니다."

"그래? 그럼 오랜만에 이 실장이랑 먹어야겠군. 해장국 어떤가?"

"네, 전 상관없습니다."

"그럼 5분 후에 나가지."

"네."

그가 주뼛거리고 서 있자 눈치가 3단인 본부장이 펜을 내려놓고 그를 보았다.

"말해."

"이번 임원회의에서 후계자를 선정하실 거라는 말씀을 공식적으로 하셨답니다."

이 실장은 본부장에게 현실적인 상황을 말해주고 싶었다. 아랫사람이 정신 차리라고 말을 할 수는 없는 노릇이니 말이다. 일을 하는 것처럼 열심히 스캔들을 터트리니 걱정이 되는 건 사실이었다.

"회장님이?"

"네."

"그런데?"

"그 후계자가 본부장님이 될 거라는 확신이 없어서 다들 불안해합니다."

"이 실장도 불안한가?"

"네, 솔직히 말씀드려 저도 불안합니다. 주주총회의 뜻은 부회장의 선출에 미미한 역할입니다. 부회장은 말 그대로 후계자이고 그걸 선택하는 사람은 회장님이십니다."

"그런데?"

본부장의 눈이 어느 때보다도 차갑기 그지없었다.

"지금 현재 회장님이 마음에 들어하시는 분은 유 이사님이십니다."

"이 실장!"

본부장이 가장 싫어하는 말을 했다. 어릴 때부터 적자였지만 지금 본처 자리는 그의 어머니가 아니었고 그 밑에 동생이 있었다. 어느 어머니가 자신의 아들을 후계자로 앉히고 싶지 않겠는가 말이다.

그걸 누구보다 잘 아는 본부장은 그 얘기를 가장 싫어했다. 그가 어릴 때부터 그를 생각하는 주변 사람들은 다 그에게 그런 말을 했을 것이다. 차라리 그의 동생이 못됐거나 아주 나이 차이가 나거나 하면 경쟁이 좀 쉬웠겠지만 유 이사는 이 실장이 보기에도 바른 사람이었다.

"듣기 싫어."

"진짜 이대로는 너무 불안합니다. 아무리 업무 능력이 슈퍼맨에 가깝다고 하지만 회장님이 바라시는 건 안정된 모습입니다."

"해결책이 없는 충고는 집어치워."

"제가 드린 말씀을 깊이 생각해 보십시오. 해결책이 있습니다."

"그래서 해결책이 뭐야?"

"답은 하나 결혼뿐입니다."

"뭐?"

"그것도 아주 회장님의 마음을 사로잡을 만한 당찬 아가씨로 말입니다."

"……."

"회장님은 너무 순한 사람도 싫어하시고 너무 센 사람도 싫어하십니다. 물론 본부장님의 마음에 드셔야겠지만 지금은 회장님이 예뻐하실 만한 며느리를 찾는 게 우선입니다."

본부장이 가만히 그를 쳐다보았다.

"그래서?"

"신부님을 찾아 그동안의 일을 만회하시면 됩니다."

본부장이 그를 또다시 매서운 눈으로 바라보았다.

"주제넘은 말이라는 건 알지만 전 누구보다 본부장님이 삼우그룹의 총수의 자질을 가진 분이란 걸 알고 있습니다. 그런 능력을 펼칠 기회를 빼앗기지 마십시오. 죄송합니다."

"점심은 나 혼자 먹어야겠군."

본부장이 자리에서 일어났다. 그리고는 자신의 재킷을 들고는 찬바람을 뿜으며 사무실을 나갔다. 본부장이 사무실을 나가자 이 실장은 다리에 힘이 풀리는 느낌이었다. 본부장의 눈초리를 끝까지 보고 있기가 힘이 들었다. 기를 모조리 빼앗긴 기분이었다.

"하!"

한 방 먹었다. 언제나 샌님처럼 그가 시키는 일에만 충실하던 이 실장이었다. 회사에서도 포커페이스로 유명한 사람이었다. 그런 그가 처음으로 입을 뗀 것이 요즘 그의 머리를 터트릴 것 같은 이야기였다.

"공부는 좀 잘했나 보군."

문제의 핵심을 아주 잘 파고들었다.

"결혼을 하라고?"

기가 막힌 방법이었다. 몰라서 안 하는 게 아니었다. 하지만 자신의 친어머니처럼 불행해지고 싶지 않았기 때문에 주영은 결혼에 관심이 자연스레 없어졌다. 그게 오히려 마음이 편했다.

"그동안 내가 아주 여자관계가 복잡하긴 했나 보군."

그것이 이렇게 자신의 발목을 잡을 줄은 상상도 하지 못했었다. 머리가 복잡했다. 과연 누구를 어떤 여자를 만나야 이 실장의 말처럼 아버지를 만족시킬 수 있겠는가? 머리에 물음표가 가득했다.

"눈치가 빠른 여자라……."

그는 머리를 열심히 굴려보았다. 그렇게 차를 운전하고 오다가 보니 한강이었다. 가을 강바람은 쌀쌀했다. 오늘따라 그의 눈에 많은 연인들이 보였다. 나면서부터 그는 평범한 삶을 살지 못했었다. 언제나 특별함만이 그에게 가득했다.

운동을 하는 사람들과 평범한 데이트를 즐기는 사람들 그리고 이소라…….

"이소라?"

그의 눈에 트레이닝복을 입고 열심히 달리는 여자가 소라로 보였다. 다시 보니 아니었다. 그녀가 지금 이 시간에 여기 있을 리가…….

이어폰을 꽂고 뒤로 걷는 여자가 또다시 소라로 보였다. 그는 머리를 흔들었다. 스트레스를 너무 많이 받은 것 같았다. 이럴 수는 없었다. 주영은 차 밖으로 나와 한강 둔치를 걷는 사람들을 뚫어지게 보았다. 어디에도 소라는 없었다.

"진짜 미치겠군."

그는 분명히 극도의 스트레스를 받고 있는 게 분명했다. 그러지 않고서는 이렇게 헛것이 보일 리가 없었다. 도저히 안 될 것 같아서 그는 다시 사무실로 들어갔다. 빨리 결혼부터 해결을 봐야지 도저히 안 될 것 같았다.

퇴근 후에 그는 오랜만에 주버들을 만났다. 그에게 아직까지 미련을 버리지 못하고 안달이 나 있는 그녀였다. 그가 전화를 거니 아주 쏜살같이 그에게 달려왔다.

"오빠."

콧소리가 아주 귀에 거슬렸다. 그들이 만난 곳은 그의 차 안이었다. 언제 파파라치에 찍힐지 알 수가 없는 그는 행동에 조심을 기했다. 하긴 이렇게 해도 운이 억세게 나쁜 날은 찍히기도 했다.

"어쩐 일로 전화를 다 했어?"

그녀의 손이 주영의 굵고 튼튼한 허벅지 위로 올라왔다.

"그냥."

"오빠한테 그냥이 어딨어?"

그녀는 뭔가가 있을 줄 알고 기대에 찬 눈으로 그를 바라보았다.

"하긴."

처음에 그녀의 완벽함에 끌린 건 사실이었다. 아름다운 육체를 가진 여자였다. 그런데 신기한 건 딱 거기까지였다. 더 이상은 없었다.

"요즘은 어때?"

"요즘 영화 찍고 잠깐 쉬고 있는데 오빠한테 연락이 온 거지. 완전 기분 좋다."

"그래?"

"응, 오빠는 나 안 보고 싶었어?"

"……"

당찬 면이 있어서 그녀를 한 번 더 본 것이었다. 그를 찾아 회사까지 찾아온 여자였다.

"아닌 것 같아."

"뭐가?"

그가 운전대를 잡았다. 그리고 그녀를 집 앞에 내려주었다. 그는 확실하게 뭔가를 느꼈다. 지금은 그 어떤 여자가 와도 소라에 겐 적수가 될 수가 없다는 걸 말이다. 지금 그의 흥미를 끄는 건 이소라라는 여자뿐이었다.

4. 뜻하지 않은 욕망

시끌벅적한 종례시간이었다. 1학년이 원래 그렇듯이 아이들의 시선을 잡는 게 언제나 문제였다. 하지만 녀석들도 2학기에 접어들면서 많은 변화가 있었다. 학기 초에 비하면 완전히 양반이 된 것이었다.

다음 주부터 2차 학부모 상담이라서 소라는 아이들을 집에 보내고도 바쁘게 면담 자료를 준비해야 했다. 1학년 학부모들이 가장 아이의 학교생활에 관심이 많았다. 그런 부모들에게 아이들의 학교생활을 전달해 주려면 나름의 준비가 필요했다.

"이 선생님, 교장실로 오시랍니다."

"저요?"

아직도 교장선생님은 무서운 존재였다.

"1학년 선생님 전체 다 모이는 거예요."

"아, 네."

수업이 끝나면 선생님들도 수업이 끝나는 줄 알 테지만 진정한 일은 지금부터 시작이었다. 소라는 오늘 완벽하게 체력이 고갈되었다. 어젯밤에 소미가 술이 만땅으로 취해 들어오는 바람에 아빠에게 밤새도록 훈화 말씀을 들었다.

아빠도 교장선생님 출신이신지라 한번 훈화를 시작하시면 끝이 없었다. 거실 소파에 널브러진 소미는 그대로 뻗어버려서 그 고통을 모르고 잠만 잤다. 어제 처음 만난 하영 씨에게 어찌나 미안하던지 소라는 너무 부끄러웠다.

그렇게 착하고 매너 좋은 사람은 처음이었다. 동생에게 연결시켜 주고 싶은 만큼 좋은 사람이었지만 어제 소미가 그 기회를 완벽하게 발로 걷어찼다. 소미를 집 안까지 업어다 줘서 엄마, 아빠를 놀라게 했지만 그는 그냥 멋쩍은 미소만 짓고는 돌아갔다.

"졸리다, 졸려."

피곤한 몸을 이끌고 교장실로 향하는 그녀의 핸드폰이 울려댔다. 모르는 번호였다.

"이 선생, 전화 안 받아?"

"모르는 번호예요. 스팸인가 봐요."

"하긴 요즘 전화도 함부로 못 받겠어."

"맞아요."

교장실에 1학년 담임들이 모여서 회의를 하기 시작했다. 다음 주에 있을 학부모 면담과 그다음 주에 있을 현장 학습이 주제였다.

윙―

얼른 핸드폰을 끈 소라였다.

윙―

그녀의 핸드폰이 또다시 울리자 교장선생님의 눈이 매서워졌다. 초스피드로 핸드폰의 전원을 꺼버린 소라는 교장선생님을 향해 멋쩍은 미소를 지었다.

회의를 마치고 난 후 소라는 옆 반 쌤과 커피 한잔을 마시며 수다를 떨었다.

"무슨 일 있어?"

"네?"

"전화가 많이 오길래."

"핸드폰."

그녀는 얼른 핸드폰의 전원을 켰다. 전원을 켜자마자 모르는 번호와 이모에게 전화가 많이 와 있었다. 그녀는 이모에게 전화를 걸었다.

"이모, 왜?"

[왜 이렇게 전화를 안 받아?]

"회의 중이었어요."

[그래?]

"무슨 일 있어요?"

[너 이번 주말에 시간 비워둬.]

"주말에요?"

[응, 내가 유주영은 실패를 봤지만 진짜 너에게 잘 맞는 사람을 찾았거든.]

"누군데요?"

[내과 의사야. 인물도 좋고.]

유주영의 악몽이 계속되고 있는 소라였다. 매일 밤 그녀의 꿈에 나타나서 너는 아니라는 소리만 하고 가는 남자였다.

"알았어요."

[그래, 만나기 전에 내가 전화하고 집에 갈게.]

"네."

이모의 직업이 의심스러웠다. 진짜 주영의 말대로 중매쟁이 같았다. 설마 그렇지는 않을 것이다. 그렇게 오랜 세월을 알았는데, 이모의 직업은 부동산 중개업자가 확실했다.

"무슨 전화야?"

"이모가 소개팅 해준다고 하네요."

"뭐 하는 사람이래?"

"의사요."

"진짜? 좋겠다. 그러면 의사 사모님 되는 거야?"

"아직 만나지도 않았어요."

그녀는 커피를 들고는 다시 자신의 반으로 갔다. 그리고는 모르는 번호로 전화를 걸었다. 혹시나 학부모일 수도 있겠다는 생각이 들었기 때문이었다.

"여보세요?"

[왜 이렇게 통화하기가 힘이 들지?]

유주영이었다.

"주영 씨?"

[내 이름은 잊지 않았군.]

"제 번호는 어떻게 아셨어요?"

[그건 알 것 없고 왜 이렇게 전화를 안 받아?]

모르는 번혼데 받을 리가 없었다. 그리고 유주영은 완전히 따지듯이 그녀에게 묻고 있었다.

"모르는 번호였고 회의 중이었어요."

소라도 기분 나쁜 티를 내며 답했다.

[선생님들도 회의를 하나?]

"네."

[오늘 저녁에 몇 시에 끝이 나지?]

"오늘은 할 일이 좀 많아서 7시는 돼야 해요."

[데리러 갈 테니까 기다려.]

"네? 밑도 끝도 없이 왜요? 눈에 띄지 말라면서요?"

정말 화나게 하는 인간이었다.

[하나초등학교라고 그랬나?]

"네, 그렇긴 한데 오지 마세요."

그녀의 말이 끝이 나기도 전에 그가 전화를 끊어버렸다.

진짜로 짜증나는 인간이었다. 오늘은 또 뭐가 불만이라고 말할지 몰랐다.

"대체 왜 이러는 거야?"

"도대체 누군데 그래?"

"있어요. 정신 나간 인간."

소라는 입을 삐죽 내밀었다. 그리고는 학부모 상담 자료를 만드느라 정신이 없었다. 7시까지는 끝을 내야 했다.

정신없이 일을 하다 보니 7시 5분 전이었다. 소라는 얼른 책상을 정리하고는 거울을 보았다. 왜 자신이 거울을 보고 있는지 깨닫지도 못한 채 그녀는 거울 속에 비친 자신의 모습을 이리저리 살폈다.

그리고는 운동장을 가로질러 정문으로 뛰기 시작했다. 정말로 그의 벤츠가 정문 앞에 서 있었다. 그녀가 가까이 가자 그가 차에서 내렸다. 확실하게 커다란 사람이었다. 키도 컸지만 그가 풍기는 아우라는 진짜로 사람을 커 보이게 만들었다.

"헉헉, 오래 기다리셨어요?"

"조금, 타지."

그녀가 차에 타자마자 그는 차를 출발시켰다.

"제가 얼씬거릴 시간이 없었는데요."

"알아."

"그런데 왜 오늘 보자고 하신 건지? 진짜 얼씬거리지 않을 자신이 있는데, 그러고 싶지도 않고."

그는 대답이 없었다.

"제가 저도 모르게 사고를 쳤나요?"

"응."

"진짜요?"

소라는 빠르게 어제부터 오늘까지 그녀가 한 일을 되짚어보았다. 그런데 아무리 생각을 해도 어제 그와 헤어진 이후에 아무런 일도 없었다. 소미의 일을 빼고 말이다.

"왜 자꾸 나타나지?"

"제가요? 언제요?"

그는 한강의 어느 아파트로 그녀를 데리고 갔다. 어마무시한 차들로 가득한 주차장은 이곳에 사는 사람들의 수준을 말해주고 있었다. 완전 수입차 전시장 같았다.

"여기가 어디예요?"

"원래 그렇게 궁금한 게 많은가?"

"그건 아니지만 여긴 삼우그룹의 본가가 아니잖아요?"

"본가의 위치도 아나?"

"알고 싶어서 안 건 아니지만 요즘 그런 걸 알려주는 프로들이 많아서요. 재벌들에 관한 모든 걸 사람들이 궁금해하잖아요. 그 프로에서 유주영 씨 본가 가격이 제일 비싸다고 나왔어요."

"별게 다 궁금한가 보군."

소라는 어깨를 들썩였다. 그와 같이 엘리베이터를 타고 아파트로 올라갔다. 소라의 눈길이 그를 슬며시 보았다.

"왜?"

"설마, 납치나 뭐 그런 거 아닌가 해서요."

"난 그렇게 한가하지 않아."

그가 딱 잘라 말하자 특별히 할 말이 없어진 소라였다. 그를 따라 내린 곳은 현관부터가 으리으리했다. 엘리베이터에서 내리면 그냥 아무것도 없는 게 정상인데 이곳은 출입구부터가 남다르게 되어 있었다.

"옆집은 없어요?"

"응."

한 층을 다 쓰다니 좀 놀랍기도 하고 그의 위치를 생각하니 당연한 것 같기도 하고 좀 복잡했다.

"여기 살아요?"

"아니."

"그럼요?"

"가끔 머리 복잡할 때 들르지. 몇 달 후엔 이곳에서 살 거야."

"독립하시게요?"

"독립이나 마찬가지지."

현관의 문이 열리고 그의 집 안에 들어서는 순간 소라는 궁궐에 온 것 같은 느낌이 들었다. 거기다가 복층까지 완벽하게 다른 세상이었다.

"여긴 도대체 몇 평이에요?"

"200평."

"우와."

가만히 있으려고 했지만 진심으로 놀란 소라였다.

"여기서 혼자 살려고요?"

"아니, 결혼해서 살려고."

그럼 몇 달 있다가 그가 결혼을 한다는 이야기였다. 그런데 아쉬운 마음이 드는 건 왜일까?

"앉아."

그가 소파를 가리켰다. 그런데 소라의 시선은 소파가 아닌 수영장을 향했다.

"여기 수영장도 있어요? 아파트 안에?"

영화에서나 보던 집이었다.

"내가 수영을 좋아해서. 요즘 유일하게 하는 운동이기도 하고."

그의 말이 귀에 들어오지 않았다. 수영장인데 바다의 빛이 났다. 도대체 물에 염색제를 푼 건지 아니면 바닥 색깔인지 소라는 너무나 궁금해서 수영장 쪽으로 걸어갔다.

"미끄러우니까 조심해서……."

풍덩!

그의 말을 들음과 동시에 그녀는 갑자기 물속으로 빠졌다. 미끄러져 발을 헛디딘 것이다. 소라는 운동신경은 있었지만 수영은 하지 못했다.

그녀가 허우적거리며 수영장 물을 다 마시고 있는 순간 다른 쪽에서 풍덩 소리가 났다. 그리고 그녀는 그에 의해 안아 올려졌다.

"괜찮나?"

"……."

너무나 놀라서 아무런 말을 할 수가 없었다. 진짜 죽을 뻔했다.

창피한 건 다음 문제였다. 그가 그녀를 풀장 위로 올리고는 뺨을 손으로 툭툭 건드렸다. 눈은 뜨고 있었지만 말을 제대로 하지 못했다.

그녀를 바라보는 그의 얼굴에서 물이 뚝뚝 떨어졌다. 그러더니 갑자기 그녀의 코를 잡더니 인공호흡을 하기 시작했다. 주영의 입술이 그녀의 입술을 덮었다. 정신이 몽롱한 가운데서도 그의 입술이 주는 따뜻함이 그대로 느껴졌다.

"컥!"

물이 목구멍에서 나왔다.

"콜록콜록."

기침이 쉴 새 없이 나왔다. 그가 커다란 타올을 가져와서 그녀의 몸에 두르고는 열심히 문질러 주었다.

"괜찮아요."

소라가 몸을 덜덜 떨며 그 자리에 일어나 앉았다. 그러자 그가 그녀의 옆에 풀썩 주저앉으며 그녀를 감싸 안았다.

"언제쯤이면 이렇게 신경을 안 쓸 날이 올까?"

마치 매번 그녀가 그의 속을 썩이는 것처럼 말하는 그였다.

"제가 언제 속을 썩였다고 그러세요?"

"끝까지 말대답은 하는군. 목숨을 살려줬는데도 말이야."

"고마워요."

소라는 순간적으로 자신을 구해준 그를 잊고 말았다.

"괜찮은 거야?"

"네."

이렇게 보니 다정한 구석도 있는 사람이었다.

"옷을 갈아입어야 할 것 같아. 게스트 룸 안에 아마 입을 옷이 있을 거야."

그녀는 타올로 몸을 감싸고는 실례를 무릅쓰고 그가 말해준 게 스트 룸 안으로 들어갔다. 말이 게스트 룸이지 완전히 7성급 호텔 방이었다.

그녀는 물에 젖어서 들러붙어 버린 옷을 아주 어렵게 벗었다. 그리고 따뜻한 물에 샤워를 했다.

"이제 조금 살 것 같다."

그러다가 문득 방금 전의 일이 떠오르자 소라는 벽에 머리를 박 았다.

"쪽팔려."

진짜로 죽고 싶었다. 방금 전까지는 죽을 뻔한 것만 생각하면 됐는데 지금은 나가면 죽을 것 같았다.

"쪽팔려서 죽은 첫 번째 사람이 될 것 같아."

미칠 것 같았다. 샤워를 마친 소라는 드레스룸 안에서 여자 옷 으로 보이는 편안한 옷을 골라 입었다. 속옷이 없어서 반팔 면티

두 개를 겹쳐 입으니 다행히 유두가 도드라져 보이진 않았다. 검정색 파자마를 입은 소라는 위에 걸칠 걸 찾았지만 없어서 그대로 밖으로 나가야 했다.

게다가 쌩얼에 젖은 머리 상태인 그녀는 쪽팔림 3종 세트를 장착하고 그의 얼굴을 봐야 했다.

마치 약속이라도 한 것처럼 주영도 검은 반팔 티에 검정 파자마를 입고 주방에 있었다. 그리고는 그녀를 보자마자 따뜻한 커피를 건넸다.

"감사해요."

"내가 좋아하는 커피야."

"네. 집에는 일하시는 분들이 없나 봐요?"

"여긴 다 출퇴근을 하지."

이렇게 넓은 집을 청소하는 것도 결코 만만치 않은 일 같았다. 뭐가 부족해서 그가 이 집에서 청소하고 밥을 할 거란 생각을 했을까? 소라는 오늘 가지가지 한다는 생각이 들어 얼굴을 붉혔다.

"덤벙대서 죄송해요."

"아니야, 미끄럽다는 말을 먼저 했어야 하는 건데 내 실수였어."

"그런데 오늘은 무슨 일로 절 부르셨어요?"

"제안을 하려고."

"제안요?"

따뜻한 커피가 온몸에 퍼지며 환각을 일으키는지 오늘따라 그가 굉장히 섹시해 보였다. 순간 소라는 머리를 흔들며 정신을 차리기 위해 애를 썼다.

"괜찮아?"

"네."

"다름이 아니라 결혼을 했으면 해서."

"누구랑요?"

"나랑 소라랑."

푸!

입안의 커피를 그대로 뿜어내고야 말았다.

"죄송해요."

놀란 소라가 자리에서 일어나 티슈를 찾자 그가 그녀의 손에 각 티슈를 통째로 올려주었다. 소라는 서둘러 커피를 닦기 시작했다.

"그렇게 사람을 놀라게 하는 게 어딨어요?"

"진심이야."

"네?"

소라가 그 자리에 그대로 얼어붙었다.

"그러니까 지금 나랑 유주영 씨랑 뭘 한다고요?"

"결혼."

"뭐 잘못 드셨어요?"

"아니, 나하고 결혼하려고 선본 거 아니었어?"

"네, 그렇지만 그건……."

"그럼 됐어."

"저 이번 주말에 선봐요."

"보지 마."

그와 눈이 마주치는 순간 소라는 마음이 흔들렸다. 모든 걸 다 가진 사람인데 자꾸만 안쓰러운 감정을 느끼고 있었다.

"이제 선 같은 건 보지 않는 게 좋을 거야."

그의 말이 경고처럼 들리는 이유는 뭘까? 여하튼 기분이 좋지 않았다.

"전 유주영 씨와 결혼 안 해요."

"왜? 지난번엔 하려고 했잖아."

그건 그랬다. 선이란 결혼의 전제하에 보는 것이니까 말이다.

"그건 제가 유주영 씨를 모를 때고요."

"지금은 아나?"

"말장난하고 싶은 기분 아니에요. 이게 할 얘기라면 그만 가볼게요."

소라가 자리에서 일어나자 주영이 그녀의 손을 잡았다. 거칠게 잡지는 않았지만 힘이 어찌나 강한지 빼려고 해도 꿈쩍을 하지 않았다.

"뭐 하는 거예요? 놔요."

"앉아."

"싫어요."

주영이 그녀의 팔을 당기자 소라는 힘없이 주영의 품 안에 안겨 버렸다. 그녀의 가슴이 주영의 탄탄한 가슴 아래에 닿아 있었다.

"이거 놔요."

"아직 날 모르지 않나?"

"알 만큼은 알아요."

"내가 어떻다고 생각하지?"

주영의 깊은 검은 눈동자가 그녀의 얼굴을 내려다보고 있었다. 그들의 눈이 허공에서 부딪쳤다.

"그러니까⋯⋯."

지면 안 되는 싸움이었다. 그의 눈동자 안에 그녀가 가득 차 있어도 거절할 건 거절해야 하는 것이었다.

"내가 어떤데?"

"그러니까 이기적이고 충동적이고 남을 배려할 줄도 모르고⋯⋯."

소라의 다음 말은 그의 불꽃처럼 뜨거운 입술에 의해 차단되어 버렸다. 듣기 싫어서 그런 건지 아니면 왜 그녀의 입술에 그의 입술을 가져다 대고 있는지 소라는 알 수가 없었다. 하지만 분명한 건 그 입술을 떼고 싶지 않다는 것이었다.

그가 갑자기 그녀의 허리를 강하게 끌어당기더니 그녀의 입술 안으로 혀를 밀어 넣었다. 키스를 안 해본 게 아닌데 그의 키스에는 두 다리의 힘이 풀렸다. 그동안 그녀가 했던 키스는 진짜 아무것도 아닌 것이었다.

주영의 저돌적인 혀가 그녀의 입안을 정신없이 헤치고 있었다.

"으으음."

소라의 항의는 그의 입속에서 묻혀 버렸다. 처음에 짐승처럼 강하게 밀어붙이던 주영의 키스가 점점 더 부드러워지고 있었고 어느새 소라의 팔이 그의 목을 감싸고 있었다. 진짜 키스를 잘하는 남자였다. 정신이 몽롱할 정도로 주영은 그녀를 몰아붙였다.

그의 손이 그녀의 허리 라인을 타고 올라와 그녀의 가슴을 스치고 지나갔다. 너무 놀란 나머지 몸을 굳혔지만 그에겐 용납이 되지 않았다. 주영의 거침없는 손이 그의 목을 감싼 그녀의 팔까지 올라갔다가 다시 똑같은 곳을 지나며 내려왔다. 주영의 손이 스치는 곳마다 마치 불에 댄 뜨거웠다.

"그만해요."

그녀의 말에 그는 다시 소라의 입술을 막아버렸다. 그의 혀가 그녀의 입안을 지배했다. 자꾸만 문을 열라고 말을 하고 있었다.

왜 자꾸 이 남자에게 연민이 느껴지는 것일까? 그가 그녀에게 강압적으로 행동하는 이때도 소라는 이상하게 그의 키스에서 슬픔이 느껴졌다.

사람을 이상하게 만드는 재주가 있는 사람이었다. 소라는 그냥 그의 키스를 받아들이기로 했다. 그의 키스가 깊어질수록 야릇함이 더해질수록 뭉클한 기분이 드는 건 뭘까?

소라는 그의 목에 팔을 더 강하게 감고는 그의 입술을 깊이 받아들였다.

"으으으음."

그의 입안에서 신음 소리가 났다. 소라는 자신도 모르게 그에게 몸을 더 가까이 밀착시켰다. 자극을 받았는지 주영이 소라의 허리를 자신 쪽으로 더 가까이 끌어당겼다. 그의 강인한 몸에 그녀의 몸이 더 가까이 닿자 알 수 없는 흥분이 소라의 온몸을 덮쳐 왔다.

태어나서 단 한 번도 남자와 이렇게 진한 스킨십을 해본 적이 없는 그녀였다. 그래서인지 더더욱 신기했다. 그의 손이 그녀의 티셔츠 안으로 들어왔다. 속옷을 입지 않은 것도 처음이었지만 자신의 가슴을 맨손으로 주무르고 있는 남자도 처음이었다.

"저기……."

정신을 차리려고 애를 쓰며 소라가 그의 손을 잡고 아래로 내리려 했다. 하지만 그는 꿈쩍도 하지 않았다. 더 깊은 키스만을 그녀에게 할 뿐이었다.

그가 흥분으로 우뚝 솟아 오른 그녀의 유두를 손가락으로 만졌다. 처음 느끼는 감각에 소라가 몸을 비틀었다. 어떻게 해야 할지 머리로는 판단이 되지 않았지만 그녀의 몸은 아주 잘 적응을 하고 있었다.

"아하."

그가 소라의 부드럽지만 탱탱한 가슴을 다시 한 번 강하게 쥐었다. 이번엔 아주 짜릿한 느낌이 온몸으로 퍼지고 있었다.

"아흐."

미칠 것 같았다. 이렇게 정신을 못 차리고 있는 사이에 그가 그녀의 티셔츠를 벗겨 버렸다. 차가운 공기가 그녀의 가슴을 스쳤다. 소라는 손으로 가슴을 가리려 했지만 그의 동작이 더 빨랐다.

그녀의 팔을 잡은 그가 머리를 숙여 그녀의 가슴에 입을 맞추었다. 아니, 입을 맞춘 게 아니라 그녀의 유두를 빨고 있었다. 짜릿한 감각에 소라는 정신을 차리기가 힘이 들었다.

"아, 제발……."

"제발 뭐지?"

"그만해요."

"아니, 너무 좋아. 정신을 차리기 힘이 들 만큼."

천하의 바람둥이는 다른 모양이었다. 그녀처럼 연애에 거의 백

치인 여자는 이렇게 쉽게 그에게 무너지는 모양이었다.

그의 손이 어느새 그녀의 바지까지 내린 상황이었다. 그녀는 지금 그의 앞에 완벽하게 나신이었다.

"으으음."

그의 깊은 키스가 좋았다. 그의 혀가 그녀의 입안을 훑어 내리고 있는 것도 좋았다. 그녀의 여성이 축축이 젖어들고 아랫배가 찌릿했다. 섹스를 한 번도 해본 적은 없었지만 그와의 섹스가 대단히 만족스러우리라는 생각이 들었다.

그의 손이 그녀의 여성을 감싸자 소라는 몸을 활처럼 휘었다.

"민감한 몸을 가졌어."

그는 이렇게 말을 하고는 그녀를 안아 올렸다. 그리고 어디론가 향했다. 말은 하지 않았지만 그가 지금 그녀를 자신의 침실로 데려갈 거라는 건 알았다.

그의 호흡이 마라톤을 한 사람처럼 거칠었다. 호흡이 거친 건 그녀도 마찬가지였다. 그의 키스는 계속되었고 소라는 부끄러움을 느낄 시간이 없었다. 그가 그녀를 맹공격했다.

방문이 열리는 소리가 들리고 잠시 후 그녀의 등에 부드러운 새틴의 느낌이 들었다. 포근하고 따뜻한 느낌이었다. 지금의 그처럼 말이다. 그는 공격적이기도 하고 부드럽기도 했다. 그래서 그녀는 더더욱 그에게 빠져들 수밖에 없었다.

"미치겠어."

그가 이렇게 말을 하며 그녀의 귓불을 입에 물었다. 그의 거친 숨소리가 그녀의 귓가를 적시고 있었다. 그의 혀가 그녀의 귀를 핥을 때는 이성이라는 게 그녀의 몸을 빠져나가는 느낌이었다.

"아흐."

그의 혀끝이 그녀의 귓구멍을 헤집고 들어오자 소라는 신음과 함께 몸을 부르르 떨었다. 자신의 성감대 하나를 더 찾은 기분이었다. 아니, 마치 온몸이 성감대로 이루어진 듯 그의 혀가 그리고 입술이 지나는 곳마다 짜릿한 느낌이었다.

"아름다워."

그가 몸을 살짝 들더니 그녀의 몸을 욕망에 젖은 눈으로 바라봤다. 그 타는 듯한 시선에 소라는 온몸이 녹아내릴 것 같았다. 그가 손을 들어 그녀의 가슴을 잡았다. 그리고는 그녀의 눈빛을 바라보며 말했다.

"나를 이렇게 자극한 여자는 처음이야."

그리고는 머리를 내려 그녀의 유두를 빨기 시작했다. 어찌나 강하게 빠는지 유두 끝이 아릴 정도였다. 그녀의 마음을 읽기라도 한 것처럼 이번에는 그가 그녀의 유두를 혀로 핥았다. 아픔에서 짜릿함으로 바뀌는 순간이었다.

"아아앙."

그녀의 신음 소리는 이제 부끄러운 줄도 모르고 흘러나왔다. 그의 입술이 점점 더 아래로 내려가기 시작했고 소라는 위험하다는 걸 느꼈다. 그가 무슨 짓을 하리라는 생각이 들었다.

하지만 그녀보다 언제나 그의 동작이 빨랐다. 그의 입술이 그녀의 여성을 머금었다. 화들짝 놀란 소라가 그의 머리를 밀어냈지만 그는 꿈쩍도 하지 않았다.

"거긴 하지 마요."

"그럼 어딜 하지?"

"제발……."

"헉헉, 안 돼."

그는 거친 숨을 몰아쉬며 단호하게 말했다. 그 뒤로 그의 공격은 더 맹렬하고 자극적이었다. 혀로 그녀의 여성을 가르고 있었다. 하지만 소라가 다리를 오므리자 그가 힘을 주어 그녀의 다리를 활짝 벌렸다.

"피하지 마. 어차피 결혼을 하면 다 할 일 아니야? 즐기라고."

결혼이라니, 그 소리에 머리가 더 멍해진 소라였다. 그와 결혼이라니 그리고 매일 밤 이런 일을 한다면 그녀는 일찍 죽을 것 같았다. 심장이 이렇게 두근거리는데 어떻게 오래 살 수 있겠는가?

"진짜로 결혼할 생각이에요?"

"응."

그는 거친 호흡을 삼키며 답했다. 진짜로 진지하게 생각을 하는 모양이었다. 그가 그녀의 다리를 단단하게 잡고는 그녀의 여성을 혀로 가르는 순간부터 소라는 아무 생각도 할 수가 없었다.

어떻게 이렇게 은밀한 짓을 그와 할 수 있는지 알 수가 없었다. 그런데 진짜 이상한 건 하나도 어색하지 않다는 것이었다. 마치 기다려 온 것처럼 그의 아주 은밀한 행동을 소라는 그대로 받아들이고 있었다.

주영이 수줍게 숨어 있던 그녀의 비밀스러운 클리토리스를 찾아내서 혀로 자극했다.

"아아앙."

소라가 몸을 활처럼 휘었다. 하지만 진짜 최고의 쾌감이 그녀를 삼켜 버렸다. 그가 한 번 더 해주길 바랄 정도였다. 섹스가 이런 것이라는 걸 소라는 지금 온몸으로 느끼고 있었다. 그가 다리를 더 활짝 벌리고는 그녀의 여성을 쳐다보았다.

환한 조명 아래 그녀는 지금 완벽하게 그녀의 모든 걸 그에게 드러내고 있었다.

"부끄러워요."

"아니, 진짜 아름다워. 이렇게 예쁜 분홍색은 처음이야."

그녀조차도 보지 못한 은밀한 곳을 그는 지금 마음껏 감상을 하고 있었다. 그가 이번에는 손가락으로 그녀의 여성을 반으로 갈았다. 그리고는 촉촉하게 젖어든 그녀의 질 안으로 손가락 하나를 밀어 넣었다.

"으으윽, 이상해요."

"이상한 게 아니라 자극을 받은 것이지. 여태까지 남자들은 이렇게 안 해줬나 보지?"

"……."

그의 물음에 그녀는 답하지 않았다. 그녀가 처음이란 걸 그는 모르는 모양이었다. 그렇게 많은 여자를 상대했으면서도 처녀는 알아채지 못하다니 그런 그가 더 이상했다. 하지만 더 이상의 생각은 하지 못했다. 그가 손가락을 더 깊숙이 밀어 넣었기 때문이었다.

"아아앙."

저도 모르게 또 허리를 활처럼 휘었다. 그가 이번에는 손가락으로 질을 휘저으며 자신의 혀로는 그녀의 클리토리스를 동시에 자극하기 시작했다. 소라는 자극에 못 이겨 침대 시트를 손으로 움켜쥐었다.

"더 이상은 못 참겠어."

뭘 못 참겠다는 건지 그는 이렇게 말을 하고는 그녀의 다리 사이에 자리를 잡았다. 정신을 차린 소라가 처음 본 건 그의 커다란, 아니, 거대한 페니스였다.

"저기 잠깐……."

하지만 그는 벌써 그 거대한 물건을 그녀의 젖은 질 안으로 밀어 넣고 있었다.

"아악!"

지금 그녀가 할 수 있는 건 비명을 지르는 것뿐이었다. 하지만 그의 공격은 계속되었다. 그가 힘을 주자 그녀는 자신의 몸이 둘로 쪼개지는 것이 아닐까 하는 생각이 들었다. 고통이 생각보다는 덜했지만 그래도 너무나 아팠다.

"잠깐만요."

그를 밀어내려 애썼지만 그는 꿈쩍도 하지 않았다. 순간 그의 눈과 마주친 소라는 아무 말도 할 수가 없었다. 욕망으로 물든 그의 눈빛은 마치 악마의 눈빛 같았다.

그녀는 더 이상 그를 거부할 수 없음을 알았다. 지금 그는 욕망 때문에 아무것도 인지하지 못하는 것 같았기 때문이었다.

"아아악!"

그래도 고통 때문에 그가 움직일 때마다 비명은 터져 나왔다. 이렇게 아픈 걸 왜 사람들은 좋다고 하는지 알 수가 없었다. 한마디로 고통 그 자체였다. 하지만 그가 움직임을 계속하자 그 고통은 서서히 사그라지고 이상하게 찌릿찌릿한 느낌이 더 강하게 들었다.

퍽퍽퍽!

그녀의 저항이 어느 정도 사그라지자 그의 동작이 점점 더 강해지고 있었다. 그의 이마에 땀이 맺혀 있었다. 그도 힘이 든 모양이었다. 그녀가 자신도 모르게 손을 올려 그의 가슴을 쓸어내리자 그가 그녀의 손을 잡았다. 그리고 굳은 얼굴로 그녀에게 물었다.

"처음이었어?"

"……."

그는 처녀는 싫은 모양이었다. 그렇지 않고는 저렇게 굳은 얼굴을 할 이유가 없었다.

"처녀는 싫은 건가요?"

"아니, 알았다면 이렇게 무식하게는 안 했을 거야."

그의 이런 부드러운 면에 소라는 흔들렸다. 언제나 싸가지가 없을 것이라고 생각했는데 그는 문뜩문뜩 부드러움을 장착하고는 그녀를 속절없이 무너뜨렸다.

"힘을 좀 빼."

그는 이렇게 말을 하고는 부드럽게 움직였다. 절대로 멈춘다는 생각은 없는 듯했다. 그가 움직일 때마다 그녀는 조금씩 짜릿함을 더 느끼고 있었다. 기분이 좋고 황홀한 감각은 아직 느끼지 못했지만 왜 사람들이 섹스에 미치는지는 알 것 같았다.

그의 페니스가 들어갔다가 나왔다가 하는 느낌이 들기 시작하자 그녀는 그 자체로 짜릿하다는 생각이 들었다. 좋았다. 점점 더 묘하지만 강한 느낌을 받고 있었다.

퍽퍽퍽!

부끄럽게도 그들의 살 부딪치는 소리가 방 안을 울리고 있었다. 하지만 그는 너무나도 열심히 움직임을 계속했다. 속도가 점점 빨라지고 그의 호흡 또한 점점 빨라지던 순간 그가 자신의 분신들을 그녀의 배 위로 쏟아냈다.

처음으로 느끼는 따뜻한 감각에 좀 어색하기는 했지만 견딜 만했다. 하지만 그다음에 그가 한 행동들이 오히려 소라를 당황하게 만들었다. 티슈로 그녀의 배를 닦아준 그는 그녀를 안아 들었다.

"뭐 하는 거예요?"

"이대로 놔두면 내일 학교 못 가."

그러더니 그는 그녀를 욕실로 데리고 가 샤워기 앞에 세워두었다. 그리고 욕조 안에 물을 받기 시작했다.

"혼자 못 씻겠지?"

"아뇨, 혼자 할 수 있어요."

"아니, 힘을 많이 써서 힘들 거야."

그러더니 그녀가 서 있는 샤워기 앞으로 다가왔다.

"아뇨, 진짜 혼자……."

그의 손이 샤워기의 물을 틀었다.

"오늘은 물에 여러 번 빠지는군."

"정말 이러시지 않아도……."

그는 손에 거품 타올을 만들어 들고는 그녀의 몸을 닦기 시작했다. 어찌나 구석구석 닦아주는지 당황할 사이도 없었다.

"유주영 씨."

"맞아, 내 이름은 유주영이고 우리는 곧 결혼할 사이야."

"아직 승낙하지 않았어요."

"승낙한 거 아닌가?"

"아뇨."

"그럼, 내가 조금 더 노력해야겠군."

말이 먹히는 사람이 아니었다.

"원래 그렇게 본인 고집대로만 해요?"

"응."

"유주영 씨."

"물이 다 받아졌어."

주영은 이렇게 말하고는 그녀를 다짜고짜 안아서 욕조로 안고 들어갔다. 둘이 욕조 안으로 들어가자 물이 넘쳤다.

"편안하게 나한테 기대."

"어떻게 편해요?"

그가 그녀를 뒤에서 안고 가슴을 손으로 감싸고 있었다. 그는 그녀의 말에 대꾸도 하지 않고 열심히 그녀의 가슴을 주물렀다.

"아흐."

"좋은가 보군."

"아뇨."

"거짓말도 잘하고. 선생님이 그러면 쓰나?"

"제발 이러지 말아요."

"하지만 소라의 몸은 다른 소리를 하는데?"

얄미운 그였다. 더 이상의 말싸움은 그녀에게 불리했다. 따뜻한
욕조물이 그녀의 전신을 풀어주고 있었다.

"좋은가?"

"……."

"이렇게 몸을 풀고 나면 내일 한결 낫지."

"어떻게 그렇게 잘 알아요?"

"다년간의 노하우라고나 할까? 하지만 나도 처녀는 처음이라서
말이야."

그도 처녀가 처음이라고 했다. 그는 지금 편안한 표정이었지만
어쩌면 속으로 당황하고 있을지도 몰랐다.

"그래서 싫었어요? 경험이 많은 여자가 아니라서?"

"아니, 특별했어. 뭐라고 표현할 수 없을 정도로 말이야."

그가 특별하다고 말했다. 그런데 그게 진심처럼 들리고 있었다.

"내 부인이 처녀였다니 아주 좋은 징조야."

"아직 승낙 안 했어요."

"알아."

그의 손이 그녀의 가슴을 부드럽게 잡았다. 그리고 그녀의 등 뒤에서 딱딱해진 그의 페니스도 그녀의 등을 찌르고 있었다.

"이제 좀 나아?"

"아뇨."

"괜찮은지 아닌지 봐야 할 것 같아."

그의 말뜻은 너무나 분명했다.

"안 봐도 돼요."

"아니, 볼 거야."

고집이 아주 쇠심줄이었다. 그러더니 그녀를 아주 가볍게 안아 자신과 마주 보게 만들었다.

"살이 좀 쪄야겠어."

"노선을 분명히 해요."

"뭘?"

"부드럽던지 아니면 네가지가 없던지."

"내가 그런가?"

"네."

"하하하."

그가 아주 밝게 웃었다. 더없이 매력적으로.

"흔들지 말아요."

"내가 매력이 넘치긴 하지."

"결혼은 생각해 볼게요. 아주 열심히."

"그래, 하지만 그전에 할 일이 있어."

그가 그녀를 살짝 들었다가 자신의 페니스 위에 올려놓았다.

"아악!"

그의 페니스가 그녀의 질 안으로 들어갔다.

"처음보다는 괜찮을 거야."

"아파요."

"조금씩 즐겨봐. 힘 빼고."

그가 시키는 대로 그녀는 조금씩 그를 느끼고 있었다.

"조금 괜찮아진 것 같아요."

그녀가 팔로 그를 끌어안았다.

"나는 더 이상은 못 참겠어."

"뭘요?"

그녀의 질문에 그는 몸으로 화답을 했다. 그녀를 욕조에서 들어
올려 욕조 한쪽에 앉히고 다리를 벌렸다. 그리고 자신의 페니스를
넣었다. 욕조 안에서 그들의 살 부딪치는 소리가 들렸다. 처음부
터 이렇게 스파르타로 그와 섹스를 하다니, 다음 섹스부터는 잘할

수 있을 것 같다는 생각이 드는 소라였다.

　그는 격정적으로 그녀를 가졌고 소라는 또 한 번 그에게 무너져 내렸다. 주영의 탄탄한 몸이 그녀를 감싸 안고 있었다. 주영이 뒤에서 소라를 부드럽게 안고는 그녀의 정수리에 입을 맞추었다. 마치 사랑하는 여자에게 하는 행동같이 느껴졌다.

　소라는 두 눈을 감고 온몸으로 주영을 느끼고 있었다. 이 남자가 내 남자가 된다면 어떨까라는 생각이 처음으로 드는 순간이었다. 샤워를 마친 그들은 가운만을 걸친 채로 주방으로 나왔다.

　"배고프지 않아?"

　"아주 많이."

　그가 그녀를 위해 준 건 인스턴트 볶음밥이었다.

　"지금 먹을 수 있는 게 이것뿐이야. 여기 잘 오지 않으니까 음식이 없어."

　"괜찮아요. 지금은 돌도 씹어 먹겠어요."

　"결혼할 거지?"

　"생각 중이에요. 주영 씨가 한다고 해도 부모님 마음에 안 들 수도 있고."

　"마음에 들어하실 거야."

　"지금은 제가 자신이 없어요."

　"다들 나에게 시집을 오고 싶어 안달인데 소라는 왜 그러는 거야?"

그가 약간은 짜증이 섞인 목소리로 물었다.

"그 사람들은 삼우그룹에 시집을 가고 싶은 거고 난 유주영이란 사람에게 시집을 갈까 생각 중인 거예요."

"······."

그녀는 지금 평생을 함께 할 남자를 찾고 있는 것이었다. 유주영이라는 대단한 남자를 잡는 게 중요한 게 아니라 그녀에게 따뜻한 가정을 만들어주고 아빠, 엄마에게 잘하는 사위를 얻고 싶은 마음이었다.

특히 지금처럼 아빠의 몸이 좋지 않은 상황에서는 더욱더 말이다. 유주영이 살짝 플러스 점수를 얻고 있는 건 아빠가 인정을 했다는 것이었다. 처음에 선을 보러 가는 날 아빠, 엄마는 진짜 좋아하셨다.

"그래서 난 합격인가?"

"생각 중이라고 했어요."

"알았어. 언제까지 생각할 건데?"

"일주일만 시간을 줘요."

"알았어."

그들은 그렇게 밥을 다정하게 먹었다. 그는 정말 부드러운 남자였다. 하지만 이게 진짜 그녀를 위해 그러는 건지 아니면 바람둥이답게 만나는 여자마다 그러는 건지 소라는 아직 확실하게 감을 잡지 못하고 있었다.

늦은 밤 그는 그녀를 집에 데려다주었다. 그는 집에 데려다주면서도 헤어지기 아쉬워했다. 하지만 아직 소라는 확실한 그의 마음을 느끼지 못하고 있었다.

5. 외사랑

햇살이 쏟아지는 창가에 유 회장이 커피 잔을 들고 서 있었다. 그 앞 소파에는 미옥이 그런 남편을 바라보며 앉아 있었다. 서재에서 이렇게 한가로운 시간을 보내는 건 참으로 오랜만의 일이었다.

"주영이 선본 건 어때?"

"그냥 그런 모양이에요."

"그래서 다른 데는 없는 거야?"

"워낙 여자 문제가 심하다 보니……."

미옥은 요즘 기로에 서 있었다. 하영을 후계자로 삼게 하느냐 아니면 주영을 밀고 나가느냐였다. 회장에게 잘 말해서 무난한 성

169

격의 하영을 후계자 자리에 앉히라는 그녀 집안사람들의 요구가 날이 갈수록 심해지기 때문이었다. 그래서 예전엔 한결같이 집안 사람들의 말을 딱 잘랐지만 그녀도 하영이 잘되길 바라는 마음이 없는 건 아니었다.

하지만 미옥은 알았다. 하영은 이렇게 커다란 기업을 책임질 재목이 아니었다. 그런 그릇은 주영이 딱이었다.

"하영이는 여자친구 없어?"

"하영이는 너무 없어서 탈이죠."

"뭐 그렇게 불공평한 거야?"

"그러게요. 주영이는 당신 닮아서 그렇고 하영이는 절 닮아서 그런 거죠."

유 회장이 미옥을 쳐다보았다.

"아니, 그렇다는 거죠. 남자가 때론 바람기도 있고 그래야 되는데 우리 하영이는 영 그런 면이 부족해서 걱정이라는 거예요."

미옥이 여전히 대답 없는 유 회장의 뒤로 가서 그를 끌어안았다.

"화났어요?"

"아니, 진짜 하영이가 당신의 반만이라도 쫓아왔으면 싶어."

"칭찬인 거죠?"

"그래, 당신처럼 나를 이렇게 떡 주무르듯이 하는 사람은 없으니까."

유 회장은 미옥에게 따뜻한 미소를 지어 보였다.

"우리 육십이 넘었는데 아직도 이렇게 애틋한 걸 보면 참 신기해요."

"맞아."

유 회장과 미옥은 더없이 다정한 부부였다. 유 회장이 젊은 시절엔 지금의 주영보다 더 바람둥이였다는 걸 아는 사람은 극히 드물었다. 첫 번째 부인 이후로 그에게 더 이상의 여자는 없었다.

그는 늘 입버릇처럼 말했다. 그녀를 더 일찍 만났어야 한다고 말이다. 미옥에게 유 회장은 전부였다. 지금은 돌아가신 그의 시아버지가 그녀를 며느리로 들이기 위해 악역을 자처하신 결과였다.

첫눈에 반한 두 사람이었다. 그리고 그녀와의 결혼을 위해 주영의 어머니를 집에서 내쫓기까지 많은 일들이 있었다. 하지만 역시 주영의 어머니는 돈에 약했다. 막대한 위자료를 받은 주영의 어머니는 아들을 쳐다보지도 않고 집을 나갔다.

유 회장이 평범한 집안의 주영의 생모와 결혼을 한 것은 주영을 가졌기 때문이었다. 손이 귀한 삼우그룹에 경사였다. 하지만 유 회장의 선친은 끝까지 주영의 어머니를 인정하지 않았다. 선친은 주영의 어머니가 돈을 바란다는 걸 알고 있었기 때문이었다.

미옥은 주영의 어머니의 이런 면을 아들인 주영에게 말하지 않았다. 말을 해서 좋을 게 없었기 때문이었다. 친모에 대해 이야기를 하지 않는 게 그녀가 주영을 생각하는 방법이었다.

그녀가 지금은 젊은 남자를 만나 외국에서 잘살고 있다는 것은 미옥만 알고 있었다.

"당신이 주영이한테 올해 안에 결혼하라고 해서 지금 주영이는 집에 와서 웃지도 않아요."

"원래도 당신한테 웃지 않았어."

"아니에요. 그래도 가끔은 웃었다고요."

"왜 그렇게 그 녀석에게 쩔쩔매?"

"죄를 지었으니까요."

"그건 죄가 아니야."

"엄마를 빼앗은 건 죄예요."

유 회장이 그녀를 안아주었다.

"사람이 그렇게 착하면 힘들어."

"전 착하지 않아요."

"아니야."

서재 안에 은은하게 퍼진 커피향보다도 그들의 오랜 사랑의 향이 강하게 퍼지고 있었다.

"조금만 기다려요. 주영이가 아주 괜찮은 아이를 데려올 테니까."

"선본 아가씨들하고 안 됐다며?"

"그냥 그럴 것 같은 느낌이 들어서요."

"싱겁기는."

유 회장의 품에 안긴 미옥의 얼굴에 의미심장한 미소가 퍼졌다.

토요일 저녁 강남의 도로는 거의 주차장이었다.

"오늘 여기 왜 이렇게 막히는 거야?"

"닥터 최가 먼저 와 있으면 안 되는데……."

이모는 아주 전전긍긍이었다.

"왜 그렇게 애가 타는데? 우리가 늦을 수도 있죠 뭐. 서울의 도로 사정이란 게……."

"너 닥터 최가 어떤 사람인지나 알고 그러는 거야?"

"난 모르죠. 내과 의사라는 것밖에."

"너 오늘 왜 그렇게 까칠해?"

"죄송해요."

오늘도 이모와 같이 헤어숍에 갔었다.

"이모 진짜 왜 그렇게 그 사람한테 쩔쩔매요? 유주영 씨보다 더?"

"알고 보니 완전히 킹카 중에 킹카더라고."

"……."

"아버지는 부동산 재벌에 어머니는 대학 교수고 외아들에 그 돈은 다 닥터 최 꺼야."

이모의 긴 브리핑은 그녀의 귀에 들어오지 않았다. 사실 오늘 약속에 나가는 건 유주영의 제안에 대한 생각을 정리하기 위해서였다. 재벌이 아닌 편안한 남자를 만났을 때 더 좋은지를 알아보기 위해 온 자린데 닥터 췬가 하는 남자도 준재벌이라니 머리가 아팠다. 하나도 좋지 않았다.

"이모는 진짜 대단한 인맥을 가지고 있는 것 같아요. 그럼 우리 소미도 좀 신경 써주면 안 돼요?"

"너 다음."

"네."

그러는 동안 서울호텔에 다 왔다. 약속 시간보다 10분 정도 늦은 시간이었다. 주말이라서 그런지 서울호텔 로비는 완전 북새통이었다. 엘리베이터를 타고 레스토랑에 간 그녀를 매니저가 아주 달려 나와서 인사를 했다. 그녀를 알아본 모양이었다.

"오늘 어떤 일로……."

"선보러 왔어요."

"네, 성함을 말씀해 주시면……."

"최수현 씨라고……."

"아, 이쪽으로 오십시오."

매니저의 안내를 받은 그녀는 창가에 앉은 훈남 앞으로 갔다.

"안녕하세요? 늦어서 죄송해요."

"아닙니다. 앉으세요."

보기에 굉장히 깔끔하게 생긴 사람이었다. 그 사람 역시 그녀의 첫인상이 좋았는지 조금 늦게 온 그녀를 아주 기분 좋게 맞아주었다. 그들은 기분 좋게 식사를 하고 디저트로 커피를 한잔 마셨다.

"전 이곳의 커피가 아주 마음에 들어요."

"저도 좋아합니다. 이곳에 자주 오셨나 봐요?"

선을 많이 봤냐는 소리 같았다.

"아뇨, 자주 온 건 아니고 몇 번 왔는데 여기 커피의 매력에 빠졌죠."

"그러시군요."

"선은 많이 보셨어요?"

"뭐, 직업상 적게 본 건 아니죠. 왜요?"

"아니, 너무 매력적인 분이신데 솔로시라서 조금 놀랐어요."

"저도 이렇게 아름다우신 분이 아직 솔로시라는 데 놀랐습니다."

"결혼할 마음이 없었는데 갑자기 아빠가 쓰러지시는 일이 있어서 마음을 달리 먹었어요."

"지금은 괜찮으십니까?"

"네, 그래도 불안하긴 해요."

남자는 그녀에게 위로의 눈빛을 보냈다. 커피를 다 마시자 그가 그녀에게 애프터를 신청했다.

"다음에 또 만날 수 있겠죠?"

"……."

"차인 건가요?"

소라가 미안함이 담긴 미소를 지어 보냈다. 그가 부족한 것이 아니라 소라가 너무 넘치는 남자를 만난 것이었다. 그가 그녀를 집 앞에 아파트까지 데려다주었다. 그리고 자신의 전화번호를 그녀에게 주었다.

"연락 기다리겠습니다. 사람의 마음은 수시로 변하니까요."

"안녕히 가세요."

그녀가 인사를 하고 돌아서려는 순간 누군가 그녀를 불렀다.

"주영 씨?"

어두운 놀이터에서 검은 그의 그림자가 보였다. 조명 아래로 보이는 그의 모습은 전사의 모습이었다. 그의 막강한 카리스마 앞에 사람들이 주눅이 드는 이유를 알 것 같았다.

"언제부터 있었어요?"

"……."

그는 말없이 그녀를 내려다보았다.

"선을 봐서 시원해?"

"네."

"저 녀석이 여기까지 데려다준 걸 보니 아주 마음에 들었던 모양이지?"

그의 목소리에 화가 묻어났다.

"신경 쓰이나요?"

그의 모습에 이상하게 웃음이 났다.

"아니."

"그럼 됐네요."

그녀가 몸을 돌려 집으로 가려고 하자 그가 그녀의 손을 잡았다. 그리고 자신의 차로 그녀를 끌고 갔다.

"아파요."

"알아, 타."

화가 단단히 난 모양이었다.

"피곤해요."

"선보느라고 힘이 드셨겠지."

아주 삐진 아이 같았다. 그러면서도 그녀의 안전벨트를 매주는 그였다.

"고마워요."

"……."

그는 잠시 그녀를 보더니 운전을 하기 시작했다.

"어디로 가는 거예요?"

"우리 집."

그가 우리 집이라고 했다. 그의 본가를 말하는 건지 그의 집을 말하는 건지 아니면 그녀와 함께 살 거라고 생각하는 그 집을 말하는 건지 알 수 없었다. 하지만 왠지 그들이 함께 첫날밤을 보낸 그 집을 말하는 것 같았다.

"우리 집?"

"그래, 우리 집."

미소가 번지는 그녀였다.

"거기가 왜 우리 집인데요?"

"우린 결혼할 거니까."

"순 고집쟁이예요."

"내가 더 나아. 아까 그놈보다."

소라가 고개를 돌려서 운전 중인 주영을 쳐다봤다.

"봤어요?"

"……."

"봤네. 언제부터 봤어요?"

"호텔에서부터."

"미쳤어요? 거길 왜 와요?"

"아주 좋아 죽던데?"

이 멋진 남자가 지금 질투를 하고 있었다.

"질투하는 거예요?"

"아니, 화내는 거야. 어떻게 나와 잠자리를 하고도 선을 볼 수가 있지?"

"비교 대상이 필요했어요?"

"섹스도 비교할 생각이었나?"

"뭐라고요?"

이번엔 그녀가 화가 났다.

"그렇게 속에 있는 말을 다 하고 살아서 좋겠어요?"

"난 많이 참은 거야. 호텔에서 그 녀석의 얼굴을 갈기지 않은 것만 해도 다행으로 생각해."

"닥터 최의 얼굴은 왜 때려요?"

"왜 그 녀석을 감싸지?"

"내가 언제요?"

"지금."

그가 차를 갑자기 멈췄다. 아옹다옹하다 보니 그의 집 주차장이었다. 그가 그녀의 손을 잡고는 엘리베이터까지 끌고 갔다.

"아프다고요. 이것 좀 놔요."

그러는 동안 엘리베이터의 문이 열렸다.

엘리베이터 안으로 들어서자마자 정신을 차릴 사이 없이 주영이 그녀의 얼굴을 양손으로 감싸고는 입을 맞추었다.

"흡!"

그녀의 모든 공기마저 빼앗아가는 거친 키스에 소라는 정신이 혼미해짐을 느낄 수 있었다. 주영의 키스가 너무나도 절박해서 그녀는 그를 뿌리 칠 수가 없었다. 그의 혀가 그녀의 입안으로 들어와 그녀의 혀를 간질이고 있었다.

"으읍."

그녀가 자유로워졌을 때는 이미 현관 앞이었다.

"불안해."

"불안해하지 마요."

그의 입술이 그녀의 입술 위에 거친 숨을 몰아쉬며 자리했다.

"어떻게 불안하지 않을 수가 있지? 다른 남자와 선을 보는 여잔데 말이야."

"믿어요. 내가 당신을 믿기로 했으니까."

"결혼할 건가?"

"네."

그가 그녀의 눈을 믿기지 않는다는 표정으로 들여다보고 있었다. 그리고는 다시 그녀의 입술을 빼앗았다. 정신을 차릴 수 없을 만큼 강하게 그녀의 입술을 빨아들이는 그였다. 그리고는 그녀를 안아 들었다.

그의 거친 숨소리에 소라는 흥분을 느꼈다. 그를 가지고 싶었다. 섹스의 경험은 단 한 번뿐이었지만 지금 그녀는 누구보다도 그를 원하고 있었다. 참 신기한 일이었다. 소라는 그의 재킷을 벗기고는 그의 와이셔츠 단추를 풀었다.

그들의 옷이 뱀허물처럼 현관에서부터 침실까지 이어지고 있었다. 그들이 침대에 도착했을 때 그들은 완벽하게 나신이 되어 있었다. 누가 침대에 먼저 누웠는지 누가 먼저 키스를 시작했는지 알 수 없을 정도로 그들은 서로에게 취해 있었다.

그가 그녀를 자신의 배 위로 올려놓았다.

"마녀 같으니라고."

"헉헉, 칭찬이죠?"

가쁜 숨을 몰아쉬며 소라가 말했다. 그녀는 본능이 시키는 대로 그의 발기한 페니스를 자신의 엉덩이로 살살 자극했다. 그녀의 음란한 웨이브에 그의 눈은 욕망으로 위험하게 짙어지고 있었다.

"위험해."

"뭐가요?"

"소라, 당신."

"제가 왜요?"

그녀의 여성이 위험하게 그의 페니스를 강하게 자극했다. 그가 그녀를 살짝 들어 자신의 페니스를 넣었다.

"아악!"

여전히 아픈 건 사실이었지만 확실하게 처음과는 다르게 아찔한 쾌감이 있었다. 그리고 그녀는 그가 이끄는 대로 본능의 몸짓을 했다. 이게 진짜 자신인가 할 정도로 그녀는 적극적으로 움직이기 시작했다.

그녀의 머리가 얼굴 전체를 가릴 정도로 그녀는 열정적으로 움직이기 시작했다. 소라의 움직임에 그는 만족하는 것 같았다. 이래도 되는 걸까 하는 생각이 드는 그녀였다.

"진짜 이래도 되는 걸까요?"

"우리의 밤은 매일 이럴 거야."

그의 목소리가 갈라져 있었다. 그리고는 그녀와 단번에 위치를 바꾼 그는 그녀를 강하게 밀어붙였다. 미칠 것 같은 쾌감이 그녀를 덮쳐 왔다.

"헉헉."

그의 숨소리가 방 안에 울려 퍼졌다.

"아아아앙."

그녀의 신음 소리도 끊이지 않았다. 그의 말처럼 그들의 밤은 매일같이 뜨거울 것 같았다. 한순간의 폭풍우가 지나고 그녀는 그의 품 안에 안겨 있었다.

"왜 그렇게 결혼을 서두르는 건지 물어봐도 돼요?"

"지난번에 말했잖아."

"하지만 어머니가 직접적으로 나서시는 것도 아니고 하영 씨도 그럴 사람 같아 보이지는 않던데……."

"소라가 몰라서 그래."

주영이 소라의 머리를 쓰다듬으며 말했다.

"아버지가 이번에 부회장을 지목하시는 데 나를 배제한다는 얘기가 있어."

"부회장이 되기 위해 결혼을 하는 건가요?"

"내 자리를 차지하는 거야. 빼앗기고 싶지는 않아."

"그렇군요."

실망감이 스쳤다. 사랑에 빠져서 결혼을 한다는 소리는 바라지도 않았다. 그래도 최소한 그녀가 좋아서 한다는 소리는 듣고 싶었는데 그는 그런 말은 아예 하지도 않았다.

"난 아버지처럼 그렇게 자신의 조강지처를 쉽게 버리는 사람은 되지 않을 거야. 가정에 충실할 거고 좋은 아버지 그리고 남편이 될 거야."

"알았어요."

그녀의 말에 그가 다시 한 번 그녀를 꼭 끌어안아 주었다. 그녀는 알았다. 지금 그녀는 그를 사랑하고 있다는 것을 말이다. 앞으로 가슴 아픈 외사랑을 그녀는 하게 될 것 같았다. 자신의 남편을 짝사랑하는 여자가 될 것 같은 느낌이 들자 그녀의 눈에서 한줄기 눈물이 흘러내렸다.

그런 그녀를 안고는 그는 아무런 말도 하지 않고 있었다. 그녀를 집에 데려다줄 때까지 그는 별다른 말을 하지 않았다. 다만 조만간에 양쪽 집안에 인사를 드리자고 이야기를 했다.

삼우그룹의 임원진 회의에 들어간 주영은 오랜만에 하영과 마주했다. 확실하게 주영과는 다르게 하영의 주위에는 사람들이 많았다. 온화한 성품의 하영이었다. 그런 하영을 주영도 싫어하진 않았지만 둘이 함께 다정한 모습을 사람들은 좋아하지 않았다.

주영 쪽의 사람들이 특히 더 경계를 하고 있었다. 그래서인지 오늘 같은 회의를 할 때면 확실하게 둘로 갈리는 기분이 들었다.

"회장님 오십니다."

아버지 유 회장이 들어서자 모두가 자리에서 일어났다. 유 회장이 앉자 모두가 자리에 착석했다. 사업에 관한 보고를 하는 와중에도 임원들의 시선은 주영과 하영에게 가 있었다. 그리고 유 회장의 입에서 지난번처럼 후계자의 이야기가 나올까 궁금해하고 있었다.

어느 라인에 서야 할지를 그들도 결정을 하려는 것 같았다. 그래서인지 임원회의가 어느 때보다도 긴장감이 흐르고 있었다. 하지만 아버지는 그에 대한 아무런 말씀이 없었다. 다만 회의가 끝이 나고 주영을 따로 불렀다.

회의실에 사람들이 나가고 주영과 유 회장만이 남았다.

"그래, 아직도 소식이 없어?"

"아닙니다."

"그래, 여자가 생겼어?"

아버지가 놀란 얼굴로 물었다.

"네."

"진심인 거야?"

"지난번에 어머니께서 선을 보라고 했던 사람 중에 하납니다."

"그래? 그런 녀석이 이러고 다녀?"

갑작스러운 아버지의 말에 그는 놀란 눈으로 아버지가 테이블 위로 던진 서류를 보았다.

"기사는 막았다. 언제까지 이래야 하는 거야? 쯧쯧쯧."

아버지는 혀를 차며 주영을 한심하다는 듯 바라보았다. 사진에는 주버들과 그의 모습이 보였다. 마지막으로 만난 날 찍힌 것 같았다.

"이제 이런 일 없을 겁니다."

"그걸 어떻게 확신해?"

"다시는 그런 일 없을 겁니다. 어른들께서 허락하신다면 당장 결혼을 할 생각입니다."

"진짜냐?"

"네."

"그 아가씨 당장 데려와. 내가 먼저 봐야겠다."

"주말에 데리고 가겠습니다."

"아니, 당장 데리고 와."

아버지는 이렇게 말을 하고는 자리에서 일어났다. 더 이상은 들을 가치도 없다는 듯이 말이다. 아버진 이제 주영의 말은 믿으려고 하지 않는 눈치였다. 그동안 지은 죄가 있으니 주영도 할 말은 없었다. 아버지의 뜻을 따르는 수밖에.

주영은 한숨을 쉬고는 소라에게 전화를 걸었다.

"여보세요?"

[네.]

소라의 음성을 들으니 안심이 되었다.

"오늘 시간 돼?"

[왜요?]

그녀의 뒤로 아이들의 시끄러운 소리가 들렸다.

[점심시간이라서요.]

"그렇군, 아버지가 잠깐 보자고 하시네."

[오늘요?]

"그래."

[퇴근 후엔 가능해요.]

"고마워."

다행히 소라가 와주기로 했다. 하지만 이제부터가 중요했다. 아버지의 마음에 드는 게 급선무였다. 어머니야 그에게 선을 보라고 하셨으니 어느 정도는 마음에 드셨을 테니까 안심한다고 해도 아버지는 달랐다.

주영은 생전 처음으로 입안이 바싹 마름을 느끼고 있었다.

퇴근 후에 소라는 자신의 차를 몰아 삼우그룹의 본사로 향했다. 바쁜 주영을 대신해서 그녀가 직접 가기로 했다. 서울의 중심부에 있는 삼우그룹 본사에 도착하자 그녀는 주영이 얼마나 높은 사람인지를 새삼 느끼게 되었다.

하지만 그녀가 그를 선택한 이상 그녀도 주영을 위해 잘해야겠다는 마음이었다. 그녀의 마음을 그가 모른다고 해도 말이다. 회사 근처에 차를 세우고 로비에 도착한 그녀는 그에게 전화를 걸었다.

건물의 보안요원이 그녀에게 다가왔다.

"어떻게 오셨습니까?"

"유주영 씨를 만나려고요."

"유주영 씨라면 어느 부서신지?"

하긴 하도 크니까 유주영이 한둘은 아닐 것이다. 그때 주영이 그녀를 향해 손을 흔들며 오고 있었다.

"저기 오네요."

보안요원이 경직된 자세로 그에게 경례를 했다.

"고생했어."

"아니에요."

그를 보자 안심이 되긴 했지만 소라는 아직도 얼떨떨한 기분이었다.

"들어가도 되나요?"

"네? 네."

보안요원이 사원들이 통행하는 출입구의 문을 열어주었다.

"내가 먼저 나와 있을 걸 그랬군."

그의 말에 주변의 사람들이 다 놀란 것 같았다.

"아버지께서 기다리셔."

"알았어요. 나 괜찮아요?"

"응."

그가 미소 지어주었다. 그게 그녀에게 힘이 된다는 걸 그는 모르고 있었다. 그를 향해 소라가 부드러운 미소를 지어주었다.

"나 잘할 수 있을 것 같아요."

"우리 아버진 만만하신 분이 아니야."

"아뇨, 잘할게요. 당신을 위해서."

"고마워."

그가 그녀의 진심을 알게 되는 날이 올까라는 생각이 들었다.

그를 따라 들어간 곳은 처음부터 숨이 막힐 정도로 위압적인 공간이었다. 그녀가 그 공간에 그와 함께 들어서자 많은 사람들의 시선이 그녀에게 꽂혔다.

"어서 오십시오. 본부장님."

아버지의 비서실장이 그녀를 힐끔 보고는 회장실의 문을 열어주었다. 네가 과연? 이라는 표정이었다. 하지만 그녀는 사랑하는 사람을 지키는 게 먼저였다. 그것이 어떤 힘을 발휘하는지 그들은 알지 못하는 것 같았다.

문이 열리자 그가 그녀의 손을 꽉 잡았다. 그리고는 힘을 주었다. 그녀에게 기를 불어 넣어주고 용기를 주는 그였다.

그녀의 눈에 비친 회장실은 드라마에 나오는 회장실보다 훨씬 크고 웅장했다. 마치 한나라의 왕을 보는 것 같았다. 회장과 눈이 마주친 소라가 허리를 굽혀 정중하게 인사를 했다.

"앉아."

유 회장은 다소 고압적인 목소리로 그녀에게 말했다.

"네."

소라는 심호흡을 하고는 최대한 아무렇지 않게 편안한 표정으로 자리에 앉았다.

"너는 나가."

유 회장이 주영을 보며 말했다.

"네?"

당황한 주영이 아버지를 멍하게 바라보았다. 이렇게 그녀를 혼자 두리라고는 생각하지 못한 모양이었다.

"아가씨만 앉아."

그녀가 그를 보며 미소를 지으며 괜찮다는 표정을 지었다.

"안녕하세요?"

"……."

유 회장은 인사도 받지 않고 무례하다 싶을 정도로 그녀를 빤히 보았다. 마치 주영을 처음 본 날의 느낌이었다.

"학교 선생이라고?"

"네, 초등학교 1학년 담임입니다."

"그래?"

굉장히 나이가 들어 보일 거라고 생각했다. 화면으로 보는 것은 화장발이라고 생각했는데 가까이서 본 유 회장은 굉장히 젊어 보였다.

"왜 그렇게 보지?"

유 회장을 너무 빤히 바라본 것 같았다.

"화면과는 많이 다르셔서 놀랐습니다."

"뭐가?"

"너무 젊어 보이셔서 깜짝 놀랐습니다. 언론매체에 나오실 때는 메이크업을 받으신다고 생각했는데 피부가 굉장히 좋으신 것도 주영 씨하고 많이 닮으신 것에도 놀랐습니다."

"그래?"

"네."

"우리 박 여사가 고른 아가씨라고?"

박 여사는 아마 부인을 이야기하는 모양이었다.

"선을 본 건 맞지만 저희는 그전에 안면이 있었습니다. 물론 좋은 인연은 아니지만요."

"왜지?"

"주영 씨 운전사를 유도로 넘기는 걸 주영 씨가 봤습니다."

"유도로 넘겨?"

"그분이 너무 무례하셨습니다."

"아직도 근무하나?"

"그 후로 못 봤습니다."

유 회장이 그녀를 다른 눈으로 보는 게 느껴졌다. 일부러 자신이 그리 만만한 상대가 아니란 걸 보여주고 싶은 소라였다.

"당차군."

"네, 전 주영 씨를 위해 뭐든 할 준비가 되어 있습니다."

"주영이를 위해?"

"네, 회장님이 보시기에 제가 많이 모자랄 수 있지만 예쁘게 잘 봐주셨으면 합니다."

"내가 왜 그래야 하지?"

회장이 아주 간결하지만 그녀를 무시하는 투로 말했다.

"제가 주영 씨를 사랑하기 때문입니다."

"우리 주영이를 사랑한다고 하는 여자들은 널렸지. 그래서 수많은 스캔들을 뿌리고 다닌 거고."

"전 그런 모자란 주영 씨를 감싸 안을 자신이 있습니다."

"모자라?"

이번에 유 회장은 좀 놀란 듯한 표정으로 물었다.

"모자라도 한참 모자랍니다. 부족해도 너무 부족한 사람이고요. 한 가정을 꾸미는 데 돈은 그리 중요하지 않습니다. 얼마나 사랑받으며 자랐고 그 사랑을 얼마나 가족에게 줄 수 있는가 하는 면에서 주영 씨는 많이 모자랍니다."

"돈이 중요하지 않다?"

"네, 저는 주영 씨라는 사람을 사랑이 가득한 사람으로 바꿀 자신이 있습니다."

"어떻게?"

"그건 앞으로 저를 보시면 아실 겁니다."

"건방져."

그녀는 지금 몹시 떨렸지만 용기를 끌어 모아 유 회장에게 말을 하고 있었다. 하지만 씨알도 안 먹힌 모양이었다.

"죄송합니다."

유 회장이 찬찬히 그녀를 살펴보더니 나가보라고 말했다. 소라는 이제 끝이구나라는 생각이 들었다. 하지만 어떻게 해서든 다음엔 유 회장의 마음에 들도록 노력해야겠다는 생각이 들었다. 회장실 밖에서는 주영이 초조하게 기다리고 있었다. 그와 마주치는 순간 소라는 애써 미소를 지었다. 그가 그녀와 함께 사무실을 나왔다. 그리고 그녀를 주차장까지 데려다주었다.

"뭐라셔?"

"이것저것 물으셨어요."

"그래서?"

"저도 성심껏 답했어요. 하지만 마음에 안 드신 것 같아요. 어쩌죠?"

갑자기 눈물이 왈칵 쏟아지려 했지만 그녀는 간신히 참았다.

"괜찮아, 이제부터는 내가 알아서 해."

"어떻게요?"

"나 못 믿어?"

"믿어요. 하지만……."

"나만 믿어. 그리고 운전해서 잘 갈 수 있지? 난 아직 퇴근시간 전이라서 말이야."

그의 표정에 미안함이 가득했다.

"알았어요. 수고하세요."

"그래, 잘 가."

"네."

소라는 그렇게 그를 뒤로하고 삼우그룹을 빠져나왔다. 기분이 그렇게 좋지는 않았다. 그녀는 기운이 나지 않았다. 그래서 소미를 불러 한잔해야겠다고 생각하고 전화를 걸어 집 근처의 호프집으로 불러냈다.

"언니!"

소미가 기분이 좋은 일이 있는지 환하게 웃으며 들어왔다.

"좋은 일 있어?"

"응, 그냥."

"뭔데?"

"지난번에 우리 만났던 유 이사님 알지?"

순간 가슴이 덜컥 내려앉았다. 설마 유 이사와 잘되는 건 아닌지 걱정이 되기 시작했다.

"오늘 갑자기 전화가 온 거야."

"왜?"

"만나자고."

걱정했던 일이 벌어지고 말았다.

"그래서 만나기로 했어?"

"아니."

"왜? 만나지."

"난 싫습니다. 그런 재벌은 안 만나는 게 좋아요."

소미의 의외의 모습에 소라는 깜짝 놀랐다.

"난 그냥 평범한 사람이 좋아."

"지난번엔 부러워했잖아."

"그건 그냥 그런 거고. 솔직히 난 감당할 자신이 없어. 언니가 그날 선본 건 진짜 대단한 거야."

소미가 치킨을 시켰다. 그리고 생맥주도 시켰다.

"너 그날 왜 술은 그렇게 마신 거야?"

"마시려고 그런 게 아니라 이상하게 와인 같은 고급술이 안 받나 봐. 진짜 언니 가고 한잔 더 마셨는데 훅 가더라고."

혹시나 해서 물어보지 않았는데 그녀가 오해를 하고 있었던 모양이었다.

"그랬구나."

"그런데 왜 불렀어?"

"그냥 좀 속상한 일이 있어서."

"왜 그러는데?"

소라는 참았던 눈물을 소미 앞에서 흘렸다.

"말해봐."

"아니야."

소미는 그녀보다 더 철이 든 것 같았다. 하지만 지금 소라가 주영을 사랑하게 된 건 그가 부담스러울 정도의 재벌이라는 것 때문이 아니었다. 이상하게 그녀를 자극하는 무언가가 주영에게 있었기 때문이었다.

"언니, 진짜 이럴 거야?"

"……."

말은 이렇게 하면서도 소미는 소라의 손을 꼭 잡아주었다.

"그래 울어라."

그때 소미의 핸드폰 벨이 울리기 시작했다.

"여보세요? 유 이사님?"

분명히 유 이사라고 했다.

"아뇨, 전 괜찮아요. 싫습니다. 네 죄송해요."

소미가 단호하게 말을 하더니 전화를 끊어버렸다.

"또야?"

"응."

"네가 마음에 들었나 보다."

"아니야, 그날 본 게 다고, 술 취한 여자가 뭐가 좋겠어? 좀 이상해."

"그래?"

"응, 이상하잖아? 그렇게 부자인 사람이 왜 나한테 관심을 갖겠어. 그리고 좋으면 다음날 전화를 해야지. 한참 지난 후에 전화를 하다니 좀 그래."

자꾸 이상한 생각이 들었다. 자신의 동생이 자신의 자리를 빼앗을 것 같다는 주영의 말이 떠올랐다. 지금도 그가 안정된 결혼을 하면 후계자가 될 수 있다는 말을 유 회장이 했다는 소리를 듣고 그녀의 결혼을 훼방 놓기 위해 그녀의 동생을 공략하는 게 아닌가 하는 생각이 들었다.

"이래서 불안해했구나."

"뭐가?"

"사실은 내가 지나친 생각을 하는지 몰라도 그 사람이 너에게 연락을 하는 게 나와 주영 씨를 훼방 놓으려고 그런 것 같아."

"그런데 둘이 만나?"

"미안해, 사실은 오늘 유 회장님도 만났어."

"대박."

"그걸 유 이사도 알 거고."

"그런데?"

"그래서 너와 사귀면 내가 그를 포기할 거라고 생각을 한 게 아닐까?"

"설마, 유 이사는 굉장히 좋은 사람이야. 내가 부담스러울 정도로 완벽하지."

"그렇겠지?"

"응, 그런데 언니 진짜 대박이다. 그동안 왜 말 안 했어?"

"사귄 지 얼마 안 됐어."

"우와, 역시 우리 언니야. 그런데 왜 우는데?"

"내가 그 사람을 너무 사랑하는 것 같아서."

소미가 아주 의아하다는 표정으로 그녀를 보았다. 그런 소미의 표정을 보니 다시 서러워진 소라는 울음을 터트렸다.

"너무 속상해. 내가 너무 그 사람을 사랑하는데 내가 해줄 수 있는 게 아무것도 없어."

"언니."

"소미야, 어떻게 하면 좋지?"

소미가 그녀의 옆으로 와서 그녀를 품에 안아주었다. 그리고는 아무 말 없이 그녀가 울음을 그칠 때까지 안아주었다. 마치 언니처럼 말이다.

"외사랑 전문가로서 말해주는데 말이야. 언니는 지금 혼자만의 사랑을 하고 있는 게 아니야. 그렇게 멋지고 돈 많은 사람이 여자가 없어서 언니를 콕 집어서 아버지에게 소개했겠어? 그 사람도 다 언니가 마음에 드는 거야. 그러니까 자신감을 가져."

소미의 그 한마디가 오늘 하루 종일 불안했던 그녀의 마음을 달래주고 있었다.

"그러니 힘내. 난 언니 편이야."

"고마워."

그 후로 소라와 소미는 기분 좋게 생맥주를 마시며 수다를 떨었다. 잠시 가슴 아픈 외사랑을 접어둔 채로.

6. 성북동 며느리

유 회장과 만난 다음 날 숙취로 인해 머리가 빠개질 것같이 아팠다. 아이들과의 수업을 간신히 마친 그녀는 다음 날 수업을 준비하고 있었다. 소미에게 주영에 관한 그녀의 진심을 이야기하고 나자 속이 다 후련했다.

소미는 엄마와 아빠에게 이야기를 하라고 말을 했지만 그녀는 나중에 확실히 뭔가가 정해지면 이야기를 하고 싶다고 말했다. 그게 맞는 것 같았다. 지난번 선볼 때도 어른들의 기대가 많았다는 걸 알기 때문이었다. 또 한 번의 실망을 드릴 수 없었다.

"뭐 해?"

옆 반 윤 선생님이었다.

"그냥 있죠."

"그래? 나 이 선생한테 보여줄 게 있어서……."

"뭔데요?"

아직 술이 덜 깨서 머리도 아프고 평소 모든 일에 궁금증이 많은 윤 선생님이 오늘은 또 누구의 험담을 할지 슬슬 짜증이 밀려왔다.

"아직 못 봤어?"

윤 선생님의 눈이 반짝이고 있었다. 뭔가 하나 제대로 잡은 것 같았다.

"뭘요?"

말이 곱게 나가지 않았다. 두통이 갑자기 두 배는 더 심해진 것 같았다. 윤 선생님을 빨리 내보내는 게 약을 먹는 것보다 나을 것 같았다.

"이거 이 선생이지?"

"……."

그녀가 주영의 집에서 나오는 모습이었다. 지난번 그의 집에서 나왔을 때 찍힌 모양이었다. 그가 다정하게 그녀의 어깨에 손을 올린 상태였고 장소는 그의 집 주차장이었다.

사생활 보호가 철저한 곳에 어떻게 기자가 들어왔는지 알 수는 없었지만 분명히 사진이 찍힌 곳은 그의 집 주차장이 맞았다.

"맞지?"

"아니에요."

"그래? 하긴 유주영이 누구야. 세상이 알아주는 재벌에 잘생겼지 능력 있지. 빠지는 게 없는 사람이지. 아니, 이 선생이 빠진다는 게 아니고."

그녀의 눈치를 살피는 윤 선생님이었다. 뭐가 그렇게 관심이 많은지 천성은 어쩔 수가 없는 모양이었다.

윙—

핸드폰을 보니 주영이었다. 양반이 되기는 틀린 모양이었다.

"네."

[기사 봤어?]

"방금요."

안 그래도 속 시끄러운데 일이 터지고야 말았다. 다른 사람이 알아볼 정도로 그녀의 얼굴이 정확하게 나갔다.

"기사 내릴 수는 없어요?"

[내리라고 지시를 했는데 이상하게 늦어져서.]

"어쩌죠?"

[알아봐?]

"네."

윤 선생은 귀를 쫑긋 세우고 그녀를 보고 있었다.

"나중에 통화해요."

[퇴근시간에 데리러 갈게.]

"왜요?"

[어머니께서 보자고 하셔서.]

"회장님은요?"

은근히 어제 만난 게 걱정이 되는 소라였다.

[아버지는 별말씀 없으셔. 그럼 긍정적인 거야.]

말씀이 없으신 게 긍정적인 거라니 이건 분명 그녀를 위로하기 위함일 것이다.

"이따 봐요."

주영과 통화가 끝이 날 때까지 교실에서 자리를 뜨지 않는 윤 선생님이었다.

"진짜 맞구나."

한 건을 제대로 건진 표정이었다.

"윤 선생님 아니에요."

거짓말을 해봤자 소용이 없는 타이밍이었지만 그래도 한번 발뺌을 해봤다.

"이 선생이 거짓말 못 하는 건 세상이 다 아는 사실인데 뭐."

윤 선생님이 다 안다는 표정으로 그녀를 보았다.

"윤 선생님이 입이 가벼우신 건 세상이 더 잘 알죠."

"그래서 사실이야?"

"선생님, 진짜 비밀 지켜주세요."

"내가 지킨다고 해서 얼굴이 이렇게 나왔는데 아는 사람들은 다 알게 됐지 뭐."

그 말은 윤 선생님의 말이 맞았다.

"후～"

소라의 작고 귀여운 입에서 한숨이 흘러나왔다.

"알았어. 난 입을 지퍼로 닫을게."

"믿을게요."

"그래."

밝게 웃으며 나가는 걸 보니 오늘 퇴근 전까지 소문이 다 퍼질 것 같았다. 거기다가 그와 통화까지 했으니 완전히 확인 사살을 한 것이었다.

윙—

소미에게도 전화가 왔다.

[언니, 어떻게 된 일이야?]

"그러게."

[언제 그 남자, 아니, 형부 집에 간 거야?]

"너까지 이러기야?"

[얌전한 고양이가 부뚜막에 먼저 올라간다더니…….]

"아니야."

[뭐 딱 19금이구만.]

눈치 하나는 끝내주는 동생이었다.

"엉뚱한 상상 하지 말고 일이나 해."

[언니를 바라보는 미래의 형부의 눈빛은 진실하더라.]

흐릿해서 보이지도 않는데 가져다 붙이기도 잘하는 소미였다.

[언니, 난 언제나 언니 편인 거 알지?]

"알아."

[오늘 또 그 사람한테 전화 왔어. 약간 이상해.]

"그러게. 하지만 그냥 잘 넘겨."

[알았어.]

전화를 끊은 소라는 일찍 퇴근을 하기 위해 부지런히 일을 시작했다.

손가락을 물어뜯고 있는 하영이었다. 이번에 아버지가 후계자이자 부회장을 지명한다고 선언한 이후로 불안한 마음이 가득했다.

어릴 때부터 그는 모범생이자 착한 아들로 살아왔다. 그건 단한 가지의 목표 때문이었다. 삼우그룹을 차지하는 것. 그 때문에 그는 누구보다 더 노력하며 살아왔다.

"왜 그래?"

하영의 탄탄한 맨가슴으로 굵고 긴 손가락이 내려왔다. 하영의 투명할 정도로 하얀 피부와는 상반되는 구릿빛 피부의 손가락이었다.

"그만해."

하영이 그의 손을 신경질적으로 쳐냈다.

"왜 짜증이야?"

"내가 짜증이 안 나게 생겼어?"

"이리 와. 내가 풀어줄게."

하영의 이런 짜증 부리는 모습도 그는 사랑스러운 듯 하영의 머리를 흐트러트렸다.

"됐어."

하영의 비서이자 섹스파트너인 구 실장이었다.

"구태준, 오늘은 나 건드리지 마."

"그래서 일 잘하고 있는 사람을 집까지 끌고 와서 이렇게 만들어놔?"

그들은 한차례 질펀한 섹스를 벌인 후였다. 구 실장은 하영과 어릴 때부터 친구이자 그의 유일한 연인이었다. 하영의 그런 성적 취향 때문에 그는 단 한 번도 주영처럼 스캔들에 휘말린 적이 없었다.

"화내지 마. 난 하영이 네가 이러는 거 싫어."

"……."

태준이 하영을 뒤에서 안았다. 하영도 큰데 구 실장은 농구선수라고 해도 믿을 만큼 큰 키의 소유자였다.

"기가 막혀서, 거지같은 게 날 거절했어."

"어차피 결혼할 건 아니었잖아."

"그래도 방해는 할 수 있었어."

"거긴 결혼할 것처럼 보였어."

사람을 고용해서 일거수일투족을 보고받는 하영이었지만 이번 기사는 그가 알지 못하는 곳에서 터졌다.

"그러면 난 부회장이 될 수 없어."

"아니, 넌 반드시 될 거야. 내가 그렇게 만들 거니까."

태준의 눈이 반짝이고 있었다.

"네가 어떻게 살아왔는지 누구보다 내가 더 잘 알잖아."

태준의 목소리에 힘이 들어갔다.

"뒤에서 작업하고 있으니까 너무 걱정하지 마."

"네가 위험하지 않은 선에서 해."

"알아."

태준이 하영의 입술에 입을 맞추었다. 하영이 원하는 그 어떤 일이든지 태준이 해결해 주었다. 어릴 때부터 손에 피는 태준이다 묻혔다.

"사랑해."

하영이 태준에게 말했다.

"알아."

누구보다 듬직한 태준이었다. 남들이 알아서는 안 되는 금지된 사랑을 하는 그들이었지만 하영은 행복했다. 물론 하영은 태준이 아닌 여자와 결혼을 해서 평온한 가정을 가질 것이다. 하지만 태준은 절대로 허락하지 않을 것이다. 태준은 하영을 위해서 존재하는 사람이니까 말이다.

"아버지의 마음을 사로잡을 방법을 알고 있어."

"뭔데?"

"성진그룹 딸과의 결혼을 추진하는 거야."

태준의 얼굴이 굳었다.

"너도 알잖아. 어쩔 수 없다는 거. 그거라면 아버진 꼼짝 없이 날 택하실 거야. 왜냐면 어머니와 아버지도 성진그룹이라면 무시하지 못할 테니까."

하영의 눈이 반짝이고 있었다.

"넌 뒤에서 형의 뒤통수를 칠 방법을 찾아봐."

"……."

여전히 굳은 채로 있는 태준의 입에 하영이 진한 키스를 했다.

"사랑해."

하영은 태준을 침대 위로 밀었다. 그리고 그들은 잠깐의 시간 동안 뜨거운 사랑을 나누었다.

소라의 눈이 커다래지고 있었다. 말로만 듣던 성북동의 삼우그룹 본가가 눈앞에 있었다. 드라마에서나 본 커다란 대문이 그녀의 앞에 떡하니 버티고 있었다. 그는 그녀의 옆에 서서 그녀의 어깨를 든든하게 잡아주고 있었다.

"떨려요."

"나도 떨려."

그때 문이 열리더니 아주 점잖게 생긴 남자가 그들 앞에 섰다.

"도련님, 오셨습니까?"

"네."

그 사람이 그녀를 빠르게 스캔하는 게 그대로 느껴졌다. 뭔가 냉기가 느껴지는 사람이었다. 따뜻한 척을 하고 있었지만 지금 소라와 주영 앞에 서 있는 남자는 주영의 편이 아닌 게 확실했다.

"우리 황 집사님."

"안녕하세요."

"안녕하십니까."

예의 바른 그였지만 눈은 웃지 않고 있었다. 적개심이 그대로 느껴졌다. 왜일까?

"들어가십시오. 기다리고 계십니다."

황 집사의 뒤를 따라 들어가는 소라는 집안의 어마어마한 크기에 놀라고 있었다. 밖에서도 커 보였는데 안에 들어오니까 완벽한 성이었다.

집 안으로 들어선 후 주영의 어머니가 그녀를 기다리고 있는 접견실로 안내되었다. 접견실 안에는 우아함의 끝판왕인 것 같은 박 여사가 앉아 있었다.

"안녕하십니까?"

그녀에게 기선을 제압하고 싶으신 건지 박 여사가 존댓말로 인사를 했다.

"네, 안녕하세요. 이소라입니다."

소라 또한 그 기에 눌리지 않으려고 애를 쓰며 말했다. 확실히 유 회장과는 달랐다. 뭐랄까 여자의 적은 여자인 것 같다는 생각이 들었다. 어느 때보다 더 긴장한 소라였다.

"앉아요."

"네."

"듣던 대로 아주 미인이네요."

"과찬이십니다."

주영은 그들이 대화를 나누고 있는 동안 쭈뼛거리며 앉아 있었다.

"안 잡아먹으니까 주영이 너는 볼일 봐."

"네."

주영이 소라를 한번 바라보고는 자리에서 일어나 접견실 밖으로 나갔다.

"오늘 기사 보고 주영이에게 소라 씨 보자고 전했어요. 우리 유 회장님은 만나봤다고요?"

부드럽지만 힘이 있는 박 여사였다.

"네, 말씀 편하게 하세요."

"그래, 그럼 그럴까요? 어차피 우리 집 식구가 되기로 마음먹은 모양이니."

"네."

"아주 당차다고 회장님이 말하시던데……."

"그날 제가 결례를 범했던 것 같습니다."

"아니, 그건 유 회장님의 칭찬이니까. 나도 그래서 그분과 결혼을 한 거니까. 나의 젊은 시절이 생각났다고 하시던데? 그럼 칭찬인 거지."

박 여사가 환하게 웃었다. 참으로 아름다운 분이었다.

"전 나이를 듣고 깜짝 놀랐습니다. 유 회장님이나 어머님은 진짜 저희 엄마, 아빠에 비교해도 10년은 더 젊어 보이세요."

"아부도 잘하고?"

"아닙니다. 진심입니다."

"우리 하영이도 이렇게 싹싹한 아가씨를 만났으면 좋겠군."

주영의 신붓감을 만나는 자리에서 하영의 이야기를 하는 걸 보면 팔은 안으로 굽는 모양이었다. 안 그런 척해도 어쩔 수 없는 게 모성애였다.

"주영이를 사랑한다고 했다고?"

의심이 섞인 물음이었다.

"네, 하지만 주영 씨는 모릅니다."

"왜?"

"때가 되면 제가 말할 겁니다."

"왜 주영이냐고 물어도 될까?"

돈 때문이란 걸 안다는 눈빛이었다.

"답을 정하고 묻지는 말아주셨으면 합니다. 주영 씨를 택한 건 돈 때문일 거라 생각하시겠지만 아닙니다. 그냥 애처로운 마음이 들었습니다. 그래서 그가 어떤 상황이던지 그의 옆에 있고 싶었습니다."

"사랑은 더운 날 밖에 내놓은 차가운 아이스크림 같은 것이지."

"……."

"처음엔 시원하고 좋은데 나중엔 뜨뜻미지근해지고 그다음은 녹아서 도저히 못 먹게 되는 거야."

"전 좀 다르게 생각하지만 어머님의 이야기를 존중하겠습니다."

"왜지? 본인의 생각을 말하지 그래?"

"사람은 생각이 다를 수 있다고 생각합니다. 전 받아들일 수 있는 사람입니다만 어머님처럼 항상 위에 계시는 분들은 남들의 다른 생각을 받아들이기 쉽지 않기 때문입니다."

"그럴 땐 입을 닫는 게 상책이다?"

"아뇨, 제 생각을 주장하기엔 저의 생각이 맞는지 아직 확실하지가 않아서요."

그녀의 말에 막힘 없이 이야기하는 소라를 박 여사가 새삼 다시 바라보았다.

"이래서 당차단 소리를 하셨나 봐."

"언짢으셨다면 죄송합니다."

"아니, 아주 마음에 들어."

인상을 쓰고 있을 줄 알았는데 박 여사는 웃고 있었다.

"이렇게 큰살림을 하자면 그 정도의 고집은 있어야지."

"네?"

"앞으로 우리 주영이 잘 부탁해."

"어머니……."

"우리가 하는 건 딱 여기까지야. 앞으로의 일은 둘이 알아서 하는 거야. 아무도 도와주지 못해. 둘이 헤쳐 나가는 거지."

"네."

"우리는 한집에서 살기를 원하지만 주영이는 원하지 않지. 그래서 1년만 본가에서 지내고 신혼집은 지금 주영이 아파트에 차리면 될 것 같아."

너무 일사천리였다.

"준비해 올 건 아무것도 없어. 나중에 상견례 때 내가 알아서 말할게."

"상견례요?"

"그래 상견례, 방금 전까지는 똑 부러지더니 왜 그래?"

"너무 떨려서요."

그녀의 솔직한 말에 박 여사가 웃었다. 박 여사를 만나고 나가자 황 집사가 그녀를 기다리고 있었다.

"도련님이 기다리고 계십니다."

소라는 황 집사의 뒤를 따라 2층에 있는 주영의 방으로 향했다.

"감사합니다. 앞으로 잘 부탁드립니다."

"두 분 결혼하십니까?"

의외라는 듯이 황 집사가 놀란 눈으로 물었다.

"네."

"축하드립니다."

"아닙니다."

한마디 하고 싶었지만 그들의 소리에 주영이 방문을 열고 나오는 바람에 말이 끊겼다. 주영이 그녀의 손을 잡고는 빠르게 그의 품으로 끌어안았다.

"어머."

황 집사가 빠르게 자리를 피했다.

"뭐라셔?"

"상견례 날짜 잡으라고요."

"그럼 내가 당장 인사드리러 가야지."

"일단은 엄마, 아빠한테 설명부터 하고요."

"아직 모르셔?"

소라가 고개를 끄덕였다. 그러자 주영의 얼굴에 실망감이 스쳤다.

"왜 말 안 했어?"

말은 이렇게 하면서도 그는 여전히 소라를 품에 안고 있었다.

"또 실망하시면 안 되니까요."

"나에 대해 자신감이 없었군."

"네."

그녀가 발꿈치를 들어 그의 입에 입을 맞추었다.

"위험한 행동이야."

"주영 씨는 승낙해 주신 거 기뻐요?"

"아주 기뻐."

"그러면 이제 후계자 문제는 해결된 거예요?"

지금은 소라가 그에게 해줄 수 있는 가장 큰 선물이 후계자 자리를 안정되게 차지하는 것이니 소라의 입장에선 궁금하지 않을 수 없었다.

"아마도 그렇게 되겠지."

"다행이에요."

"진짜 다행이야. 얼마나 초조했는지 몰라. 아직 100% 결정이 된 건 아니지만 그래도 거의 확정적이야."

그의 좋아하는 표정을 보니 좋기도 했지만 그녀의 임무가 끝이 난 것 같아서 서운한 마음이 들었다. 그는 소라의 마음을 이해하고 있지 못한 것 같았다.

주영이 미소 지으며 그녀의 입술을 삼켰다. 확실히 그는 지금 기분이 아주 좋은 상황이었다.

"진짜 맛있어."

그의 손이 그녀의 윗옷 안으로 들어왔다.

"여기선 안 돼요."

"왜, 이제 이보다 더한 것도 여기서 할 텐데."

그는 이렇게 말을 하면서 기분 좋은 미소를 지었다. 그의 키스가 점점 깊어졌고 그가 그녀를 안아 올렸다.

"예뻐."

주영의 깊은 목소리가 욕망으로 갈라져 있었다. 그의 손이 그녀의 치마 속으로 들어왔다. 그리고는 팬티 속으로 들어왔다.

"으으음, 주영 씨 안 돼요."

"이렇게 젖어 있으면서."

"그래도 여기서 이러면……."

그의 입술이 소라의 도톰한 아랫입술을 야릇하게 빨아 들였다. 그의 기분이 그대로 반영이 된 키스였다. 후계자가 좋기는 한가 보다. 아마 남자들이 그렇듯이 권력이 주영에게도 세상 무엇보다 좋은 모양이었다. 원하지 않았던 결혼을 할 정도로 말이다.

주영은 종마 같은 남자였다. 길들이거나 어느 곳에 정착을 하기 힘든 그런 야생마 같은 남자가 유주영이라는 남자였다. 그런 남자가 이렇게 기쁨을 온몸으로 표현하고 있었다.

소라의 생각은 그의 손가락이 그녀의 여성을 가르고 들어오면서부터 그대로 정지해 버렸다. 확실하게 주영은 소라를 다루는 법을 잘 알았다. 그녀가 무엇에 흥분하는지 몇 번 되지 않았던 섹스에서 완벽하게 파악을 한 모양이었다.

끈적이고 있는 그녀의 질 안에 그의 손가락이 들어와 있었다.

옷도 벗지 않은 채로 그들은 야릇한 몸짓을 계속했다. 소라는 그의 손길에 정신을 차릴 수가 없었다. 주영이 그녀의 질 벽을 손가락으로 긁어내리고 있었다.

"아흐, 주영 씨!"

그녀가 그의 팔을 손으로 잡았다. 그의 단단한 팔뚝 근육이 소라의 손바닥에 그대로 느껴졌다. 만질 때마다 느끼는 것이지만 참 섹시한 팔이었다. 손에 느껴지는 단단한 근육들도 그녀를 자극했다.

그녀는 처음으로 알았다. 자신이 이렇게 섹스를 밝히는 여자인지를 말이다.

"아아앙."

그의 손가락이 질에서 계속해서 페니스처럼 들어갔다 나왔다를 반복하자 그녀는 자신의 몸을 활처럼 휘었다. 자연스러운 몸의 반응이었다. 이렇게 사람을 자유롭게 하는 행위가 또 있을까 하는 생각이 들었다.

그와 섹스를 하는 동안에는 소라는 완벽하게 다른 사람이 되어 욕망에 미쳐가는 것 같았다. 소라는 자신의 몸 안에서 용암이 끓어오르는 걸 느끼고 있었다.

이번에는 소라가 그의 얼굴을 양손으로 당겨 입을 맞추었다. 그가 그녀의 키스에 놀란 듯했지만 이내 그녀의 혀를 먹어치울 듯이 빨아들였다. 그녀의 아랫배가 찌릿해지기 시작하고 눈의 초점이 점점 흐려지고 있었다.

"넣어줘요."

뭐라고 말했는지도 모르고 그냥 속에 있는 말을 쏟아낸 소라였다. 그녀를 말없이 보던 주영이 자신의 바지를 내리고는 그녀의 스타킹과 레이스 속옷을 한꺼번에 찢어버렸다.

쫘악!

소리가 너무 리얼하게 컸다. 놀란 그녀가 순간 그대로 멈추었다. 하지만 그는 멈추지 않았다. 그녀의 한쪽 다리를 들어 올리고는 자신의 페니스를 그녀의 질 안으로 밀어 넣었다.

"아아악."

그가 들어오는 느낌이 너무나 황홀했다. 단단한 그의 페니스가 그녀의 부드러운 질 안을 가르며 가득 채우고 있었다.

퍽퍽퍽!

정말로 음탕한 소리가 요란하게 울리고 있었다. 하지만 소라는 더 이상 신경을 쓰지 않았다. 지금의 황홀함을 놓치고 싶지 않았기 때문이었다. 서서 할 수도 있다는 게 신기할 지경이었다. 힘이 들기는 했지만 그만큼 더 자극적이었다.

"헉헉, 좋아요."

그녀는 또다시 자신의 기분을 그대로 표현하고 말았다. 이런 감정은 속으로 숨겨야 한다고 어릴 때부터 배운 그녀였다. 여자는 무조건 조신해야 한다고 말이다. 아빠가 말로 그런 말을 하거나 가르치진 않았지만 엄마를 통해서 자연스럽게 배운 그녀였다.

하지만 사랑하는 사람을 만나면 그렇게 되지 않는다는 걸 소라는 깨닫고 있었다. 그를 통해서 말이다.

"헉헉, 이래도 되는 거예요?"

"앞으로는 더 자극적인 일들이 있을 거야."

"무서워요."

"뭐가?"

그가 허리를 계속해서 움직이며 말했다.

"아흐, 계속 더한 걸 원할까 봐요."

주영이 그녀의 귀에 대고 속삭였다.

"나도 그러길 원해."

그들의 거친 숨소리가 방 안을 울리고 있었다. 소라는 정신이 없어서 그 소리가 얼마나 큰지 이제 신경조차 써지지 않았다.

"미치겠어요."

"헉헉, 나도."

그가 마지막 몸짓을 한 후에 소라를 그대로 끌어안았다. 그리고 그녀의 정수리에 자잘하게 입을 맞추었다. 아무 말도 하지 않았지만 소라는 사랑으로 충만해짐을 느꼈다.

그의 방에서의 은밀한 행위가 끝이 나고 주영이 그녀를 집까지 바래다주었다.

"언제 인사를 드리러 가지?"

"오늘 어른들께 말씀드리고요."

"알았어."

그가 소라의 입술에 입을 맞추었다.

집으로 돌아온 소라는 엄마, 아빠에게 주영과의 일을 말했다. 처음엔 놀라시더니 그녀의 뜻에 따라주기로 하셨다. 사실 그녀의 뜻에 따른다기보다는 주영이 삼우그룹의 후계자라는 게 한몫했다는 생각이 들었다.

다행히 어른들은 오늘 떠들썩했던 인터넷 기사를 보지 못하신 것 같았다.

"말숙이 이모한테도 전화해 줘."

엄마의 말에 소라는 이모에게 전화를 걸었다. 이모는 기뻐하며 축하한다고 말해주었다. 다음은 소미 차례라는 말과 함께 말이다.

소라는 정신이 없는 하루를 보내고 그대로 침대에 널브러졌다. 천장에는 온통 주영의 얼굴뿐이었다.

"진짜 이래도 될까?"

그의 방에서 있었던 일을 떠올리며 그녀는 얼굴을 붉혔다. 그리고 미소를 지으며 야릇한 꿈을 꾸며 굿밤을 보냈다.

시간은 빠르게 흘러서 10월 중순이 되었다. 시월의 마지막 날에 상견례를 하기로 하고 소라는 주말마다 본가에 들어가서 신부수업을 받기 시작했다. 생각보다 시어머니는 친절했고 소라는 본가의 살림에 재미를 붙이게 되었다.

쉬운 건 아니었지만 보람도 있는 일이었다. 결혼이 결정되었지만 웬일인지 아직 그를 후계자로 지목하지 않은 시아버지였다. 그래서인지 주영은 점점 표정이 어두웠다. 물어보진 않았지만 일이 잘 풀리지 않는 모양이었다.

거기다가 지금은 유럽 출장 중이었다. 출장가기 전에는 매일 전화도 했는데 지금은 일주일째 아무런 연락도 없었다. 일하느라 바쁜가 보다 생각은 했지만 서운했다. 소라가 어머니와 다도를 마치고 꽃꽂이를 배우러 정원의 가든으로 향하는 동안 황 집사가 그녀를 안내했다.

"황 집사님은 이곳에서 오래 일하셨죠?"

"네."

"언제부터 하셨나요?"

"큰사모님이 시집오시기 전부터 큰사모님을 뫼셨고 결혼 후에 본가로 들어오게 됐습니다."

"그래서 하영 씨와 아니, 도련님과 더 애틋하시군요."

"제가 키웠으니까요."

그는 주영보다는 하영을 더 예뻐했다.

"그럼 주영 씨는 누가 키우셨나요?"

"예전에 유모가 큰도련님이 초등학교 다닐 때까지 키우셨습니다."

"그분은 어디 계시나요? 혹시 알 수 있나요?"

황 집사가 갑자기 걸음을 멈추었다.

"작은사모님께서 관여하실 일이 아닙니다. 이 집에는 룰이 있고 지금 작은사모님은 그 룰을 익히시는 중입니다. 배울 게 많으십니다."

참견하지 말라는 뜻이었다.

"그래도 알고 싶다면요."

"이곳은 그렇게 호락호락한 곳이 아니고 아직 작은사모님은 온전한 식구가 아닙니다. 결혼을 해서도 쫓겨나는 곳이 이곳입니다."

경고에 가까운 충고였다.

"무섭네요."

"무서워할 건 아니지만 꼭 알아두십시오."

언제나 딱딱한 그였지만 오늘은 더한 것 같았다. 뭔가가 이상했다. 이야기를 하는 동안 정원의 유리 가든에 도착한 그녀는 꽃꽂이 강사로부터 강습을 받았다. 처음 해보는 꽃꽂이였지만 아이들을 가르치면서 만들기를 많이 해서 그런지 제법 잘 따라 해서 선생님으로부터 칭찬을 들었다.

수업을 마친 그녀는 또다시 미학강의를 들었다. 미술에 관한 이야기를 듣고 좋은 그림을 보는 방법을 배우는데 아주 즐거운 시간이었다. 그녀가 이렇게 시간을 보내고 있는데 주영에게는 아무런 연락도 없었다.

누구 하나 물어볼 사람도 없었다. 소라는 답답했다.

영국의 7성급 호텔의 스위트룸에 사람들이 분주히 움직이고 있었다. 각자 노트북과 컴퓨터를 든 남자들이 정신없이 어딘가로 통화를 하고 있었고 그 중심에 주영이 머리를 쓸어 올리며 인상을 잔뜩 쓰고 있었다.

"대체 뭐가 어떻게 된 거야?"

주영의 목소리에 모두가 고개를 숙이며 통화를 계속 이어갔다. 그들이 영국과 합작을 하기로 했던 프로젝트가 중국으로 넘어갈 판이었다. 대규모 토목공사이니만큼 그가 그동안 심혈을 기울이기도 했지만 아직 그가 부회장이 되지 않았기 때문에 이번엔 아버지로부터 인정을 받기 위해 노력에 노력을 했는데 일이 한순간에 물거품이 될 상황이었다.

"아무래도 우리 쪽의 제시 금액보다 액수를 더 적게 적어낸 모양입니다."

"다 된 상황에 어떻게 금액을 조정해?"

그가 영국의 고위관료들에게 로비에 로비를 해서 얻어낸 공사였다. 이윤이 적기는 했지만 이번에 하는 발전소 공사는 친환경적인 공사여서 한번 성공을 하면 다음 수주가 줄을 이을 터였다.

그런데 그들이 제시한 금액과 그들에게 로비를 받은 관리들이 이상하게 등을 돌리면서 계약을 하러 왔다가 완전히 뒤통수를 맞은 꼴이었다. 이걸 해결하지 못하고 한국으로 간다면 진짜 낭패였다.

"이상한 게 한두 가지가 아닙니다. 우리 내부에서 새어나가지 않았다면 결코 일어날 수 없는 일입니다."

"그것도 관리를 잘하지 못한 내 탓이야."

"……."

속이 부글부글 끓어올랐지만 그는 애써 누르고 있었다.

"누군지부터 찾아내."

그는 이 실장에게 조용하게 지시를 했다. 자신의 직원을 조사한다는 게 더 짜증이 났다.

"어떤 새낀지 밝혀지면 아주 가루를 내놓겠어. 이 땅에서 숨 쉬고 있는 걸 후회하게 만들어주겠어."

그는 주먹을 쥐었다.

결국은 그들은 패전병이 되어 귀국을 했다. 늦은 저녁에 그는 본가에 도착했다. 집이 넓은 건 이럴 때는 좋지 않았다. 싸늘하게 부는 가을바람이 그의 볼을 스치고 있었다.

"형."

주영이 집에 들어서자 어두운 거실에 앉아서 와인 잔을 들고 있는 하영이 그를 불렀다.

"고생했어."

"그래."

"와인 한잔 같이 해."

다른 때 같았으면 거절했을 텐데 오늘은 그도 한잔하고 쉬고 싶었다. 그는 정장을 입은 그대로 하영의 앞에 가서 앉았다.

"힘들지?"

언제나 부드럽게 말하는 녀석이었다.

"괜찮아."

"소라 씨 진짜 괜찮은 사람이더라. 형을 진심으로 사랑하는 것 같아."

"알아."

"그런데 신부수업을 받는 건 힘이 든가 봐. 형이 좀 위로해 줘."

주영은 자신의 발등에 떨어진 불을 끄기도 바빴다. 그래서 잠시 소라에게 신경을 쓰지 못했다.

하영이 주영의 잔에 최고급 와인을 부어주었다.

"호텔은 어때?"

그는 간만에 동생에게 일에 대한 안부를 물었다.

"호텔이야 뭐 있나? 그냥 손님 잘 들어오면 한가하지 뭐."

"그래?"

"그래서 말인데 면세점을 더 늘릴까 생각 중이야."

"지금도 매출이 좋잖아."

"그야 그렇지. 그러니까 자꾸 다른 쪽에 눈이 가."

다른 쪽이라는 말이 자꾸만 신경이 쓰였다. 마치 경고를 하는 느낌이었다.

"다른 쪽?"

"왜 그렇게 놀라? 내가 형 거라도 뺏을까 봐?"

"……."

뺏겠다는 얘기로 들렸다. 조심하라는 경고였다. 하영의 눈빛은 지금 웃지 않았다. 그 어느 때보다 진지했다. 이런 동생의 낯선 모습을 보니 주영은 그동안 그가 불안해했던 일들이 진짜로 생길 것 같다는 생각이 들었다. 삼우그룹의 왕자의 난 말이다.

"뺏어보던가?"

아주 부드러운 음성으로 주영이 말했다.

"또, 또 왜 그래? 너무 그렇게 몰아붙이지 마."

"너 오늘 좀 다르다?"

"내가? 난 그대로야. 형이 자꾸 날 다르게 보는 거지."

"그런가?"

주영이 잔에 남아 있던 와인을 단숨에 마셔 버렸다.

"안 취하니 그렇다. 너 먹고 들어가라."

"응, 그래. 이번 일 너무 신경 쓰지 마."

위로가 아니었다. 분명 하영은 달라졌다. 그건 하영의 웃지 않는 눈동자가 말해주고 있었다. 소름이 끼치는 주영이었다. 그는 방으로 들어가서 그의 와인 냉장고에 있는 와인을 꺼내서 원샷을 했다.

"기분 탓인가?"

그는 와인을 다 비운 후에 잠을 청했다. 하지만 생각이 많아서 쉽게 잠을 이룰 수가 없었다.

다음 날 아침 삼우그룹 회장실은 그야말로 살얼음판이었다. 유회장이 뚜껑이 열릴 대로 열려서 미친 사람처럼 소리를 질러대고 있었다.

"그래서 다 된 밥에 재를 뿌려? 미쳤어?"

"죄송합니다."

펵!

서류가 그의 얼굴을 향해 날아왔지만 그는 피하지 않고 그대로 맞았다. 기분이 좋지 않은 건 사업을 실패한 이유도 컸지만 지금 사무실 안에는 그 말고도 하영과 그를 따르는 사람들도 있었다.

자존심이 무너지는 순간이었다.

"회장님, 그만하세요."

하영이 화장을 붙잡았다. 때리는 시어머니보다 말리는 시누이가 밉다고 했던 옛말이 하나도 틀린 게 없었다.

"어떻게 그렇게 인력관리를 못 해? 그리고 어떻게 부회장이 되겠다고 그래?"

그가 무능력하다고 온 천하에 공개를 하는 유 회장이었다.

"뭐? 산업스파이? 그런 거 막으라고 너 월급 주는 거야. 알아?"

"……."

할 말이 없었다. 그렇게 아침에 신나게 아버지에게 깨진 후에 주영은 만신창이가 되어 회장실을 나왔다. 그의 뒤로 하영과 구 비서가 따라 나왔다.

"본부장님."

그가 하영을 무섭게 쳐다봤다.

"점심이나 같이 먹자고."

"……."

그가 대꾸도 하지 않고 가버리자 하영의 비웃음이 그의 뒤통수를 따갑게 만들었다. 이렇게 화가 난 적은 진짜 처음이었다. 대놓고 무시를 당한 기분이었다. 예전의 하영과는 판이하게 다른 모습이었다.

"이제 전쟁의 시작이군."

후계자를 향한 그들의 거친 전쟁은 지금부터 시작이었다.

7. 후계자 싸움

하영은 이른 아침 어머니를 찾았다. 하영이 이렇게 일찍 어머니의 방을 찾는 이유는 거의 없었기 때문에 박 여사의 반응은 놀람 그 차제였다. 유 회장은 출장 중이었고 주영은 어제 자신의 집에서 잠을 자서 집에는 그녀와 하영뿐이었다.

그래서 준비도 제대로 못 하고 잠옷에 가운을 걸친 채로 하영을 맞은 어머니였다. 하영이 이렇게 어머니의 침실을 찾은 건 초등학교 때 무서운 꿈을 꾼 이후로 처음이었다.

"무슨 일이야?"

"앉으세요."

"그래, 커피 줄까?"

"아뇨, 바로 아침밥 먹을 건데요."

"그렇구나. 많이 급한 일이니?"

하영이 걱정스러운 얼굴로 그를 보는 어머니를 특유의 은은한 미소를 지으며 바라보았다.

"긴장하시지 마세요."

"긴장은 무슨. 걱정이 되는 거지."

어머니가 하영의 말을 부드럽게 정정해 주었다.

"하긴 그러실 수 있죠. 이런 적이 없으니까요."

어머니는 진짜 걱정스러운 표정으로 그를 바라보았다.

"다름이 아니라 제가 처음으로 어머니께 부탁드리고 싶은 게 있어서요."

"이런 식은 처음은 아닌 것 같구나."

어머니의 말에는 뼈가 있었다.

어린 시절 그가 대형사고를 친 적이 한 번 있었다. 고등학교 1학년 땐가? 학교에 한 친구를 태준이 너무 심하게 때려서 거의 죽일 뻔했었다. 그때 그가 어머니에게 그 사건을 부탁했었다. 그리고 이번이 두 번째였다.

"그땐 제가 아니라 태준이의 일이었죠."

물론 그날의 일은 태준이 아니라 그가 그랬다는 걸 어머니는 알고 계셨다. 그 아이를 묶어놓고 그가 분이 풀릴 때까지 때렸으니까 말이다. 태준은 싸움을 워낙 잘해서 누구를 묶어놓고 때릴 아이가 아니란 걸 어머니는 아셨다.

"난 그날은 실수였다고 생각했다."

"그래요, 그날은 실수였어요."

"그래, 무슨 말이 하고 싶은 거니?"

하영이 긴장한 얼굴의 어머니를 쳐다보았다. 어머니는 그가 언제나 웃고 부드러운 사람이 아니란 걸 알고 있는 유일한 사람이었다.

"저 삼우그룹의 후계자가 되고 싶어요."

하영은 어느 때보다 담담한 어조로 부드럽게 말했다.

"뭐?"

"어머니라면 아버지를 설득하실 수 있잖아요."

"하영아."

"회사 일로는 처음이자 마지막 부탁이에요."

어머니의 표정이 굳어버렸다.

"하영아, 그래도 회사는 형이 하는 게 맞을 것 같구나."

"어머니!"

그가 자신도 모르게 소리를 질렀다. 놀란 어머니가 자신의 가슴에 손을 얹었다.

"제가 꿈꾸는 유일한 거예요."

"넌 호텔로 성공을 하면 되잖아."

어머니가 형의 편을 들었다. 진짜 어이가 없었다. 어머니는 유주영을 낳은 게 아니라 유하영을 낳았는데 뭔가 착각을 하고 계신 것 같았다.

"왜 형의 편을 들죠?"

"난 삼우그룹의 미래를 생각했을 뿐이다."

"제 능력이 부족한가요?"

"네 능력이 부족한 게 아니라 네 형이 일에 있어서는 출중한 거지."

어이가 없었다. 어머니는 그보다 주영을 더 인정하고 있었다. 그건 아버지도 마찬가지였다. 이번 영국 건의 실패는 철저하게 그가 준비를 한 것이었다. 형의 실패는 앞으로도 계속될 것이었다.

더 늦기 전에 그가 아버지로부터 인정을 받기 위한 하나의 수단이었는데 어머니마저 이러시니 그의 입지가 점점 줄어드는 기분이었다.

"이번에 형은 영국 건을 놓쳤어요. 실패자라고요."

"하영아."

"난 어머니만 믿어요. 날 낳으셨잖아요, 팔은 안으로 굽어야죠."

하영은 싸늘한 표정으로 어머니를 쳐다봤다.

"어머니, 부탁드려요."

"하영아."

그는 자리에서 일어났다.

"아침식사 하셔야죠. 전 먼저 출근할게요."

"밥 먹고 가."

"밥 먹을 시간이 있나요? 일해야죠."

그는 어머니의 방을 나오면서 싸늘한 미소를 지었다. 이제부터 부드럽고 바보스럽기까지 한 유하영은 없다. 이제는 진짜 총력을 다해서 그의 자리를 차지할 생각이었다.

"쉽진 않겠지?"

어머니가 확실하게 도와줄 거란 생각은 없었다. 하지만 이렇게 말을 해놓으면 최소한 형을 대놓고 지지하진 못할 거라는 계산이 깔려 있었다.

"태준아."

그는 태준에게 전화를 걸었다. 이 아침에 그는 태준의 품이 필요했다. 그가 이렇게 섹스를 원하는 건 싸우기 전에 준비 같은 것이었다. 지금 당장 태준이 필요했다.

요즘 소라는 학교 생활이 너무나 힘이 들었다. 주영과의 결혼 발표 후에 사람들이 그녀를 대하는 태도가 달라졌기 때문이었다.

모두가 그녀를 어려워했고 심지어 교장선생님까지도 그녀를 어려워하고 있었다.

"이 선생님, 교장선생님께서 부르십니다."

"네, 감사합니다."

옆 반 윤 선생님이 전달을 해주고는 교실을 나가지 않고 서 있었다.

"무슨 하실 말씀이라도?"

"이 선생님, 시간이 괜찮으면 나랑 저녁이나 먹을까?"

"죄송한데 제가 요즘 주말에 일이 많아서 평일에 일을 다 처리해야 하거든요. 그래서 따로 시간을 내기는 좀 어려울 것 같습니다."

"그래?"

윤 선생님의 얼굴에 실망감이 가득했다.

"왜요? 지금 말씀하세요."

그녀가 교장실로 가는 차비를 하며 물었다.

"사실은……."

뭔가 부탁을 할 모양이었다. 요즘 소라의 주변에서 많은 부탁이 있었다. 물론 부탁이라기보다 삼우그룹에 관한 청탁이었다. 그래서 그걸 거절하는 일도 힘이 들었다. 윤 선생님의 경우는 좀 늦은 편이었다.

"사실은 이번에 내 동생이 삼우그룹에 경력직으로 들어가게 됐어."

"잘됐네요."

역시 청탁의 냄새가 폴폴 나고 있었다.

"그래서 말인데 소라 씨가 한마디만 해주면 안 될까?"

"시험에 합격했다면서요?"

"그런데 거기 선배들이 텃세가 장난이 아닌가 봐. 아주 힘들어서 죽으려고 해. 그런데 유주영 씨가 한마디 한다면 좀 편하지 않겠어?"

"후~"

소라가 한숨을 푹 쉬었다.

"유주영 씨에게 그런 말을 할 군번이 못 됩니다. 그리고 그건 그 사람의 회사 일이잖아요? 전 아예 관여를 안 해요. 아니, 그래서도 안 되고요."

"그, 그렇지?"

윤 선생님의 얼굴에 서운함이 묻어났지만 할 수 없었다.

"죄송해요."

그녀는 이렇게 말을 하고 교장실로 향했다. 소라는 이번 1학년 아이들까지만 하고 학교를 그만두기로 약속을 했다. 가장 좋아하는 일이었지만 이런 상황이라면 결혼을 하고는 더 힘들어질 것 같아서 그녀는 그녀의 꿈을 깔끔하게 포기하기로 했다.

그만큼 사람들이 그녀를 가만히 놔두지 않았다. 혹시 주영에게 전화가 올지 몰라서 핸드폰을 들고 교장실로 향하는데 속보가 떴다. 안 보려다가 슬쩍 걸으면서 핸드폰을 보게 된 그녀의 눈에 헛것이 보이기 시작했다.

"이게 뭐야?"

눈을 똑바로 뜨고 핸드폰을 쳐다본 소라는 걸음을 멈추고 한동안 서 있었다.

"선생님."

누군가 그녀를 부르고 있었지만 그녀의 귀에는 더 이상 들리지 않았다. 주영에 관한 인터넷 기사였다. 삼우그룹 후계자의 남다른 스캔들이라는 헤드라인이 눈에 먼저 들어왔고 그 아래 사진이 그녀의 발걸음을 잡았다.

"이 선생님!"

"네?"

교장선생님이었다. 그녀가 늦어지자 복도까지 나온 것이었다. 급한 일이긴 한 모양이었다. 하지만 지금 소라의 눈엔 교장선생님은 보이지 않았다.

"아니, 왜 이렇게 늦어요?"

"죄송합니다."

말을 하면서도 눈은 핸드폰에 가 있었다.

"삼우전자에서 학교에 컴퓨터를 기증하신다고 연락이 와서요. 유주영 본부장님께 감사의 인사를 전해달라고 말하려고……."

그녀는 교장선생님이 말을 하는데 어지럼증을 느꼈다.

"이 선생?"

휘청이는 그녀를 교장선생님이 잡았다. 그와 동시에 그녀의 휴대폰이 바닥으로 떨어져 액정이 그대로 깨져 버렸다.

"괜찮아요?"

"네."

"보건실에 가는 게 좋겠어요. 왜 이렇게 얼굴이 창백해요?"

교장선생님이 그녀를 직접 부축해서 보건실에 데려다주었다. 그녀는 보건실 침대에 누워 정신을 가다듬었다. 보건 선생님이 빈혈 같다는 말을 해주었다.

"이 선생님, 잠깐 누워 있으면 괜찮을 거예요."

그렇게 말을 하고는 커튼을 쳐주었다. 잠깐 본 장면이었지만 그녀의 뇌리에 박혀 버린 장면은 다름 아닌 주영과 주버들이 같이 있는 모습이었다. 그 글을 다 읽어보지 않아도 어떤 내용인지 알 것 같았다.

윙―

핸드폰이 울리고 있었다. 분명히 주영일 것이다. 어떤 변명이든 그는 하겠지만 지금은 별로 듣고 싶지 않았다.

"기사 봤어?"

"네?"

누군가 보건실에 들어와서 보건 선생한테 이야기를 하고 있었다.

"그렇게 목에 힘을 주고 다니더니 꼴좋지 뭐야?"

윤 선생님의 목소리였다.

"유주영이 주버들하고 바람이 났다고 인터넷에 크게 떴어. 내가 보기에도 주버들이 낫지. 예쁘지 몸매 죽이지. 안 그래? 이 선생이 어디 가당키나 해?"

"선생님!"

그리고 문이 닫히는 소리가 들렸다. 아마도 그녀가 있다는 소리를 듣고는 쏜살같이 도망을 간 것 같았다.

윙―

핸드폰이 열심히 울리고 있었다.

"이 선생님, 전화가 계속 오는데요."

보건 선생님의 말에 그녀의 손에 있는 핸드폰의 전원을 꺼버렸다. 모든 게 이제 끝인 것만 같았다.

같은 시간, 서울의 전망이 시원하게 내려다보이는 서울호텔의 맨 꼭대기 층에 위치한 하영의 사무실에선 웃음소리가 끊이질 않았다.

"하하하, 진짜 바쁠 것 같지 않아? 회사 일도 여기저기서 뻥뻥 터지지, 스캔들이 다시 불거졌다. 아주 정신이 없을 거야."

"어떻게 생각해 내신 겁니까?"

호텔 안에서는 하영에게 깍듯하게 존댓말을 하는 태준이었다.

"그 여자를 보는 눈빛이 구 실장이 날 보는 눈빛하고 같아서 말이야. 이번에는 형이 제대로 임자를 만났다고 생각했어."

"그래서요?"

"형은 지금 회사의 문제가 터진 것보다 그 여자가 기사를 보고 오해하지 않을까? 상처는 받지 않았을까? 지금 전전긍긍하고 있을 거야."

생각보다 사람의 마음을 다치게 하는 법을 아는 하영이었다.

"다음엔 또 뭘 해야 합니까?"

"일단은 정신을 차리게 하면 안 되니까. 주버들을 압박해서 기자회견을 하도록 해."

"하지 않을 겁니다."

"아니, 하게 될 거야."

하영은 주버들의 핸디캡을 가지고 있었다. 아주 어렵게 구한 것이었다. 그건 주버들이 신인 시절에 스폰서와의 섹스 장면이 담긴 영상이었다. 그녀가 얼마나 비굴하게 스폰서에게 돈을 받아내는지 다 나와 있었다.

"형이 두 손을 들고 회사를 떠날 때까지 그리 머지않았어."

"모든 일에 너무 자신을 하시면 안 됩니다."

"알아, 하지만 내 옆에는 구 실장이 있잖아."

하영이 태준이 가장 좋아하는 미소를 지었다.

"난 있잖아, 많은 걸 바라지 않아. 내가 바라는 건 단 하나 태준이 너랑 행복해지는 거야. 그러려면 힘이 있어야 하고 그 힘은 내가 삼우그룹의 후계자가 되는 거야."

하영의 얼굴에서 웃음기가 사라지고 독기가 피어오르고 있었다.

"하지만 남들의 눈에 띄는 자리입니다. 주목을 받는 자리면 언제든지 우리의 관계는……."

짝!

태준이 턱이 돌아갈 정도로 하영이 그의 뺨을 쳤다.

"난 숨어서 만나는 게 아니라 남들 앞에서도 당당하게 만나고 싶은 거야. 물론 커밍아웃을 하자는 건 아니지만 최소한 가족들이 알더라도 우리를 어쩌지 못할 만큼의 힘을 가지고 싶어."

"압니다. 하지만 전 그냥 지금의 상태가 안전하다고 생각합니다. 더는 바라지 않습니다."

"태준아, 난 후계자가 되고 싶어."

손자국이 선명하게 난 태준의 얼굴을 어루만지며 하영이 말했다.

"내 맘 알겠어?"

"네."

"넌 내가 시키는 대로 하기만 하면 돼."

태준은 불안한 표정으로 하영을 바라보고 있었다. 자신이 생각하는 것보다 하영은 더 후계자 자리를 원하고 있었다.

하루 종일 정신이 없었다. 이건 해도 해도 너무했다. 영국의 일이 터진 지 얼마 되지 않았는데 지금 삼우그룹의 주력 사업인 전자에서 또 한 건의 디자인이 유출되었다. 아직 출시 전의 제품이고 핸드폰이 아닌 청소기에서 난 사고라 피해액은 아직 크지는 않았지만 이렇게 다 된 디자인이 중국에서 선출시가 되고 거기다가 반값에 판매되기 시작한 건 큰 문제였다.

"이번에도 내부에서 정보를 주지 않으면 도저히 일어날 수 없는 일이야."

"조금만 더 시간이 필요합니다. 아직 확실한 증거가 나오지 않아서 잡아들일 수가 없습니다."

이 실장이 난감한 표정으로 말했다. 속에서 천불이 나기 시작했다. 이렇게 연속해서 거의 정신을 차릴 수가 없을 정도로 동시 다발적으로 사건이 일어날 수가 없었다.

"주버들은?"

"어디서 정보가 새어나갔는지 알 수가 없긴 하지만 정보원에 따르면 기자가 취재한 게 아니라 제보가 왔다고 합니다. 친절하게 사진까지 첨부해서 말입니다. 지금 아이디 추적 중이고 그것도 곧……."

"다 곧이야? 시간이 해결해 준다는 거야 뭐야?"

"죄송합니다."

그는 아까부터 소라에게 전화를 걸었지만 처음엔 받지를 않더니 지금은 아예 휴대전화의 전원이 나간 상태였다.

"아이씨!"

그는 휴대폰을 집어 던져 버렸다. 대리석 바닥에 그의 휴대폰이 박살이 나버렸다. 되는 일이 하나도 없었다. 숨이 막힐 정도로 사면초가였다. 주영의 격한 행동에 이 실장은 그대로 얼어붙어 버렸다.

아무리 극한 상황이라고 하더라도 이성의 끈을 놓지 않은 주영이었기에 이 실장이 더 놀란 것 같았다. 주영은 지금 회사의 일보다도 소라가 걱정이었다. 그녀가 오해하지 않기를 바라는 마음이었다.

왜 이렇게 소라가 신경이 쓰이는 건지 알 수가 없었다. 그동안 만난 여자들에게는 이런 감정이 없었던 그였다. 그래서 오래 만나지 않았다. 친구들에게 그는 여자와는 오래 가는 게 아니라고 충고를 할 정도였었다.

하지만 확실히 소라는 달랐다. 그는 자신의 양복 재킷을 들고는 사무실을 뛰쳐나왔다. 시간을 보니 소라가 퇴근해서 집에 있을 시간이었다. 그는 소라의 아파트 단지로 향했다. 11월의 싸늘한 바람이 그의 속까지 얼리는 기분이었다.

차를 주차장에 세우고 그녀의 아파트로 가던 주영은 아파트 앞 놀이터에서 걸음을 멈추었다. 그곳에서 그는 그네에 넋을 놓고 앉아 있는 소라를 보았다. 달려가서 아는 체를 해야 하는데 미안한 마음에 쉽게 발이 떨어지지가 않았다.

그네에 멍하게 앉아서 땅만 보고 있는 소라가 안쓰러워 그는 더 이상 바라보지 못하고 그녀의 앞으로 다가갔다.

"소라야."

그의 부름에도 소라는 고개를 들지 못하고 있었다.

"소라야."

"그렇게 미안하다는 듯이 말하지 마요."

예상 밖으로 소라는 담담한 목소리였다. 차라리 화를 낸다면 그대로 받아줄 수 있을 것 같았다. 충분히 그녀가 오해를 하게 기사가 났으니까 말이다.

"언제 일어난 일이에요?"

소라의 목소리가 흔들렸다.

"너에게 청혼하던 날 전이야."

그는 덤덤하게 말했다. 어떤 변명도 통하지 않을 걸 알았다.

"왜 그랬어요?"

그녀의 목소리는 이미 젖어 있었다.

"난 결혼을 해야 했거든."

"주버들이 안 한대요?"

"아니."

소라가 그네에서 천천히 일어나 주영의 앞에 섰다. 그녀의 향기
가 그의 코에 그대로 전달이 되었다.

짝!

그의 얼굴이 돌아갈 정도로 세게 소라가 그의 뺨을 쳤다. 너무
놀란 주영이었지만 소라의 분노를 잠재우고 싶은 마음뿐이었다.

"난 당신이 후계자가 되고 싶다는 말을 했을 때 동의했어요. 그
러니 우리의 관계는 유지될 거예요. 하지만 난 오늘 하루 종일 사
람들에게 웃음거리가 됐어요. 이건 오늘 내가 겪은 일에 비하면
아무것도 아니에요."

"……"

"당신은 후계자가 되는 대신에 가정을 지킨다는 약속을 나에게 했으니 그 약속 지켜요. 이건 경고예요."

그녀가 그에게서 등을 돌리고 자신의 아파트 안으로 들어갔다. 여자에게 이렇게 뺨을 맞은 건 그의 평생 처음 있는 일이었다. 그런데 화가 나는 게 아니라 가슴이 아프다는 생각이 들었다. 주영은 한참을 그 자리에 서서 소라가 사라진 곳을 바라보고 있었다.

자신이 후계자가 되기 위한 욕심 때문에 소라에게 상처를 준 것에 대해 죄책감이 들었다. 하지만 그런 이유로 그녀를 놓아주고 싶진 않았다. 이기적인 생각일 수도 있지만 지금 소라마저 그의 곁에 없다면 진짜 미칠 것 같았기 때문이다.

"어디서부터 왜 이렇게 된 거지?"

윙—

그의 개인 핸드폰의 진동이 요란하게 울렸다. 이 실장의 전화였다.

"여보세요?"

[어디십니까?]

"왜?"

순간적으로 짜증이 밀려온 주영의 말이 곱게 나가지 않았다.

[제가 모시러 가겠습니다.]

"왜냐고 물었어."

247

[단서를 잡았습니다.]

"뭐?"

[제가 그곳으로 가겠습니다.]

"알았어."

그는 주소를 말해주고는 담배를 입에 물었다.

"단서를 잡았다고?"

일단은 들어봐야 할 것 같았다. 목소리에 거의 감정 변화가 없는 이 실장이었기에 정말로 제대로 된 걸 찾은 건지 아닌지는 직접 들어봐야 할 것 같았다.

쌀쌀한 날씨인데도 그는 코트조차 걸치지 않고 있었다. 생각이 너무 복잡하니 추위도 느끼지 못하고 있었다. 담배를 세 개비 피우고 나서야 이 실장이 그곳으로 도착했다.

"본부장님."

그는 이 실장과 마치 첩보원들처럼 자신의 차에서 이야기를 나누었다.

"범인의 정체를 알아냈습니다."

"누구지?"

"기획실의 민형기 과장과 첨단 디자인팀의 유주희 대리입니다."

"둘은 부부 아닌가?"

"맞습니다."

사내 결혼커플이고 그의 부서 직원이라서 그들이 부부라는 걸 주영도 알았다. 그런데 둘은 이런 일을 할 사람들이 아니었다. 민 과장은 그와 3년을 같이 일했고 성실하고 조용한 사람이었다. 거기다가 기획실은 월급이 가장 많은 부서이기도 했다.

그의 연봉이라면 굳이 이런 일을 벌이지 않아도 충분했다.

"돈 때문은 아닌 것 같고."

"협박을 당하고 있었습니다."

"무슨 협박?"

"민 과장이 주식에 손을 대서 크게 손해를 봤고 사채에까지 손을 댄 모양입니다. 사채업자가 민 과장과 가족들을 협박해 온 것 같습니다."

"당장 잡아들여."

"이미 모처에 붙잡아두었습니다."

"그리로 가지."

"네? 직접 가시지 않아도……."

"짚이는 게 있어서 그래."

주영의 눈빛이 빛이 났다. 이렇게 치밀하게 움직일 때는 이유가 있어야 했다. 그가 주식에 빠지고 사채를 썼다고 해도 중국이나 영국 쪽의 사람들을 댈 만한 연줄이 있어야 가능한 일이었다.

이쪽에서 판로를 알지 못하면 섣불리 움직일 수가 없었다. 경쟁 업체에 판 것도 아니고 단지 그가 이 일에 손을 못 대게 만들어 버리는 게 목표인 것 같은 일들이었다.

그렇다면 지금 가장 수혜를 입는 사람만 찾으면 되는 것이었다. 주영이 후계자가 되는 걸 싫어할 사람은 지금 단 한 명뿐이었다.

주영의 입가에 의미심장한 웃음이 걸렸다.

탕!

사무실의 책상을 주먹으로 내리친 하영은 매서운 눈으로 태준을 쳐다보았다.

"미쳤어? 지금 이 시점에서 민 과장이 사라지면 어떻게 해?"

"죄송합니다. 감시를 철저히 하고 있었는데 부인까지 사라져서……."

"튄 거야?"

"그런 것 같습니다."

"저쪽의 움직임은?"

"본부장 쪽은 조용합니다. 아직 사태 파악은 못 한 것 같습니다."

하영이 손가락을 물어뜯기 시작했다. 아주 불안하다는 신호였다.

"너무 불안해하지 않으셔도 됩니다."

"……."

늦은 저녁이었지만 요즘 하영은 호텔에서 밤을 새울 정도로 일에 열심이었다. 이건 다 후계자가 되기 위한 그의 노력이었다.

윙—

어머니의 전화였다.

"여보세요?"

[하영이 오늘도 집에 안 들어오니?]

"좀 바빠서요."

[그래? 그럼 내일은?]

"내일도 어떻게 될지 모르겠어요."

[내일은 꼭 들어와. 아버지와 식사하기로 했으니까. 아버지가 좋아하시는 고래고기를 준비했으니까 내일은 무슨 일이 있어도 들어와라.]

"네."

어머니가 그를 도와주기로 정하신 모양이었다.

"팔은 안으로 굽는 법이야."

"네?"

"어머니가 도와주기로 결정하신 모양이야."

어두웠던 하영의 얼굴에 미소가 지어졌다.

"이제부터 진짜 시작인 거야."

"힘내십시오."

"그래야지. 내일 오전엔 주버들의 기자회견이 있을 테니까. 형은 집에 들어올 정신도 없을 거야. 준비는 잘되고 있지?"

"완벽합니다."

"가끔은 태준이 네가 꼼꼼했으면 좋겠어."

"죄송합니다."

태준은 디테일한 면에선 떨어졌다. 약간 조직 폭력배처럼 의리가 우선인 상남자였다. 그런 면이 하영은 좋았지만 때로는 그게 독이 될 수도 있다는 걸 하영은 알았다. 이번 일은 철저함이 어느 때보다 필요했다.

"신중 또 신중해야 해."

"네, 이사님."

윙—

하영의 휴대폰이 울리기 시작했다.

"안녕, 버들."

[안녕하지 못해요.]

버들의 목소리가 불안으로 인해 떨리고 있었다.

[진짜 이렇게까지 해야겠어요?]

"날 위해 하는 게 아니라 버들이 널 위해서 하는 일이야. 슈퍼스타 주버들이 어떻게 슈퍼스타가 되었는지 남들이 알길 바래?"

[이사님!]

"그러니까 서로 좋은 게 좋은 거니까. 내일 잘해. 알았지?"

[약속은 지킬 거죠?]

"당연하지 그 영상은 세상에서 사라질 거야."

하영이 전화를 끊었다. 남자의 피부라고 하기엔 백옥같이 하얀 피부를 가진 하영은 어릴 때부터 여자 같다는 소리를 많이 들었었다. 그래서일까 하영은 여자들이 싫었다. 그리고 그때부터 자신과는 반대가 되는 강인한 구릿빛 피부의 남자들을 좋아하게 되었다.

지금의 연인인 태준도 그런 하영의 기준에 딱 맞아 떨어지는 남자였다. 하영이 여자를 싫어하는 이유 중에 하나는 너무 징징거린다는 것이었다. 그들이 찡얼거리는 소리를 하거나 애교를 부리면 하영은 온몸에 소름이 돋아버렸다.

전화를 끊은 하영은 몸을 부르르 떨었다.

"진짜 딱 질색이야."

그런 하영의 모습을 태준이 안쓰러운 눈길로 쳐다보았다.

"그런 눈빛은 더 싫어. 알았어?"

"……"

"난 언제나 네가 그런 눈빛으로 날 볼 때면 뭔가 내가 잘못하는 것 같은 기분이 든단 말이야. 알았어? 언제나 내 판단은 옳아."

"네, 알겠습니다."

어릴 때 기지배 같다는 소리를 들으면 주먹부터 나갔었다. 강한 남자가 되기 위해 하영은 부단히도 노력했다. 하지만 하영은 깨닫지 못했다. 자신이 강해지기 위해 얼마나 많은 걸 희생시켰는지 말이다.

올해 안에는 확실하게 결말을 내야 할 것 같았다. 어쩌면 아버지가 주영의 결혼 선물로 후계자 자리를 발표할 수도 있다는 생각이 자꾸만 들었기 때문이었다.

하영은 태준이 바라보고 있다는 것도 잊은 채 창밖을 계속 바라보았다.

8. 깊은 사랑

찰칵찰칵!

기자들의 플래시가 우리나라의 탑배우를 향해 쏟아지고 있었다. 급조된 기자회견장에는 취재할 테이블조차 제대로 마련되어 있지 않아서 기자들의 대부분이 서 있었다. 수십 명의 기자들 앞에 초라하게 테이블 하나를 놓고 여배우는 하염없이 눈물을 흘리고 있었다. 이런 모습을 태준은 차 안에 앉아 모니터로 보고 있었다. 전국에 생중계가 되고 있기 때문이었다.

"유하영, 확실하게 실력은 좋군."

하영을 생각하며 그는 쓴웃음을 지었다. 그의 단 하나의 사랑이 하영이었다. 어릴 때부터 단 하루도 하영이 없이 산다는 건 생각해 본 적이 없는 그였다.

하지만 요즘 그는 머리가 터질 듯한 고민에 사로잡혔다. 하영이 결혼을 할 수도 있다는 말을 그에게 했기 때문이었다.

"과연 내가 참을 수 있을까?"

태준은 단 한 번도 다른 누군가에게 하영을 빼앗긴다는 생각을 한 적이 없었다. 그런데 지금은 문제가 달랐다. 그가 성공하기 위해서는 어쩔 수 없는 일이라고 태준을 설득한 하영이었다.

태준은 다시 모니터에 집중하기 시작했다. 아직 시작도 하지 않은 일이었다. 지금은 주버들의 일이 더 중요했다.

[주버들 씨, 삼우그룹 유주영 씨와는 어떤 관계입니까?]

[우린 사랑하는 사입니다.]

연기자답게 그녀는 리얼하게 울면서 이야기를 하고 있었다.

[지금 유주영 씨는 1월에 결혼식을 올린다고 발표를 하셨는데요?]

[압니다. 하지만 전 지금 임신 중입니다.]

[네? 다시 한 번 말씀해 주십시오.]

[아니, 죄송합니다. 제 아기는 이미 죽었습니다.]

갑자기 실내가 웅성거리기 시작했다.

[흑흑흑, 세상의 빛도 못 보고 못난 엄마 때문에…… 흑흑흑.]

버들은 자신의 가슴을 쥐어뜯으며 명연기를 선보이고 있었다.

모니터를 보는 태준의 인상이 구겨졌다.

[죽다니요? 임신 중에 아이가 잘못됐다는 소립니까?]

[네.]

그녀의 말에 실내가 일제히 조용해졌다. 이건 완전 대박 특종 뉴스였다. 기자들의 손이 바빠지고 있었다.

[전 유주영 씨의 결혼 소식에 충격을 받아서…….]

버들은 너무나 서럽게 울었다.

[오늘 기자회견은 어떻게 생각하신 겁니까?]

[유주영 씨에게 말해주고 싶었습니다. 절대로 그 결혼은 허락 못 한다고 말입니다.]

[오늘 기자회견은 이번에 나올 영화 블랙시티의 홍보에 영향이 미치지 않을까요?]

[전 진실을 말하고 싶었을 뿐입니다.]

그녀가 자리에서 일어났다.

태준은 모니터를 끄고는 차를 운전했다. 만일의 사태에 대비해서 그는 주버들의 근처에 있었다. 그가 준 대본대로 말을 안 할까 봐 감시 차원이었다. 하지만 다행히 버들은 실수를 하지 않았다.

"아주 훌륭해."

태준은 열심히 회사의 상황을 살폈다. 버들의 기자회견이 끝이 나고 유 본부장의 반응이 나와야 하영에게 보고를 할 수가 있기 때문이었다. 태준의 손에 땀이 맺혔다. 이보다 더한 일도 많이 했는데 이번에는 이상하게 불안했다.

사람을 때리고 협박을 했을 때도 이렇게 불안하진 않았었다. 하지만 언제나 그의 예감은 틀렸고 하영의 예감이 맞았다. 이번에도 그는 하영을 믿고 움직이고 있었다.

윙—

드디어 태준의 첩보원으로부터 전화가 왔다. 기획실의 출입이 잦은 여직원이었다. 한 번 잠자리를 한 후부터 그녀는 완전히 그에게 매달리고 있었다.

"소영아, 얘기해."

[회사 전체가 난리가 났는데 이상하게 기획실은 조용해요.]

"뭐? 왜 조용한데? 아직 모르는 거 아니야?"

[아뇨, 그렇진 않은데 아침부터 기획실 전체 회의가 들어가서 12시가 넘었는데 아직도 회의 중이에요.]

"그럼 모르나 보지."

[아뇨, 다들 김밥을 주문해서 받아갈 때 제가 말해줬는데요?]

"그런데?"

[이 대리가 안다고 조용히 하라고 했어요.]

"다른 곳은?"

[회장실부터 난리예요. 아주 회사가 뒤집어졌어요. 역시 유 본

부장님다운 일이에요.]

"알았어."

김밥으로 끼니를 때우고 밖으로 못 나가게 하는 거면 아주 긴급한 회의가 있는 모양이었다.

"하긴 똥줄이 타겠지."

그는 차를 돌려 이 상황을 보고하기 위해 서울호텔로 갔다.

긴박하게 돌아가는 하루였다. 어제저녁부터 잠 한숨을 못 잔 그는 아침에 출근을 해서부터 지금까지 기획실 직원들과 회의를 하고 있었다. 아니, 이 사건의 전모를 다 파헤치기 전에는 이 회의실에서 아무도 나가지 못할 것이다.

주영의 굳은 얼굴에 100명에 달하는 기획실 직원들이 긴장을 하고 있었다. 이 실장은 그의 옆에 서 있었고 사원들은 커다란 회의실에 앉아 있었다.

"……."

아무런 말도 하지 않았다. 주영의 입장에선 지금은 하영이 일을 어디까지 벌일지 그 끝을 보고 싶은 마음뿐이었다. 그다음에 그의 반격이 시작될 것이다. 아직 회장에게 직접 보고를 하지 않았다.

직원들은 기획실의 민 과장과 첨단 디자인팀의 유 대리가 이번 일의 주범이라는 정도만 알고 있었지 그 배후에 누가 있는지는 모르고 있었다.

Rrrrrrr—

"회장님이십니다."

화가 머리끝까지 나신 게 분명했다. 하지만 지금은 아버지에게 이 모든 사실을 알릴 타이밍이 아니었다.

"아버지, 지금은 드릴 말씀이 없습니다."

그의 말에 직원들은 잔뜩 쫄아 있었고 이 실장마저도 놀란 눈치였다.

"끊습니다."

아버지의 목소리가 전화기 너머까지 들렸다.

"자, 삼우그룹은 나만의 그룹이 아닙니다. 제가 이 기획실의 본부장인 이상 지금 이상하게 돌아가는 이 상황을 수습하지 않으면 안 됩니다."

"……."

"누가 제2의 민 과장이 되지 말라는 법은 없으니까."

"……."

"일단 여러분들의 시적인 재산 및 채무관계에 대해 개별적인 조사가 들어갈 겁니다. 주식이나 도박에 전력이 있는 사원은 우선적으로 저와 개인 면담 들어갑니다. 우리 회사가 구멍가게가 아닌 관계로 삼우그룹의 사원 전체를 볼 수는 없으니 주요한 업무를 맡고 있는 주요부서 위주로 조사가 들어갈 겁니다. 미리 말해주면 더 좋고."

"네."

"여기는 여러분의 평생 직장이란 걸 잊지 말아주세요. 협박을 받을 정도의 채무라면 회사 차원에서 도와줄 방안을 마련해 줄 테니 제발 이상한 짓들은 안 했으면 합니다. 여기 가정을 가지신 분?"

거의 반 이상이 손을 들었다.

"나의 가정이 소중하면 다른 사람의 가정도 소중한 법입니다. 회사가 이렇게 망가지면 다들 일자리를 보장받을 수 없으니 알아서들 판단하세요."

"본부장님."

기획실의 브레인 중에 브레인인 유 대리가 손을 들었다.

"말씀하세요."

"민 과장님의 경우는 어떻게 처리하실 생각이십니까?"

"우선은 형사상 책임을 지도록 할 거고 민사상의 상황도 봐야겠지요. 그건 당연한 겁니다."

"그럼, 그에 관련된 사람들은요?"

"가차 없이 해고 조치 내릴 거고 그리고 만약에 이 일에 대해 제보를 한 사람에게는 그만한 보상이 따를 겁니다."

유 대리가 뭔가 할 말이 있는 것 같았다.

"유 대리는 나 좀 잠깐 보고 이 실장은 다음 주에 있을 인도네시아 건에 대한 자료를 직원들에게 줘요."

"네."

"이제부터 당분간은 전체 회의를 통해서 위아래 상관없이 토론을 할 겁니다. 보고 받는 형식이 아니라 자유로운 토론 가운데 아이디어를 얻을 생각입니다."

그는 유 대리를 데리고 자신의 방으로 갔다. 그리고 유 대리를 통해 엄청난 사실을 알게 되었다. 하영이 유 대리에게도 마수를 뻗쳤던 것이었다.

"제가 대출이 좀 있습니다. 결혼을 하면서 아파트를 준비할 때 너무 겁 없이 받은 거죠. 그래서 지금 허덕이고 있는 걸 어떻게 아신 모양입니다."

그가 녹음기를 틀어 하영의 목소리를 들려주었다. 주영의 입가에 미소가 걸렸다.

"고맙네."

"……."

"내가 고마운 건 이 녹음 파일을 준 게 아니라 민 과장처럼 자네가 돈에 눈이 멀지 않았다는 거야."

"감사합니다."

"대출 건 내가 도움이 돼주겠네."

"본부장님……."

유 대리의 눈에 눈물이 맺혔다. 돈 때문에 많은 고통이 따른 모양이었다.

주영은 힘겨운 하루를 보내고 있었다. 지칠 대로 지친 그였지만 그의 마음이 무거운 건 다 소라 때문이었다. 어제의 기사만으로도 힘이 들었을 텐데 오늘 버들의 말도 안 되는 인터뷰 때문에 더 속이 상했을 것 같았다.

미안한 마음에 그는 소라에게 전화도 하지 못하고 있었다.

"주버들……."

주영이 이를 갈았다. 어떻게 이렇게 말도 안 되는 거짓말을 아무렇지 않게 하고 있는지 주영은 도무지 이해할 수가 없었다.

"뒷감당을 어떻게 하려고……."

주영의 눈이 무섭게 빛을 내고 있었다.

하영은 콧노래가 나오는 걸 참았다. 모든 일이 순조롭게 풀리고 있었고 어머니마저 자기를 도와주신다고 하니 기분이 좋을 수밖에 없었다. 아버지는 경상도 출신답게 고래고기를 즐겨 드셨다.

주로 혼자서 즐기시는데 오늘 어머니가 특별하게 자리를 만들어주신 것이었다. 하영은 최고급 위스키를 한 병 사 들고는 본가로 향했다.

오랜만에 아버지와 같이 술자리를 하는 하영이었다. 항상 형과 아버지 사이에서 조율을 하는 척하며 마시던 때와는 오늘은 확연하게 달랐다. 자신이 얼마나 사업에 관심을 가지고 추진을 하는지 아버지에게 알려야 하는 날이었다.

"아버지."

유럽의 파티장 같은 식당에 들어서자 아버지가 20인용 식탁에 혼자 앉아서 소주잔을 기울이고 계셨다.

"왔니?"

아버지는 하영을 아직도 아기 다루듯이 다루셨다. 아버지의 눈에 하영은 그저 착한 막내인 것이었다.

"이거 아버지께서 좋아하시는 위스키예요."

"그렇구나. 역시 우리 아들은 센스가 있어."

위스키를 받아 옆에 놓는 아버지였다.

"소주 드시게요?"

"고래고기엔 소주지."

"제가 따라 드릴게요."

"어쩜 이렇게 살가운지. 우리 하영이가 딸이었다면 더 좋았을 텐데라는 생각이 들 때가 많아."

"전 아버지의 딸이자 아들이에요."

"하하하, 녀석, 하여튼지 말은 잘해. 너도 한잔 받아라."

유 회장이 하영의 잔에 술을 부었다. 아버지와 이렇게 오랜만에 술을 마시니 하영은 기분이 좋았다. 물론 목적이 있는 술자리였지만 말이다.

"어머니는요?"

옆에서 어머니가 그를 도와줄 줄 알았는데 조금 서운한 마음이 드는 하영이었다.

"방에 있어."

"왜요?"

"손님이 와 있다."

"손님이라뇨?"

"곧 이리로 올 거야. 대단한 아가씨야. 꼭 너희 엄마를 닮은 것 같아."

갑자기 불안한 마음이 드는 하영이었다. 이 집에 올 여자는 아무도 없었다. 혹시나 소라가 온 거라면 그리 반갑지 않았다.

"아무래도 이번에 주영이 결혼은 무산될 것 같아."

소란지 뭔지 하는 여자가 온 모양이었다. 하긴 그 난리굿을 쳤는데 결혼을 할 생각이 없어진 건 당연한 것이었다.

"모처럼 마음에 드는 아가씨였는데……."

아버지가 소주를 연거푸 마시셨다. 하영은 아버지 모르게 인상을 찡그렸다. 아버지의 관심이 형에게 가 있는 게 싫었다.

"요즘 형의 일이 잘 풀리지 않네요."

"그러게 말이다."

"인복이 없는지 직원들 단속도 안 되는 것 같아요. 스캔들이야 형의 개인사니 회사 일에는 별문제가 없지만 이렇게 직원들까지 단속이 안 되면 아주 곤란한 상황이 계속될 것 같아요."

"나도 걱정이다."

"이번에 저희 호텔에서 면세점 경영권을 따낸 건 아시죠?"

아버지의 관심을 자신에게 돌리기 위해 하영이 넌지시 말했다. 이럴 때 어머니가 옆에서 도와주면 좋을 텐데라는 생각이 들었다.

"물론이다."

"직원들이 열심히 해준 덕분이에요."

"주영이도 이렇게 직원들을 잘 다스려야 하는데 나이만 먹었지 영 마음에 안 드는구나."

그때였다. 어머니와 소라가 식당으로 들어왔다. 단아하고 우아한 여자였다. 딱 어른들이 좋아할 스타일이었다. 그가 저런 여자와 결혼을 한다고 해야 될 것 같다는 생각이 들 정도였다.

하지만 그게 다가 아니었다. 소라에겐 힘이 있었다. 마치 진심으로 주영을 사랑하기라도 하는 것처럼 보였다. 그런 면이 어머니와 아버지의 마음을 움직이게 하는 모양이었다. 하여튼 지금 그에게 소라는 최고의 위험인물임에는 틀림이 없었다.

"안녕하십니까, 아버님?"

아버님이라니 마지막까지 어른들의 마음을 흔들어놓는 여자인 것 같았다.

"그래, 내가 널 볼 면목이 없다."

그런데 갑자기 변수가 생겨 버렸다. 소라가 아버지 앞에서 무릎을 꿇어버린 것이었다. 어머니는 차마 하영의 눈을 보지 못하고 계셨다. 소라가 오늘 하영에게 불리한 말을 할 거라는 걸 미리 알고 계시기 때문인 것 같았다. 그리고 그걸 하영이 알 거라는 것도 말이다. 왜냐면 아버지보다 소라의 행동에 하영이 더 놀랐기 때문이었다.

"주영 씨를 부디 용서해 주셨으면 합니다. 이 일은 어쨌든지 결혼 전의 일이고 제가 용서하기로 마음먹었습니다. 그러니 아버님께서도 저의 힘든 결정을 존중해 주신다면 주영 씨를 용서해 주세요. 앞으로 저희가 살아가면서 이런 일은 두 번 다시 없을 겁니다."

"아가씨가 힘든 결정을 내린 건 알지만 내가 주영이를 용서하고 싶은 마음이 없어."

"아버지시지 않습니까? 그리고 주영 씨는 이 집의 장남입니다. 부모님께서 못난 자식을 감싸 안아주셔야 하는 것 아닙니까?"

소라는 한 치의 물러섬이 없었고 하영의 입은 바짝 마르고 있었다.

"전 지금 주영 씨를 음해하려는 아주 못된 세력이 있다고 봅니다. 그러지 않고서야 이렇게 중요한 시기에 나쁜 일들이 한꺼번에 터지진 않겠죠."

그녀의 시선이 하영을 바라보고 있었다. 뭔가를 아는 눈빛이었다.

"아닌가요?"

"그거야⋯⋯."

유 회장이 말을 얼버무렸다.

"그걸 견디고 이겨내고 있는 사람이 유주영입니다. 어릴 때야 돈 많고 잘생겼는데 여자 하나 없었겠습니까? 발로 차이는 게 여자였을 사람이라는 거 압니다."

"허허."

아버지가 헛기침을 하셨다. 정곡을 찌르고 있었기 때문이었다. 하영은 자신이 소라의 말을 잘라야 한다고 생각했다.

"이봐요. 이소라 씨. 그래도 형과 결혼을 하겠다면 우리야 고맙죠. 알았으니까 그걸로 끝내고 돌아가세요."

"아뇨, 전 사랑하는 사람을 지켜야 할 의무가 생겨 버렸습니다."

"네?"

"힘들 때 지켜주는 게 가족이잖아요? 힘들 때 뒤통수를 치는 게 가족이 아니라."

이 여자가 뭔가를 알고 있는 게 분명했다.

"왜 자꾸 그런 소리를 하죠?"

하영은 소라가 무섭기까지 했다. 이런 여자는 진짜 처음이었다.

"하영아, 그만해라. 형수 될 사람이다."

어머니가 하영이의 말을 잘랐다. 더 이상은 하지 말라는 어머니의 경고였다.

"이소라 씨는 자존심도 없습니까?"

"아뇨, 자존심을 버릴 만큼 유주영 씨를 사랑합니다."

"돈이 아니구요?"

"유하영! 무례하게 무슨 소리야!"

이번엔 아버지가 화를 내셨다. 오늘은 이러려고 온 게 아니었다. 다 저 여자가 집에 와서 생긴 사단이었다. 하영은 소라를 용서할 수가 없었다.

"아버님, 전 확답을 들어야겠습니다. 주영 씨를 용서해 주실 건가요?"

"용서는 내가 할 게 아니라 아가씨가 해줘야 하는 건데 이렇게 우리 아들을 이해해 준다니 난 더 이상 할 말이 없을 것 같아."

"감사합니다. 주야로 삼우그룹을 위해 일하는 사람입니다. 괜히 반대 세력 때문에 아버님의 현명하신 눈이 가려지지 않기를 바랄 뿐입니다."

"알았어, 내가 명심하지. 회사의 일은 모르겠다만 아가씨가 용서를 했는데 주버들 일은 내가 더 이상 말하지 않겠네."

"감사합니다."

"식사는 했나?"

"아직 전입니다. 밥이 넘어갈 상황이 아니어서……."

"나와 함께 하겠나?"

"감사합니다."

하영이 보기에 소라는 굉장히 당찬 여자였다. 남자들도 벌벌거리는 아버지 앞에서 소라는 조금도 주눅 들지 않았다. 아마 그 점을 아버진 높게 평가하신 것 같았지만 말이다.

이 순간 하영은 주영이 몹시도 부러웠다. 역시 풀리는 인간은 다른 사람들의 도움도 받는구나를 느꼈다. 하지만 어차피 쉽지 않을 싸움이란 걸 하영은 알고 있었다. 이쯤에서 나가떨어질 거면 시작하지도 않았을 것이다.

저녁식사를 하는 내내 아버지는 소라와 이야기를 나누셨다. 집안에 고래고기를 먹는 사람이 없었는데 소라는 아주 잘 먹었다. 그런 점도 큰 점수를 딴 이유가 됐다.

"할머니께서 경상도 분이시라 가끔 먹어봤어요. 외할머니는 전라도 분이시라 홍어도 잘 먹습니다."

"홍어도?"

"네, 제가 좀 미각의 기능을 상실했는지 남들이 못 먹는 걸 아주 잘 먹습니다."

"여보, 다음엔 홍어 좀 구해봐요."

아버지의 얼굴에 미소가 끊이지 않았다. 아버지의 저런 모습은 하영은 근래에 본 적이 없었다.

"네, 집 안에 향기가 가득할 거예요."

어머니는 그런 음식들을 잘 못 드셨다. 아니, 싫어하신다는 게 맞았다. 두 분이 유일하게 맞지 않는 게 그런 음식들이었다. 하영의 눈에서 레이저가 나오고 있었지만 어른들의 눈에는 보이지 않는 것 같았다. 다만 하영은 소라가 끊임없이 자신을 바라보고 있다는 걸 알게 되었다.

저녁식사 후에 집을 나가는 소라를 하영이 정원에서 잡았다.

"뭘 원하는 거죠?"

"유주영."

역시 소라는 만만한 여자가 아니었다.

"그건 재벌 집에 시집오기 위한 도구고. 뭐 이런 불편한 생활을 하지 않아도 될 만큼의 돈이 생긴다면?"

271

하영은 소리에게 제안을 하고 있었다.

"뭔가 오해를 하고 계시는 것 같은데요. 전 먹고살 만큼의 돈은 벌고 있구요. 여기에 시집을 와도 그건 그렇게 달라질 것 같지 않아요. 제가 재벌로 태어난 것도 아니고요. 사람의 습관이란 건 하루아침에 버리기가 힘이 들죠. 티가 나거든요. 하영 씨처럼."

"내 습관이 뭔 것 같나요?"

하영이 소라의 앞으로 바짝 다가섰지만 소라는 움직이지 않고 그 자리 그대로 있었다.

"남의 것을 빼앗는 거?"

하영이 위험스러운 표정으로 소라에게 한발 짝 다가섰다.

"아참, 내가 말했었나요? 아니, 제 뒷조사를 하셨을 테니까 아시겠네요. 제가 유단자거든요. 그리고 상대방의 반응에 굉장히 민감하게 반응하죠."

"어디 볼까요?"

그가 그녀의 어깨를 잡으려는 순간 갑자기 그의 멱살이 잡히는가 싶더니 몸이 아주 가볍게 공중부양을 했다.

쾅!

정원의 경비들이 그에게 달려왔다.

"괜찮으십니까?"

소라의 존재를 알기에 그들은 이러지도 저러지도 못 하고 있었다.

"괜찮아."

그가 신경질적으로 일어났다.

"그러니까 제가 민감하게 반응한다고 했잖아요. 그럼, 안녕히 계세요."

그녀가 그를 향해 미소 지었지만 그는 웃음이 나오지 않았다.

"후회하게 될 거야."

"마찬가지예요."

순간 하영은 주영이 이렇게 부러운 적이 없었다. 잠시 소란에 어머니가 집 안에서 나오셨다.

"무슨 일이야?"

"아니에요."

"아니긴요. 작은사모님이 도련님을 집어 던지셨어요."

황 집사가 울면서 하영이 옷을 털어주었다.

"어떻게 그런 실수가 있죠? 이렇게 귀한 우리 도련님을……."

황 집사는 그렇게 호들갑스러운 사람이 아니었다. 그런데 방금 전의 일로 충격을 받은 모양이었다. 누구에게 하영이 맞는 걸 처음 보았기 때문에 그 충격은 이루 말할 수 없어 보였다.

"괜찮니?"

"네."

어머니는 언제나처럼 우아하게 그에게 물었다. 하지만 오늘 어머니의 표정은 그리 좋지 않았다.

늦은 밤 주영은 소라의 아파트 앞으로 갔다. 12시가 넘은 시간이고 내일 출근을 해야 하는 사람이기 때문에 미안한 마음이 들었지만 어쩔 수가 없었다. 미안하고 고맙고 그의 마음이 복잡했다.

그는 한참을 핸드폰을 만지작거리다가 소라에게 전화를 걸었다.

"여보세요?"

[네, 이 시간에 어쩐 일이세요?]

전화를 받지 않으면 어쩌나 걱정을 했었는데 그녀의 목소리를 들으니 안심이 되었다. 다만 그녀의 목소리는 그리 좋게 들리지 않았다. 당연한 일이었다. 오늘 주버들이 그런 기자회견을 했으니 그가 꼴 보기 싫을 것이다.

"자는 걸 깨운 건가?"

[그렇긴 하지만 말씀하세요.]

"그럼 미안한 부탁 한 가지만 더 할까?"

[뭔데요?]

"나 지금 집 앞이야."

[…….]

그녀가 답을 하지 않았다.

"부탁인데 잠깐 얼굴 좀 볼까?"

[알았어요. 나갈게요.]

한참을 망설이는 듯하더니 그녀가 답했다.

"고마워."

잠시 후에 그녀가 아파트에서 그가 있는 주차장 쪽으로 걸어오고 있었다. 진짜 자다가 일어난 모습이었다. 그래도 그 모습이 너무나 사랑스러웠다.

"이 시간에 웬일이에요?"

그녀는 혼란이 많은 날이었음에도 불구하고 굉장히 의연한 태도를 보이고 있었다. 그가 소라의 팔을 잡아 자신의 품 안에 안았다.

"미안해."

"……."

"하지만 그것만은 믿어줘. 주버들을 임신시키지 않았어. 그리고 주버들과의 관계는 이미 오래전에 끝났어."

"……."

"믿지 않아도 내가 그동안 하고 다닌 일 때문에 어쩔 수 없지만 진짜 오늘 기자회견 내용은 사실이 아니야."

"알았어요."

그가 그녀를 품 안에서 잠시 떼어내고는 얼굴을 살폈다. 진짜 괜찮은지 괜찮은 척을 한 건지 알고 싶었다.

"진짜 괜찮아요."

말은 그렇게 해도 그녀의 표정은 괜찮아 보이지 않았다.

"오늘 집에 갔었다고?"

"어머님이 그러세요?"

"응, 전화 왔었어."

"내가 도련님을 내동댕이친 건 얘기 안 하셨어요?"

"뭐?"

그 얘기는 듣지 못했다.

"사실은 당신을 내동댕이치고 싶었는데 어쩌다 보니 당신 동생도 만만치 않게 나를 자극하더라고요."

"하영이가?"

"네."

"무슨 일인데, 그 자식이 뭐라고 했어?"

"당신 일에 비하면 새 발의 피죠."

"소라야."

그는 입이 열 개라도 할 말이 없었다.

"당분간 안 풀릴 것 같으니까 너무 애쓰지 마요. 때가 되면 아무렇지 않을 거예요."

소라가 집에 다녀간 뒤에 어머니는 입에 침이 마르도록 소라를 칭찬하시고는 아버지가 아주 마음에 들어하신다는 말과 함께 전화를 끊으셨다. 소라는 이렇게 화가 난 마음을 숨기고 가족들을 만난 것이었다.

"어머님이 뭐라고 하신 것 같은데요?"

"아니, 아무 말씀도 없으셨어."

"그럼 됐어요."

"되긴, 소라가 함부로 사람을 내동댕이치진 않으니까 도대체 어떻게 된 일이야?"

"아니에요. 그냥 잊어요."

"그리고 고마워."

"네?"

"아버지 앞에서 무릎까지 꿇었다고?"

"그런 것쯤 천 번도 더 할 수 있어요. 당신만 성공할 수 있다면요. 하지만 당신도 약속은 지켜요. 가정을 잘 지키겠다는 약속이요. 이런 일은 두 번 다시 안 일어나게 말이에요."

그가 다시 그녀를 안았다.

"참 대단해."

"이 얘기 하러 왔어요?"

"응."

"지금 굉장히 바쁘다고 들었는데요?"

소라는 더 이상 화난 티를 내지 않았다.

"주버들이 직접 아니라고 말하게 할 거야. 분명히 그러는 이유가 있거든 아직은 말할 수 없지만."

"왜요? 하영 씨가 시킨 일이라서요?"

소라가 예리하게 맞혔다.

"용서가 안 되는 사람이네요. 주버들이나 하영 씨나."

"맞아."

"그런데 왜 참고 말 안 해요?"

"말할 때를 기다리는 거야."

"저는요?"

"소라는 날 믿어줄 거란 걸 알아. 그리고 지금은 소라가 날 믿어주길 바래. 너무 힘이 들거든."

"그럼, 얼른 가서 쉬고 내일 일 준비해야죠."

"섭섭해."

그가 소라의 작은 얼굴을 양손으로 감싸고는 입을 맞추었다.

"집으로 같이 가자."

"엄마가 지금 눈에 불을 켜고 집으로 들어오길 기다리고 계세요."

"어머님도 이해하지 않으실까?"

"아뇨."

교육자 집안이라는 걸 깜박했었다. 그렇게 곱고 바르게 자란 소라를 그가 차지한 것이었다.

"왠지 내가 성공한 것 같아."

"뭐가요?"

"아니야. 들어가. 춥다."

"힘내요. 반드시 아버님께서 알아주시리라 믿어요."

"그래."

아쉬워하며 돌아서던 소라가 아파트 현관에서 다시 그에게로 뛰어오기 시작했다. 그리고는 그의 입술에 자신의 입술을 포갰다.

"잘 자요."

그 한마디를 남기고는 소라는 다시 뛰어서 들어갔다. 그녀의 입술의 온기가 아직 그의 입술에 남아 있었다.

"한 수 위야."

그가 차를 돌려 다시 회사로 향했다. 집에서 편히 쉴 수 있는 상황이 아니었다.

토요일 오후, 성북동 본가에서 수업을 받는 날이었다. 벌써 12월 초였고 1월의 예식까지 얼마 남지 않은 시점이라서 소라는 더욱 바쁘게 움직이고 있었다. 언론에선 아직 주버들의 이야기가 한

창이었어도 집안 어른들도 그 일이 찜찜하신지 요즘은 주영에 대해 아예 물어보질 않으셨다.

그래도 결혼할 사람인데 소라는 서운함이 있었다.

"어디 가?"

"주영 씨네 본가?"

소미가 나가려는 그녀의 손을 잡고는 자신의 방으로 데리고 들어갔다. 그리고는 마시는 우황청심원을 하나 따서는 억지로 그녀에게 먹였다.

"마음을 가다듬고 들어야 하는 거야?"

"아니, 거기 가서 잘하라고. 요즘 기분도 그렇게 좋지 않잖아. 나라도 언니 편이 되어줘야지."

"엄마는 뭐래?"

"걱정하시지 뭐. 부처도 돌아선다는 게 계집질인데 언니가 잘 견딜 수 있겠냐고."

"……."

"아빠는 당장 때려치우라고 하시는데 엄마가 말리고 있어."

소미의 말에 집안 식구들이 얼마나 그녀 때문에 걱정을 하는지 알 수 있었다.

"괜찮아, 이런 거 안 마셔도."

"이건 나의 성의야. 이모한테 전화 왔었어."

"왜?"

"엄마랑 하는 얘기를 들었는데 너무 힘이 들면 이모가 다른 곳 소개해 준다고 했어. 그래서 내가 둘이 죽고 못사니까 내버려 두라고 했지."

"잘했어."

소미가 그녀를 안아주었다.

"으이구, 우리 언니, 살이 쏙 빠졌어. 이러면 예식 때 안 예뻐."

"고마워."

"빨리 다녀와. 저녁에 맥주나 한잔하게."

"응."

그녀가 본가에 도착한 시간은 5시였다. 겨울이라서 그런지 5시밖에 안 됐는데도 날이 제법 어두웠다. 황 집사님이 오늘은 웬일인지 그녀에게 5시쯤 오라고 어제 문자를 보냈다. 황 집사님과 어머님이 번갈아가며 그녀를 가르쳤기 때문에 어떤 때는 황 집사의 스케줄에 따라 움직이기도 했다.

코너만 돌면 바로 본가였다. 그런데 그때 황 집사가 그녀의 차를 보고는 손을 흔들었다.

"집사님, 왜 여기 계세요?"

"오늘 수업은 다른 곳에서 합니다."

황 집사는 평소보다 더 목소리를 깔았다. 집에서 일하는 사람만 아니면 별로 말을 섞고 싶은 사람은 아니었다. 뭐랄까 앞뒤가 다른 사람처럼 느껴졌다.

"그래요? 타세요."

"제가 운전하는 게 빠를 것 같습니다."

언제나처럼 무뚝뚝하게 말하는 황 집사였다.

"그러세요."

그녀가 차에서 내려 아무런 의심 없이 그에게 차 키를 맡겼다. 그녀가 앞자리에 타려고 하자 그가 뒷좌석에 앉으라고 말했다. 그녀는 그가 시키는 대로 뒷좌석에 앉는 순간 그가 그녀에게 스프레이를 뿌렸다.

"켁켁, 집사님 이게 뭐……."

그녀는 그대로 쓰러져 버렸다. 그리고 아주 깊은 잠에 빠져들었다.

"아아아."

소라는 극심한 두통을 느끼며 눈을 떴다. 너무나 고통스럽고 아픈 머리는 무겁게 느껴지기까지 했다. 손으로 관자놀이를 짚고 싶었지만 지금 그녀의 손은 의자에 묶여 있었다.

파밧!

불이 갑자기 켜지자 눈부심에 눈을 감은 소라였다.

"이제야 정신이 드셨나?"

처음 듣는 목소리였다.

"그렇게 대단하신 분이라고?"

눈부심이 심했지만 점차 적응이 되어가고 있었다. 그녀의 맞은 편엔 건장한 체격을 가진 남자가 서 있었다. 눈이 부셔서 정확하게는 모르지만 진짜 처음 보는 사람이었다.

"여기가 어디예요?"

"……."

답을 해줄 턱이 없었다.

"누구죠? 왜 날 여기에……."

"그건 알 것 없어."

남자의 목소리는 한겨울의 서릿발처럼 차가웠다.

"납치가 된 거예요? 우리 집은 그렇게 돈이 많은 집이 아니에 요."

"당신 집이야 없겠지?"

이렇게 사정을 아는 걸 보면 돈 때문인 게 분명했고 소라가 어느 집에 시집을 가는지도 분명히 아는 사람이었다.

"황 집사님은요?"

"……."

"황 집사님 짓인가요?"

"말이 많아. 생각보다 아주."

남자의 심기를 건드리고 싶지 않았다. 지금 상황은 완벽하게 그녀에게 불리한 상황이니까 말이다. 검은색 양복을 입은 남자는 굉장히 세련돼 보였다. 명품에 대해선 잘 모르지만 지금 그가 걸친 것만으로 따지면 그녀의 연봉과 거의 같을 것 같았다.

그의 팔에서 번쩍이는 시계는 이름만 들어도 알아주는 부자들의 상징이었다. 뭘까? 조폭이나 영화에서 보던 납치범의 인상이라기보다 그는 굉장한 엘리트로 보였다. 말 그대로 돈이 많아 보이는데⋯⋯.

소라는 갑자기 무서운 생각이 들었다. 돈을 노리는 거면 돈을 받고 풀어주겠지만 그렇지 않을 경우에는 거의 생각하기도 싫은 상황이 되는 것이었다. 차라리 돈을 원하길 바라는 소라였다.

"뭣 때문에 날 여기까지 데리고 온 거죠?"

"너무 나대서."

"⋯⋯."

나대다니? 뭔가 일이 이상하게 꼬이고 있었다.

"황 집사님은 어디 계시죠?"

죽을 땐 죽더라도 아는 사람이 있는 게 나을 것 같았다.

"왜 혼자인 거예요?"

"그만!"

그는 진짜로 화가 난 것 같았다. 하지만 지금 소라는 무서움을 덜기 위해 그에게 말을 붙이는 것이었다. 가만히 있으면 무서워서 죽을 것만 같았다.

삐걱!

누군가 안으로 들어왔다. 황 집사였다.

"황 집사님."

"시끄러워."

황 집사의 눈에 적의가 가득 차 있었다. 뭐지라는 생각이 들 정도였다. 황 집사가 이렇게 적대적일 이유가 없었다.

"어떻게 우리 하영 도련님에게 그런 짓을 한 거지? 가만히 두면 알아서 잘하실 분인데 그분이 그동안 얼마나 참고 살아왔는지 알기나 하는 거야?"

"……."

황 집사는 하영의 충신인 것 같았다. 그래서 그녀가 눈엣가시였던 것이었다.

"집사님이 이렇게 하시면 도련님에게 더 안 좋아요."

쫙!

소라의 머리가 돌아갈 정도로 강하게 황 집사가 손으로 그녀의 뺨을 때렸다.

"닥쳐! 어디라고 도련님이라고 그러는 거야?"

입안에서 피맛이 느껴지고 있었다. 소라는 고개를 들어 황 집사를 째려보았다.

"참으세요."

"어제 작은도련님을 집어 던지더라니까요. 참을 수가 없었습니다."

"집어 던져요?"

"네, 저렇게 가늘어 보여도 아주 힘이 장사예요."

마치 어제의 일을 남자에게 이르는 것 같았다.

젊은 남자에게 아주 구구절절 말이 많았다. 저들의 관계가 궁금했다.

"구 실장님, 이거 작은도련님이 아시면 진짜 혼내실 텐데요."

분명히 황 집사가 남자를 구 실장이라고 불렀다.

"어차피 이 일은 우리 둘만 아는 일입니다."

"암요, 물론입니다."

"어서 가보세요. 저도 빨리 처리하고 갈 테니."

그의 말은 지금 그녀를 처리하고 간다는 의미였다. 돈이 아니라 그녀의 목숨이었다.

"이봐요."

구 실장이라는 남자가 그녀를 매섭게 보았다.

"제가 어디로 가든지 간에 주영 씨가 반드시 당신을 찾을 거예요. 그리고 날 처리한다고 해도 당신은 평생 죄책감에 살 거고요. 지나친 충성이에요."

"닥쳐, 너의 그 입이 너의 생명줄을 끊고 있다는 것만 알아둬."

"뭘 원하죠?"

"유 이사의 행복?"

뭔가 일이 이상해지고 있는 것 같았다. 남자는 뭔가 체념한 눈으로 그녀를 보고 있었다.

"왜 당신이 도련님의 행복을 바라죠?"

"그게 내 행복이니까."

"둘이 무슨 관계예요?"

"……."

남자의 말에 뉘앙스가 이상했다. 마치 연인처럼 이야기를 하고 있었다. 소라의 표정의 변화를 느꼈는지 남자가 자신의 손목시계를 쳐다보았다.

"죽일 건가요? 당신의 사랑을 위해서?"

"……."

"도련님이 날 죽이면 행복해진다고 그래요?"

웡―

갑자기 전화가 울리고 그는 밖으로 나갔다. 그리고 한참이 지난 후에 화가 난 얼굴로 방으로 들어왔다.

"왜 가만히 놔두지 않지?"

"뭘요?"

쫙!

이번의 강도는 아까와는 비교도 되지 않는 수준이었다. 귀에서 윙 하는 소리가 들렸고 이가 빠져나갈 것같이 아팠다.

"그렇게 했으면 포기할 때도 됐잖아? 왜 이렇게 사람을 나쁘게 만드는 거야?"

정신이 아득해지고 있었다. 맞아 죽을 수도 있겠다는 생각이 들었다.

"어쩌지?"

그녀는 이렇게 혼잣말을 했다.

"어쩌긴 죽어야지."

"사랑해요."

"뭐?"

"주영 씨, 사랑해요. 그리고 후회 안 해요."

그녀의 말에 남자가 그녀를 바라보았다. 하지만 그것도 잠시 남자의 손에는 밧줄이 들려 있었다. 그녀의 목을 조를 모양이었다. 지금 이 순간 신기하게도 모두의 얼굴이 스쳐 지나갔다. 아빠, 엄마, 소미 그리고 주영의 얼굴이 그녀 앞에 있었다.

소라는 마치 실성한 사람처럼 웃고 있었다. 지금 그녀는 아무런 희망이 없었다.

"미쳤군. 하긴 이 상황에서 정상적인 게 더 이상하지."

"이러지 마요."

"유주영이 이렇게 만든 거야. 너도 한몫했고 그러니 너무 억울해하지는 말아."

까칠한 밧줄이 연약한 목살을 긁으며 목에 감아졌다. 아픔보다는 무서움이 그녀를 미치게 만들었다.

"제발……."

그의 손에 힘이 들어갔고 소라는 정신을 점점 잃어갔다.

9. 진흙탕에서 건진 사랑

토요일인데도 기획실 직원들과 함께 지난번 영국의 실패를 만회하기 위해 퇴근도 하지 않고 근무 중이었다. 모두가 한마음이되어 기획실을 예전과 같이 살리기 위해 노력했다. 지금은 자신의후계자도 문제가 되겠지만 업무적으로 실적을 내야 할 때였다.

그렇지 않으면 기획실의 사기가 바닥에 떨어질 것 같았기 때문이었다. 특히 요즘 기획실 직원들의 반짝이는 아이디어로 사기가많이 높아졌다.

"유 이사님에 대해서는 어떻게 하실 생각이십니까?"

"아버지께 말씀드릴 타이밍을 찾고 있는 중이야. 대략은 말씀드렸지만 더 확실한 타이밍을 잡아서 말씀드려야지."

솔직하게 말해서 요즘 주영의 고민이 바로 그거였다. 그래도 동생이라 끝까지 그의 뒤통수를 친 걸 아버지에게 말하기가 곤란했다. 어머니를 보기도 그랬고 좋게 생각하던 동생이 분명 그랬을 땐 이유가 있을 거라고 생각했다.

하지만 용서를 한 건 아니었다. 하영이 한 짓은 죽일 듯이 미웠지만 어머니와 아버지를 생각하면 하영이 한 일을 있는 그대로 말하기 어려웠다.

"유 이사님은 본부장님의 뒤통수를 치는 정도가 아니라 그대로 끌어 내릴 수도 있는 사람입니다. 무슨 일을 저지를지 알 수가 없습니다."

"알아."

그는 이렇게 말을 하고 듣기 싫다는 듯이 자신이 보던 서류로 시선을 옮겼다. 그때였다. 조용한 사무실에 이 실장의 핸드폰이 요란하게 울리고 있었다.

"뭐라고?"

이 실장의 얼굴이 하얗게 질려 있었다.

"왜 그래?"

주영이 이 실장을 보며 물었다.

"납치되셨답니다."

"누가?"

"이소라 님이요."

"뭐?"

그가 이 실장 손에 있던 휴대폰을 빼앗았다.

"어디야?"

주영은 그대로 주차장으로 뛰기 시작했다. 그의 뒤를 이 실장이 따라 달려갔다. 이제 진짜 주영의 눈에는 보이는 것이 없었다.

"이 일이 만약에 하영이 짓이라면 난 그놈을 죽여 버릴 거야."

그의 옆에 앉은 이 실장에게 주영이 말했다. 그리고 그는 카레이싱 선수처럼 운전을 하기 시작했다.

"전화해! 어디 근처인지 빨리 말해!"

"양평 쪽이랍니다."

"내 경호원들 불러."

"네."

그의 경호원들을 모두 소집시켰다. 후회가 밀려왔다. 감시만 시킬 게 아니라 아예 많은 경호원들을 소라의 곁에 둘 걸이라는 생각이 들었기 때문이었다. 그리고 그들에게 자신들과 마찬가지로 양평으로 오라고 말했다. 한마디로 비상사태였다.

"운전 조심하셔야 합니다."

속도계를 보며 이 실장이 말했지만 지금 그의 귀에는 들어오지 않았다.

"만약에 소라 손끝 하나라도 건드린다면 진짜로 다 죽여 버리 겠어."

"본부장님, 이성을……."

주영이 차의 속도를 더 높이자 이 실장은 말을 멈추었다. 더 이 상 그를 자극시켜서 좋을 게 없다는 생각을 한 모양이었다. 양평 의 한 농가에 그들의 차가 있다고 또 연락이 왔다. 황 집사도 그들 중에 하나라는 말을 듣고는 주영은 이를 갈았다. 어릴 때부터 하 영의 편만 들더니 이렇게 기어코 사고를 쳤다.

주영을 제일 예뻐해 준 건 어머니였다. 어머니는 주영과 자신이 낳은 하영을 차별하지 않으려고 부단히 애를 썼다. 그건 주영도 알았다. 하지만 어머니가 데리고 온 집안의 일꾼들은 달랐다. 그 와 하영을 어릴 때부터 차별해 왔었다. 보이게는 아니었지만 그 차별은 그들이 크는 동안에 계속되었었다.

"웃기는군."

어릴 때 기억이 떠오르지 주영의 입이 비틀어졌다.

"또 한 명이 있다고 합니다."

"그놈은 또 누구야?"

주영의 목소리가 날카로워졌다.

"그게……."

"그게 뭐? 하영이야?"

"아닙니다."

순간 그는 살기를 뿜어내고 있었다.

"그게 구태준 실장이라고 합니다."

"또 하영의 짓이구만 그 똘마니의 목을 부러뜨려 버릴 거야. 하영이한테 전화해."

"네? 지금 전화하시면 절호의 찬스를 날려 버릴지도 모릅니다."

"그래도 소라는 살리겠지."

이 실장은 하영에게 전화를 걸었다.

"안 받으십니다."

"받을 때까지 계속해."

"네, 알겠습니다."

이 실장은 계속해서 전화를 걸었다. 그러는 사이에 주영은 거의 카레이서처럼 서울을 빠져나와 양평으로 향하고 있었다. 양평에서 유명한 식당 근처여서 다행히 찾기는 쉬운 위치였다.

"여보세요? 이사님."

한참이 지난 후에 하영이 전화를 받았다.

"바꿔!"

이 실장이 운전 중인 주영을 위해 스피커폰으로 바꿨다.

"구 실장 어딨어?"

[왜 그래?]

"몰라서 물어? 소라 어디로 데리고 간 거야?"

[무슨 말이야?]

"이젠 절대로 용서 안 해. 내가 어떻게 하는지 궁금하면 기대해도 좋아. 내가 얼마나 그동안 너를 봐줬는지 너는 알게 될 거야. 지옥? 그게 궁금했다면 지금부터 알게 될 거야. 소라의 손끝 하나라도 건드리기만 해."

[형, 진짜 왜 그래? 뭔 소린지 알게 말해.]

"이런 개새끼야. 네가 납치했잖아. 그렇게 부회장이 되고 싶었어. 그동안은 뒤통수를 쳤는데 이제 정면을 쳐. 더 이상은 노 땡큐야."

[형!]

"구 실장한테 말해. 기다리라고. 소라에게 손끝 하나 대지 말라고! 경고야! 알았어?"

[진짜 모르는 일이야. 내가 구 실장에게 전화해 볼게.]

"미친 새끼!"

목이 꽉 잠겨 버렸다. 독한 욕을 해주고 싶은데 지금은 소라를 구하는 게 우선이었다. 전화가 끊겼다.

"지금 계속해서 통화 중인 걸 보면 유 이사님도 모르신 것 같습니다."

"모르는 게 말이 돼? 진짜 죽여 버릴 거야."

가는 동안 주영의 피가 다 말라 버린 느낌이었다.

"제발……."

그는 핸들을 손으로 팍하고 쳤다. 진짜 미칠 것 같았다. 소라가 잘못된다면 진짜 못 견딜 것 같았다.

하영에게서 전화가 왔다.

[구 실장이 전화를 안 받아. 지금 양평이라고? 그쪽에는 구 실장이 아는 곳이 없어.]

"황 집사는 아는 곳이 있지."

황 집사가 있다는 소리를 듣고는 생각나는 곳이 있었다. 그들이 어릴 때 황 집사와 가던 곳이 있었다. 닭장이 정말 많았던 곳이었다.

"양계장."

[양계장?]

"그래, 이번 일에 황 집사가 연루되어 있으니까."

그 양계장은 어릴 때 가끔 황 집사와 같이 가던 곳이었다. 가고 싶어서 갔다기보다는 가는 길에 혼이 나는 곳이었다. 물론 황 집사가 무슨 말을 하는 게 아니었다. 그냥 차에 태워 아무런 말 없이 그곳에 다녀오는 것이었다.

어린 나이의 아이들에겐 말할 수 없이 힘든 시간인 것이었다. 그 덕에 그는 지금도 닭을 먹지 않는다.

[나도 지금 갈게.]

"왜?"

[가봐야 해. 구 실장은 그런 일을 벌이지 않아. 그건 황 집사님도 마찬가지야.]

"너에게 좋은 사람들이 다 선하다고 생각하지 마라."

그는 기억을 더듬어 그 양계장으로 향했다. 그동안 이곳도 많은 발전을 했는데 후미진 곳에 위치한 이곳은 아직 그대로였다. 닭들만 없을 뿐이었다.

그가 도착하는 시간에 맞춰서 경호원들도 도착을 했다. 집 안에서 누군가 나왔다. 황 집사였다. 그가 다시 집 안으로 들어가려는 걸 주영이 잡아서 주먹으로 얼굴을 가격했다.

퍽!

"윽, 구 실장…… 읍!"

그가 다급하게 안에 대고 소리를 질렀다. 그러자 이번엔 이 실장이 황 집사의 입을 막았다. 그러는 사이에 주영은 집 안으로 뛰어 들어갔다. 그리고 눈에 보이는 모든 문들을 열었다. 하지만 그의 눈에 소라는 보이지 않았다.

그는 마지막 방문을 열었고 그 안에서 소라의 목을 밧줄로 조르고 있는 구 실장을 보았다.

"소라야!"

구 실장은 소라가 발버둥을 치는데도 놓지 않고 있었다. 그가 들어가도 손의 힘을 풀지 않았다.

"안 놔!"

눈의 독기를 품고 소라의 목을 조르는 구태준을 향해 그가 의자를 던졌다. 그제야 겨우 구태준이 밧줄을 놓았다. 그리고 이번엔 그를 향해 덤벼들었다.

"켁켁!"

소라가 숨을 뱉어내는 소리가 들렸다. 주영은 구태준을 용서할 수가 없었다.

퍽!

태준의 얼굴을 가격한 주영은 그의 멱살을 잡고 또 한 차례 얼굴을 가격했다. 하지만 이에 물러설 싸움꾼 구태준이 아니었다. 태준이 주영을 향해 미친 듯이 달려들었다.

퍽!

"윽!"

배에 구멍이 뚫리는 기분이었다. 주영은 거의 구십 도로 허리를 숙였다. 숨 쉬기조차 힘이 든 상황이었다. 주영은 태준의 몸통을 잡고는 벽 쪽으로 밀었다. 그리고 다시 한 번 공격하기 시작했다.

어릴 때부터 싸움꾼으로 유명한 태준이었고 주영은 지금 악에 받친 상태였다. 둘의 상황이 평소였다면 주영이 졌겠지만 지금은 주영의 눈이 돌아갔다.

퍽!

주영의 주먹에 다시 한 번 태준이 나가떨어졌다.

"미친 새끼, 돈이 그렇게 필요했어?"

"아니."

헉헉거리며 태준이 답을 했다.

"그럼?"

주영이 그의 멱살을 잡고 물었다.

"네가 부회장이 되는 게 싫었다."

"왜?"

"그 자리는 하영이 꺼야."

"아니, 그 자리에 절대로 하영이는 못 앉아."

"왜? 하영이가 안 되는데? 너보다 훨씬 난 놈이야. 알아?"

"지금 네가 한 짓 때문에 하영이는 절대로 후계자가 못 돼. 그리고 회사도 떠나야 할 거야."

하영이 회사를 떠날 수 있다는 말에 태준이 놀라는 눈치였다. 회장의 아들이니 당연히 안 잘릴 거라고 여긴 모양이었다.

"아니야. 이 일은 다 내가 한 거라고."

"그래도 결과는 같아."

"죽여 버릴 거야."

갑자기 태준이 주머니에서 칼을 꺼냈다. 이번엔 주변에 있던 경호원들이 더 놀랐다.

"가까이 오면 다 죽어."

"구태준, 다 끝났어."

"아니, 안 끝났어. 오늘 일은 진짜 나 혼자 한 거라고."

태준이 칼을 휘두르자 경호대장이 그의 칼을 발로 가볍게 차서 떨어뜨리고는 단숨에 제압을 했다. 달리 경호대장이 아니구나라는 생각이 들었다.

상황이 정리가 되자 주영은 소라의 곁으로 갔다. 목에 선명하게 밧줄 자국이 나 있었다.

"구급차는?"

"지금 오고 있는 중입니다."

"왜 이렇게 늦어."

"시골이라서 시간이……."

"소라야?"

소라는 눈을 뜨지 않고 있었다. 놀란 주영이 소라의 가슴에 귀를 가져다 댔다.

"숨은 쉬는데 왜 눈을 안 뜨냐고?"

답답함에 그는 울먹거렸다.

"죽으면 안 돼. 내가 사랑한다는 말도 못 했는데……."

주영은 미칠 것 같았다. 진짜 단 한 번도 자신의 마음을 소라에게 이야기해 준 적이 없었다.

"소라야, 사랑해."

그가 소라를 안고 정수리에 입을 맞추었다. 다시 안 일어날까 봐 불안했다.

"본부장님."

구급차가 오는 소리가 들렸다. 그는 소라와 함께 구급차에 올랐다. 유명인사가 구급차에 오르자 119구급대원들이 깜짝 놀란 눈치였다. 그는 소라의 손을 꼭 잡고 있었다.

"제발……."

제발 모든 신들에게 기도를 했다. 제발 살려달라고 말이다. 그들은 그의 고집으로 서울의 삼우병원까지 갔다. 응급실로 들어갈 때까지 소라는 눈을 뜨지 않고 있었다.

병원에 아버지 유 회장과 어머니가 도착하자 병원은 순간 초긴장 상태가 됐다.

"어떻게 된 일이야?"

"구태준과 황 집사가 소라를 납치해서 죽이려고 했습니다."

"뭐?"

"그 배경에는 하영이가 있고요."

그는 이를 갈았다. 그때 하영이 응급실로 들어왔다. 그는 거의 날다 시피해서 처음으로 하영을 때리기 시작했다. 하영은 분노한 형에게 대항하지 않고 그대로 맞고 있었다. 어른들도 그런 주영을 말리지 못했다. 하영이 맞아도 쌀 짓을 했기 때문이었다.

"그렇게 후계자 자리가 탐이 났어? 소라를 죽일 만큼? 그럼 날 죽여 야지 왜 소라야!"

"……."

하영은 아무런 말도 하지 않고 있었다. 그런데 갑자기 뒤에 또 하나의 구급차가 오더니 구 실장이 실려 들어오고 있었다.

"구태준."

태준의 몸에서는 피가 흐르고 있었고 구급대원이 그의 배를 수건 같은 걸로 누르고 있었다. 하영이 정신없이 태준에게 다가갔다. 아버지와 어머니는 지금 상황에 너무 놀란 눈치였다.

"무슨 일이야?"

주영이 따라 들어오는 자신의 경호원에게 물었다.

"경호원의 차에서 스스로 찌른 모양입니다."

"구 실장이 의식이 있을 때 유 이사님만 찾았다는데 그게……."

경호원의 표정이 난감해 보였다.

"그게 뭐?"

"사랑한다고 했답니다."

"뭐? 사랑?"

"네."

뭔가 심상치 않은 분위기였다.

"말이 새어나가지 않게 주의시켜."

"조치를 취했습니다."

"알았어."

어머니가 하영에게 가려고 하자 그가 어머니를 말렸다.

"구 실장은 하영이 아끼는 부하니 그냥 두세요. 소라에게 가보시는 게 나을 것 같아요."

"그래."

갑작스럽게 든 생각이었지만 하영과 태준은 어릴 때부터 늘 붙어다녔는데 이런 관계까지 된 줄은 몰랐었다. 물론 느낌이 이상할 때가 있긴 했지만 그건 지나친 판단이라고 생각했는데 구 실장은 하영을 이성으로 생각한 모양이었다.

그렇다면 하영이 이 사실을 모를 이가 없었다. 일단은 이 정신없는 와중에서도 주영에겐 소라가 1순위였다. 그는 소라의 옆으로 갔다. 응급실에는 의사와 간호사들이 정신없이 움직이고 있었고 유 회장이 떴다는 소식에 병원장이 어느샌가 와서는 아버지 유 회장 옆에 거머리처럼 붙어 있었다.

"목을 조르는 과정에서 많이 놀란 것 같습니다. 목의 상처 부위와 타박상을 빼고는 특별한 이상은 없습니다."

"그런데 왜 안 깨어나지?"

"지금 자고 있는 중입니다. 너무 걱정하지 않으셔도 됩니다. 하지만 깨어나고 외상이 어느 정도 치료된 후부터는 정신과 상담을 받는 게 환자 분을 위해 좋을 것 같습니다."

"정신과?"

"아무래도 외상보다는 충격이 더 컸을 테니까요."

"내 며느리가 될 아이네."

"네?"

집안의 주치의이기도 한 박 원장이 깜짝 놀란 얼굴이었다.

"여기서 가장 좋은 병실에 입원시키게."

"네."

어머니 아버지가 가시고 난 후에 뒤늦게 연락을 받고 온 소라의 아버지, 어머니 그리고 처제가 병원 안으로 들어왔다.

"아이고 이게 무슨 일인가?"

"죄송합니다."

"소라는 어디에 있나?"

"지금 마지막으로 검사를 받고 병실에 올라갈 겁니다."

"많이 다쳤어?"

상황을 전혀 모르고 오신 것 같았다.

"어떻게 된 거예요? 형부?"

"그게…… 납치를 당했어."

"네?"

납치라는 말에 어머니는 그 자리에 주저앉으셨다. 여자가 납치가 되면 생각나는 게 성폭행부터니까 어머니의 반응은 어쩌면 당연한 것이었다.

"우리 소라 어떻게 해요?"

소미 어머니는 땅을 치며 눈물을 흘리기 시작했다.

"진정하세요. 아무 일도 없었습니다. 타박상만 입었습니다. 그리고…… 범인이 소라의 목을 졸라서…… 목에 상처가 좀 심합니다."

"뭐? 목을 졸라?"

이번엔 소라의 아버지도 다리에 힘이 풀린 것 같았다.

"처제가 장인, 장모님부터 병실로 모셔. 난 소라하고 같이 들어갈게. 이 실장이 안내해."

"네."

그는 소라가 CT촬영을 하는 동안 그 앞을 지키고 있다가 병실로 함께 이동을 했다. 여전히 소라는 일어나지 않고 있었다. 소라를 병실에 놓고 그는 담배가 절실하게 생각이 나서 병원 밖으로 나왔다.

"후~"

그의 옆에는 이 실장이 있었다.

"혹시 또 다른 위험이 있을지 모르니까 경호원들 붙여."

"두 명이 병실 앞에 서 있습니다. 교대로 두 명씩 돌아가면서 퇴원하실 때까지 지키기로 했습니다."

"잘했어."

"괜찮으십니까?"

"아니."

그때였다. 하영이 터덜거리며 그들에게로 왔다. 아까 그에게 맞아서 얼굴이 엉망이었다.

"담배 좀……."

하영은 담배를 끊었었다.

"자."

"불?"

주영이 은색 듀퐁라이터를 켜서 동생의 담배에 불을 붙여주었다.

"구 실장은?"

"응급 수술 들어갔어."

하영이 담배 연기를 길게 뿜었다.

"죽을 수도……. 흑흑흑."

하영이 갑자기 하늘을 바라보며 울기 시작했다.

"다 나 때문이야. 내가 자리 욕심만 안 냈어도 태준이가 저렇게 물불을 안 가리고 덤비진 않았을 거야."

한동안 하영이 울기 시작했다.

"형, 미안해."

"……."

"내가 천벌을 받았나 봐. 하지만 이번 일은 진짜 내가 지시한 건 아니야. 내가 당찬 형수가 밉기는 했지만 죽일 정도로 싫은 건 아니야. 그런 신부를 둔 형이 부러웠어."

주영도 말없이 담배만 피웠다.

"그래서 내가 제일 사랑하는 사람을 잃게 될 것 같아. 저 사람을 지키려고 힘을 키운 건데 상황이 이상하게 되어버렸어."

"하영아."

"그래, 나 태준이랑 사랑하는 사이야. 어른들이 들으면 놀라시겠지만 난 당당해."

"……."

"부탁이 있어. 우리 태준이 깨어나면 그냥 둘이 떠나게 해줘."

진짜 태준이를 사랑하는 것 같았다.

"내 마지막 부탁이야. 난 이만 들어가 볼게. 수술이 어떤지도 궁금하고. 태준인 가족이 없잖아."

그랬다. 태준이는 가족이 없었다. 그래서 그렇게 하영에게 집착을 했는지도 몰랐다.

하영은 태준에게로 향했고 주영은 그런 하영을 말없이 바라보았다.

머리가 아프고 목이 너무 말랐다. 사막 가운데서 밧줄을 목에 걸고 맨발로 걷고 있었다. 그녀의 주인이 낙타를 타고 그녀를 끌고 가고 있었다. 하지만 주인의 얼굴은 보이지 않았고 때가 꼬질꼬질한 터번을 쓴 걸로 보아 아랍인 같았다.

눈에 보이는 건 모두가 낯설었다. 꿈이라고 하기엔 목에 걸린 밧줄의 느낌이 너무나 생생했다. 목이 너무 탔다. 물 한 모금을 먹을 수 있다면 영혼이라도 팔고 싶은 기분이었다.

"이보세요?"

아무리 낙타에 탄 남자를 불러도 남자는 그녀를 쳐다보지 않았다.

"죽은 거야?"

순간 소라는 자신이 죽어서 저승으로 가고 있다고 생각했다. 갑자기 이대로 가기엔 억울하다는 생각이 들었다. 그래서 밧줄을 목에서 빼려고 했다. 그러자 줄을 잡고 있던 남자가 그녀를 무섭게 노려보았다.

"난 지금 죽으면 안 돼."

이렇게 말을 하며 있는 힘껏 목에 걸린 밧줄을 빼내려고 했다. 하지만 줄은 그녀의 목에서 꿈쩍하지도 않았다.

"안 돼, 가야 해."

그녀는 다시 한 번 있는 힘껏 줄을 잡아당겼다. 하지만 여전히 줄은 꿈쩍도 하지 않았다. 그런데 어디선가 갑자기 주영이 나타나 그녀의 목에 걸린 줄을 가볍게 빼주었다.

"주영 씨……."

하지만 그녀를 구해준 주영이 온데간데없이 사라지고 그녀 혼자 사막에 덩그러니 서 있었다.

"주영 씨, 가지 마요. 주영 씨……."

누군가 그녀를 흔들어 깨우고 있었다.

"소라야."

엄마의 목소리였다. 아주 기분 나쁜 꿈을 꾼 것 같았다.

"엄마."

이상하게 목소리가 잘 나오지 않았다. 주변도 그녀의 방이 아니었다. 잠시 후 소라는 그녀가 병원에 온 이유를 기억해 냈다. 마지막에 남자가 그녀의 목을 졸랐었다. 죽은 게 아니었다. 그녀는 극적으로 산 것이었다.

"어, 엄마야."

"여기……."

"병원이야. 괜찮대."

그 악마와의 만남이 꿈이 아니었던 것이다. 그녀의 목에 붕대가
감겨져 있었다. 그리고 그녀의 눈에 가족들이 보이고 그 뒤로 쭈
뼛거리며 그녀를 바라보는 주영이 보였다. 미안한 얼굴이었다. 아
니, 죽을죄를 지은 얼굴을 하고 가족들의 뒤에 서 있는 그였다.

"주영 씨?"

"소라야."

그는 여전히 그녀의 앞에 다가오지 못하고 있었다. 소라가 그를
향해 손을 뻗었다.

"엄마, 아빠 우리는 이만 퇴장합시다."

눈치 빠른 소미가 그녀 곁에 있으려고 하는 부모님을 억지로 모
시고 나갔다.

"언니 밤에 혼자 두게?"

"형부, 오늘 여기 있을 거죠?"

"응."

"거봐, 형부가 있는다고 하잖아. 거기다가 밖에 덩치 아저씨들
둘이나 있고."

소미가 병실을 나가면서 그녀에게 윙크를 했다. 걱정하지 말라
는 뜻이었다.

"괜찮아?"

"네."

그가 그녀의 옆에 앉아서 다정하게 머리카락을 넘겨주었다.

"난 무서웠어."

"……."

세상 무서울 게 없을 것 같은 주영이 그녀 앞에서 눈물을 흘리고 있었다.

"괜찮아요."

"사랑해."

"……."

뜬금없는 그의 고백에 소라는 할 말을 잃었다.

"사랑해, 이 말을 못할까 봐 겁이 났어."

그의 울먹이는 목소리에 진심이 그대로 전해지고 있었다. 주영은 소라가 그대로 눈을 뜨지 않을까 봐 두려워했고 그의 사랑을 전하지 못할까 봐 걱정을 했던 것이었다.

"이렇게 깨어나 줘서 고마워. 진짜 미친 듯이 사랑하고 있어."

그가 그녀의 손을 잡고는 울고 있었다.

"저도 사랑하고 있어요."

그의 흐느낌에 소라도 덩달아 눈물을 흘렸다. 소라가 침대 옆에 앉아서 그녀의 손을 잡고 있는 주영의 머리를 쓰다듬었다.

"소라도?"

"전 당신 빼고 다른 사람들에게 먼저 당신을 사랑한다고 말하고 다닌 것 같아요."

그가 그녀의 입술에 살짝 입을 맞추었다.

"고마워."

"뭐가요?"

"다, 태어나 준 것도 고맙고 이렇게 예쁘게 커준 것도 고맙고 날 사랑해 준 것도 고마워."

그가 다시 그녀의 입술에 입 맞추었다.

"사랑해."

"나도 사랑해요."

"이렇게 쉬운 말을 왜 그동안은 안 했을까?"

"두려웠기 때문일 거예요. 사랑은 처음이니까."

"맞아."

그는 여자들과 거리를 두었기 때문에 사랑을 못 했다고 생각했지만 아니었다. 진짜 사랑을 만나지 못했기 때문에 그는 사랑을 못 한 것이었다. 하지만 지금은 그와 평생을 함께할 사랑을 만났다.

"내가 평생 동안 함께해도 질리지 않겠어?"

"질리진 않을 것 같아요."

"정말?"

"전 뭐든지 쉽게 질리는 성격은 아니에요."

그녀의 입술에 주영이 다시 한 번 입을 맞추었다.

"입술이 사라질 것 같아요."

"아니, 사라질 때까지 끝없이 키스할 거야."

소라와 주영은 서로의 마음을 계속해서 확인했다. 그리고 그들
은 서로를 의지하며 깊은 잠에 빠져들었다.

10. 사랑 한 모금

크리스마스 캐럴이 온 거리에 울려 퍼지고 있었다. 경기가 어려워서 그런지 발랄한 느낌이 아니라 테이프가 늘어진 것처럼 루즈한 크리스마스였지만 선생님들에게는 바쁜 때였다. 아이들이 보낸 크리스마스카드에 답장을 써줘야 했기 때문이었다. 물론 안 쓴 녀석들에게도 말이다.

책도 사고 카드도 사기 위해 언니와 함께 소미는 서울 중심에 있는 대형 서점을 찾았다.

"여기도 형부 꺼야?"

"알아."

"아니, 서울에 형부 게 아닌 게 도대체 어디 있는 거야?"

삼우서점은 우리나라 최고의 서점이자 삼우그룹의 것이었다.

"언니, 이거 어때?"

산타클로스의 얼굴이 한가득인 카드를 집어 든 소미였다.

"난 이걸로 통일."

"그래도 여자하고 남자하고는 달라야 하지 않을까?"

언니의 말에 동의를 한 소미는 다시 한 번 카드를 고르기로 했다. 그런데 오늘 평일임에도 불구하고 한곳에 사람들이 몰려 있었다.

"뭐야?"

"오늘 작가 사인회 있대."

"누구?"

"김시후 작가라고 하던데."

김시후라는 말이 떨어지기가 무섭게 소미는 소라를 버리고 팬사인회의 긴 줄에 합류했다.

"너도 팬이야?"

"당근이지. 판타지 소설을 읽는 사람이라면 김시후 작가를 모르면 안 돼."

"알았다."

"기다려 줄 거지?"

언니에게 이렇게 말을 하고는 소미는 즐거운 마음으로 사인을 받을 차례를 기다리고 있었다. 웅성이는 소리를 봐서는 김시후가 온 게 분명했다.

"진짜 짱이다."

툭!

누군가 그녀가 사인을 받기 위해 들고 있던 책을 툭 쳤다. 일부러 그런 건 아니겠지만 굉장히 기분이 나빴다. 사과 한마디면 될 것을 남자는 뒤도 돌아보지 않았다.

"이봐요."

작가가 와서 그런지 혼란스러운 상황에서 그녀가 그를 크게 불렀다. 남자가 뒤를 돌아봤다. 정장 차림의 남자는 아주 잘생긴 얼굴을 하고 있었다. 거기다가 옷도 명품으로 휘감은 남자였다.

진정한 갑같이 생긴 남자였다. 그녀를 힐끔 본 남자는 고개를 돌리고는 걷기 시작했다. 이쯤 되면 사인이고 뭐고 저 인간을 혼쭐내 줘야겠다는 판단이 들어야 했지만 김시후 사인은 포기할 수가 없었다.

"그래 갑은 가라, 을은 김시후를 기다릴 테니."

그녀는 30분 정도를 기다려서 김시후와 사진을 찍는 데 성공했다.

"브라보!"

즉석사진을 들고는 신이 나서 어쩔 줄 모르는 소미였다.

"그렇게 좋아?"

"응."

소미가 격하게 고개를 끄덕였다.

"그런데 소미야. 그 책에 사인 받았지?"

"그럼, 아주 구구절절 써달라고 했지. 왜?"

"그 책 모서리가 완전히 찍혀서."

소미는 소중히 가슴에 품고 있던 책을 살폈다. 진짜 모서리가 찌그러져 있었다. 아까 책을 떨어뜨렸을 때 그런 것 같았다.

"나쁜 쉐끼!"

다시금 그 매너라고는 없는 인간을 떠올리자 소미는 열이 부글부글 끓어올랐다.

"어?"

"멀쩡하게 생겨가지고 네가지가 없는 그런 놈이 있었어."

"카드는?"

"다 골랐지."

"그럼 밥 먹으러 가자. 배고파."

주차장을 가서 트렁크에 짐을 놓고는 갑자기 화장실이 가고 싶은 소미였다.

"언니, 나 화장실 좀."

"식당에 가서 가면 안 돼?"

"응, 급해."

"알았어."

그녀는 언니를 두고 지하에 있는 화장실로 향했다. 시원하게 볼일을 본 소미는 해맑은 얼굴로 화장실에서 나왔다. 그리고 차를 세워둔 곳을 찾았다.

"206, 206, 206⋯⋯ 억!"

구역 넘버만 보고 가다가 사람하고 가슴을 정통으로 부딪쳤다. 숨을 못 쉬게 단단한 체격의 남자였다.

"죄송합니⋯⋯."

아까 그 싸가지였다.

"이봐요."

남자의 눈과 시선을 마주친 순간 남자가 갑자기 그녀를 안았다.

"잠깐만."

"왜 이래요?"

그녀도 꽤 큰 키였는데 그의 키에 비하면 아무것도 아니었다.

"저기 이봐요. 읍!"

남자의 갑작스러운 키스에 소미는 몸을 비틀어 거부했다. 하지만 이 키스의 달인은 그녀를 녹일 듯한 감미로운 키스를 하고 있었다. 하지만 처음 보는 남자에게 이런 식의 키스를 당할 수는 없었다.

탁!

구둣발로 그의 발을 찍으려고 했지만 얄미운 이 남자가 그걸 피해 버렸다. 그리고 아직 그녀의 입술 또한 놔주지 않고 있었다.

"으으읍."

"쉬!"

"뭐 하는 거예요?"

크게 말했다가 남자가 또다시 키스를 할 것 같아서 조용한 소리로 물었다.

"들키면 안 되거든."

"경찰?"

"아니, 여자."

"뭐요?"

저쪽에서부터 여자가 부르는 소리가 들렸다. 언니가 그녀를 찾는 줄 알고 고개를 그의 어깨 위로 들었다가 그녀는 깜짝 놀랐다.

"김유리?"

우리나라에서 지금 가장 핫한 가수였다. 그런데 그녀의 목소리가 들리자 그가 갑자기 또 그녀의 입술을 삼켜 버렸다.

"으으음."

여자의 목소리가 사라지자 그가 소미를 놓아주었다.

"왜 그러는 거예요?"

"김유리 차려고."

"네?"

"오늘 일은 다음에 꼭 갚을게."

가까이서 보니 그는 너무나 잘생긴 제비였다. 잘생긴 외모로 여자들의 등을 치며 사는 것 같았다.

"이거."

그가 명함을 그녀의 손에 쥐어주었다.

"연락해."

그는 이렇게 말을 하고는 그 자리를 떴다.

"대도그룹 사장 차서진. 제비네. 어디서 이런 구라 명함을 가지고 다니다니. 네가 대도그룹의 사장이면 난 삼우그룹의 회장이다."

소미는 짜증이 머리끝까지 났다. 그런데 이상하게 손은 자신의 입술에 가 있었다. 키스를 당한 건데 기분이 나쁘지 않았다.

"진짜 오늘 이상하네."

그녀는 이렇게 말을 하고는 언니가 기다리는 곳으로 향했다.

"뭐야?"

"미안해. 키스 좀 하느라고."

언니의 눈이 커다래졌다.

"뭐?"

"그런 일이 있어."

"제발 좀 그놈의 연애 좀 해라. 말로만 그러지 말고."

"백마 탄 왕자가 있을 줄 어떻게 알고."

언니가 차를 출발시켰고 소미는 주차장에서의 키스를 잊지 못했다.

크리스마스이브 날이 밝았다. 오늘 소라는 크리스마스트리 장식을 하기 위해 그가 없는 그의 아파트를 처음 방문하게 되었다. 집에는 그의 말대로 일하시는 분들이 계셨다. 그녀를 보자 어쩔 줄을 몰라 하는 그녀들 때문에 소라는 좀 미안한 마음이 들 정도였다.

"저 신경 쓰지 마시고 일하세요."

"저희가 도와드릴 일은 없나요?"

"네, 없어요. 그냥 저 없다고 생각하시고 일하세요."

"네."

그녀들이 가고 소라는 본격적으로 커다란 트리에 장식을 하기 시작했다. 환경미화에 정평이 나 있는 그녀였기에 이깟 트리쯤은 아무것도 아니었다. 그녀가 바쁘게 움직이는 걸 메이드들이 매의 눈으로 관찰을 해서 보고를 하고 있었다.

소라도 그들이 하는 일을 알고 있었지만 모른 체하고 있었다.

트리가 다 되자 그녀는 주방으로 향했다.

"뭐, 뭐 하시게요?"

"케이크 좀 만들려고요."

"제가 만들어 드릴게요. 그런데 재료를 사와야 하니 시간이 좀……."

"아뇨, 재료도 다 가지고 왔어요. 아빠가 베이커리를 하셔서 웬만한 건 다 어깨 너머로 배웠어요."

"아, 네."

"오늘은 일찍 퇴근하세요."

"네?"

"대신에 제가 주방은 좀 지저분하게 쓸 수도 있어요."

"괜찮습니다. 그동안 너무 주방을 안 쓰셨거든요."

그녀들을 일찍 보내고 본격적인 이벤트를 준비 중인 소라였다. 그는 아직 그녀를 위해 이런 아기자기한 이벤트를 해준 적이 없었다. 그냥 그녀에게 값을 물어보기도 곤란한 값비싼 선물을 주거나 아니면 사고 싶은 걸 사라고 키드를 주기 때문에 그녀는 그에게 좋은 걸 사주는 대신에 이렇게 소소한 이벤트를 준비하는 것이었다.

"좋아하려나?"

케익의 데코까지 한 그녀는 산타 복장을 입었다. 굉장히 짧은

붉은색 가운에 속옷 또한 붉은색 레이스였다. 그녀는 온몸이 근질 거렸다. 평소에 면제품 위주로 입다 보니 레이스가 피부에 맞지 않았다.

그래서 결국은 속옷은 안 입고 가운만 걸치고 붉은 산타 모자를 쓴 그녀는 코에다가 루돌프의 빨간 코도 붙였다.

"이 정도면 완벽한데?"

그녀는 주영이 오기만을 기다리고 있었다.

"어디예요?"

[지금 출발해.]

"거의 다 와서 전화해 줄래요?"

[왜?]

"맛은 없지만 저녁을 했거든요. 상 차려야 하잖아요."

[알았어.]

일단 준비는 다 된 것 같았다. 그가 전화를 주면 마지막으로 세팅만 하면 끝이었다.

아무것도 모르는 그는 그녀가 밥을 차린 것만으로도 아주 좋아 하고 있었다.

"더 큰 게 기다리고 있어요."

그녀는 신이 나서 마지막 마무리를 하고 있었다. 크리스마스트 리 앞에 작은 테이블을 놓고 와인과 케이크를 세팅해 놓았다. 그리고 그가 도착하는 시간에 맞춰서 초만 켜면 되는 것이었다.

그리고 또 한 가지 그녀가 준비한 게 있었다. 대학 다닐 때 실력을 살려서 그녀는 영상을 준비했다. 물론 시어머니의 도움도 받았다.

"벽에 잘 비쳐져야 하는데……."

이것저것 준비를 하다 보니 그의 전화가 왔다. 지하 주차장이라는 말이었다. 그녀는 만반의 준비를 하고는 그가 오기를 기다렸다.

디리릭!

문이 열리고 그녀가 처음으로 맞은 건 그가 아니었다. 커다란 선물 꾸러미를 가진 산타클로스들이었다. 하나도 아니고 다섯이나 그녀의 헐벗은 모습을 보고야 말았다.

"아악!"

그녀는 그대로 안으로 들어갔다. 놀란 주영이 그녀를 따라 안으로 들어왔다.

"뭐예요?"

"뭐긴 선물이지."

"미리 말해주지 그랬어요?"

"소라도 말 안 했잖아. 이거 입어."

그가 자신의 재킷을 벗어 그녀의 어깨 위에 걸쳐 주었다.

"나가자."

"못 가요. 저 사람들 다 봤다고요."

"괜찮아."

그와 함께 다시 현관 앞으로 갔다. 그리고는 다섯 명의 산타클로스의 아카펠라 캐럴을 들었다. 소라는 부끄러움에 얼굴이 붉어졌다. 하지만 그는 당당하게 그녀의 옆을 지키며 그녀의 어깨를 감싸고 있었다. 그리고 마지막으로 자신의 주머니에서 반지를 꺼내 그녀에게 끼워주었다.

"나와 결혼해 주겠어?"

"네."

휘익!

산타클로스들이 박수를 치며 환호를 했다. 잠깐이지만 즐거운 이벤트를 끝낸 산타들은 집으로 돌아갔고 그녀에게는 다섯 개의 커다란 보따리만 남았다.

"이게 다 뭐예요?"

"선물."

"진짜예요?"

"응, 이따가 심심하면 풀어봐."

"고마워요."

그녀가 이렇게 말을 하자 그가 자신의 재킷을 빼앗아갔다.

"어디 이제 날 위해 우리 소라가 준비한 걸 볼까?"

"난 아주 초라해요."

"아니야."

그가 소라의 산타 모자에 입을 맞추었다. 그리고 소라가 만든 트리 앞에서 역시 소라가 만든 케이크를 먹었다.

따뜻함이란 이런 것이었다. 아무리 그들을 다른 이들이 방해한다고 해도 이렇게 그와 함께 있다면 소라는 견딜 수 있었다. 그의 손이 소라의 어깨를 따뜻하게 감싸고 그의 입술이 입가에 잔잔한 키스를 퍼부었다.

"따뜻한 난로가 있다면 정말 좋을 것 같아요."

"추워?"

"아뇨. 뭔가 분위기 있잖아요."

"만들지 뭐."

"나중에요, 아이들이 태어나고 따뜻하고 행복한 크리스마스가 오면 그때 우리 벽난로가 있는 집으로 이사 가요."

"그래."

그의 입술이 소라의 입술을 삼키고 있었다. 사건이 있고 오랜만에 그들은 함께였다. 주영의 입술이 점점 더 거칠어지고 있었다.

"진짜 못 참겠어."

그는 격한 호흡을 삼키며 그녀의 산타복을 벗겨냈다.

"이렇게 하는 건 반칙이야."

그녀가 웃었다. 그의 입술이 소라의 가늘고 긴 목을 타고 내려오고 있었다. 그러다가 그녀의 아직 아물지 않은 상처에서 멈췄다. 밧줄이 살을 파고들어 갈 정도로 그때의 상황은 긴박했고 그녀의 목에 깊은 상처를 남겼다.

"미안해."

"당신이 그런 것도 아닌데요."

그가 마음 아파할까 봐 그동안은 목이 올라온 옷들로 잘 가렸는데 지금은 그걸 감출 수가 없었다. 그가 그녀의 목에 깊은 입맞춤을 했다.

"내일 당장 성형수술 해."

"시간이 지나면 아물 거예요."

"아니, 당장 하라고."

그의 말에 힘이 실렸다.

"알았어요. 알아볼게요."

"아니, 내일 삼우병원에 가. 내가 말해놓을게."

"내일은 공휴일입니다."

내일은 크리스마스였다. 모든 병원이 쉬는 빨간 날이었다.

"나에겐 해당 안 돼."

"그건 갑질이라고요."

그녀가 화가 난 목소리로 말하자 그가 다시 그녀를 품에 안았다.

"알았어."

"꼭 소리를 질러야 해요?"

"아니, 소라가 화를 내면 무서워."

"설마요."

"진짜야."

그의 입술이 다시 그녀의 입술을 덮었다. 도톰하고 따뜻한 그의 입술은 소라의 욕망에 불을 지르기 충분했다.

"으으음, 이러면 화를 못 내잖아요."

"여우."

그가 갑자기 으르렁거리며 그녀를 카펫 위에 그대로 눕혔다. 그리고 훤히 드러난 가슴에 입을 맞추었다.

"선생님이 이렇게 야해도 돼?"

"선생님도 여자니까요. 사랑하는 사람 앞에선 삼단 변신이 가능하죠."

"오늘은 그냥 이단 변신인데?"

"싫어요?"

"아니, 미칠 것 같아. 난 오래 못살 것 같아."

"왜요?"

"이렇게 깜짝깜짝 놀라게 하니까."

"호호호, 진짜요? 그럼 하지 말까요?"

"아니, 오래 살고 싶은 마음은 없어. 한 100살까지만 이러고 살자."

"진짜?"

"응."

그녀가 웃자 그가 그녀의 입술을 자신의 입술로 덮어버렸다.

"사랑해."

"저도 사랑해요."

그의 혀가 소라의 입안으로 들어왔고 소라의 팔이 그의 목을 강하게 휘감았다. 그녀의 나신 위로 슈트를 입은 그가 그대로 덮쳤다. 부드러운 살갗 위에 느껴지는 그의 슈트의 느낌도 새로웠다.

그녀가 그의 와이셔츠를 바지에서 빼고 그 안으로 손을 집어넣어 가슴을 어루만졌다.

"탄탄해서 좋아요."

"부드러워서 좋아."

"벗어요."

주영이 소라가 시키는 대로 그녀의 앞에서 빠르게 옷을 벗기 시작했다.

"나 이러다가 모델 하겠어."

"왜요?"

"이렇게 옷을 빨리 벗으니 말이야."

"호호호, 정말요."

하지만 그녀의 웃음은 그리 오래가지 않았다. 누워 있는 그녀 앞에 당당하게 서 있는 그의 모습을 본 순간 숨을 훅하고 들이마셨다. 완벽한 몸매였다. 그의 몸을 보는 것만으로도 그녀의 아래가 촉촉하게 젖어들고 있었다.

소라가 그를 향해 팔을 벌렸다. 그러자 그가 으르렁거리며 그녀에게 먹잇감을 찾은 짐승처럼 달려들었다.

침대가 아닌 카펫에서 그는 그녀를 탐하기 시작했다. 침대로 옮길 여유가 그들에겐 없었다.

"읍!"

거칠게 그의 입술이 그녀의 입술을 덮쳤다. 어찌나 강하게 빨아들이는지 숨을 쉴 수가 없었다. 서로의 이가 부딪치고 서로의 입술이 살짝 찢어졌어도 그들은 상관하지 않았다. 서로에게 정신없이 빠져들 뿐이었다.

"으으음."

그가 그녀의 가슴을 빨기 시작했다. 손으로는 봉긋하게 솟아 오른 가슴을 주무르며 입으로는 거칠게 빨았다.

"미칠 것 같아."

"나도요."

크리스마스트리 불빛 아래 그의 벌거벗은 몸은 그녀에게 선물과도 같았다.

"진짜 섹시한 거 알아요?"

"나보다 소라가 더 미치게 섹시해. 마녀 같아. 여기도 또 여기도……."

그가 그녀의 온몸에 입술도장을 찍었다. 그의 입술이 지나간 곳마다 마치 화상을 입은 것처럼 뜨거웠다. 그녀의 배꼽을 지나는 그의 입술이 야릇하게 느껴졌다.

"빨아줄까?"

언제는 허락을 받았던 것처럼 그가 물었다.

"네."

그녀 역시 착한 사람처럼 대답을 했다. 그가 그녀의 다리를 양옆으로 벌렸다. 그의 숨결이 검은 숲에 바람처럼 느껴지고 있었다. 잠시 그녀의 여성을 쳐다보던 그가 숨을 몰아쉬며 말했다.

"마치 검은 크리스마스트리 같아."

그녀의 여성 위로 트리의 조명이 비치는 모양이었다.

"나를 위한 선물 같아."

"빨리 해줘요."

그녀가 보채기 시작하자 그가 그녀의 검은 숲 전체를 입안에 담았다.

"으으응."

"헉헉."

그의 거친 숨과 그녀의 야릇한 숨이 하나가 되어 있었다.

"사랑해요."

"츄읍츄읍."

그가 그녀의 여성을 거칠게 먹어 치우는 소리가 들렸다.

"미치겠어."

그녀는 몸을 활처럼 휘었고 그는 그녀의 여성을 둘로 가르고 있었다. 그의 축축한 혀가 그녀의 온몸을 적시는 것 같았다. 허리를 뒤틀며 소라는 그의 입술을 받아들이고 있었다.

"아흐."

그녀의 신음 소리가 넓은 거실을 울리고 있었다. 그가 그녀의 질 안으로 혀를 밀어 넣었다.

"제발……."

그의 페니스가 그녀의 몸 안으로 들어오길 간절히 바라는 마음뿐이었다.

"넣어줘요."

그가 몸을 일으키더니 그녀의 다리를 더 벌렸다. 그리고 자신의 굵은 페니스를 그녀의 연약한 질 안으로 밀어 넣기 시작했다. 오랜만에 받아들이는 그의 페니스는 너무나 거대했다. 몸을 둘로 갈라놓을 것만 같았다.

"주영 씨."

"소라야."

"아악!"

그녀의 입에서 비명에 가까운 신음 소리가 터졌고 온몸을 긴장시킨 그의 근육도 터질 것같이 부풀었다.

"으으윽."

그는 신음 소리와 함께 허리를 움직이기 시작했다. 그의 힘이 얼마나 좋은지 그녀는 돌과 부딪치는 느낌이었다. 너무나 흥분한 그는 자신이 얼마나 위협적인 존재인지 인식하지 못하고 있는 것 같았다.

그의 욕망으로 짙어진 눈이 그녀를 미치게 만들었다. 소라는 조각 같은 그의 가슴을 손으로 쓸었다. 손끝에 느껴지는 그의 감촉이 너무나 황홀하게 느껴지고 있었다.

"아아앙."

신음 소리와 함께 소라는 몸을 활처럼 휘었다. 그의 등을 끌어 안으며 그녀는 신음 소리를 계속해서 내고 있었다. 자궁 끝까지 그의 페니스가 닿는 느낌이었다.

"좋아?"

"네, 미치겠어요. 더 깊이……."

그녀의 요구에 따라 그가 깊이 자신의 페니스를 넣었다.

"아아아앙."

그가 부딪칠 때마다 그녀의 몸이 격하게 움직였다. 그가 마지막을 힘을 썼고 그녀 안에 자신의 분신들을 뿌렸다. 이제 결혼할 사이기 때문에 그는 굳이 피임을 하지 않고 있었다.

"소라야."

그가 소라를 강하게 끌어안았다.

"사랑해."

거친 숨을 계속해서 몰아쉬며 그가 그녀의 몸 위에 그대로 무너져 내렸다. 잠시 후 그가 그녀를 안고는 욕실로 향했고 그들은 야릇한 샤워를 했다. 서로의 몸을 만지며 키스를 하며 그들 나름의 샤워를 했다.

그리고 완벽한 나체로 거실의 수영장에서 수영을 즐기고 있는 그들이었다. 수영은 잘 못했지만 그래도 운동신경이 있는 소라는 그와 함께 수영을 즐겼다.

"역시 운동은 폼인 것 같아요."

소라가 투덜거리며 말했다.

"왜?"

"당신이 물을 가르는 게 마치 물개 같아서요. 난 그냥 멍멍이 수영을 하는 것 같고."

"지금 그 물개는 짝짓기를 무척이나 하고 싶어 하지."

그의 목소리가 위험스럽게 갈라져 있었다.

"안 돼요."

소라가 손으로 자신을 막았다.

"왜?"

"아프단 말이에요."

"안 아프게 할게."

"진짜 우리 너무하는 거 아니에요?"

"이게 정상이야. 사랑하는 사람을 안고 싶고 만지고 싶어 하는 건 지극히 정상이지."

그들은 수영장 안에서 또 한 차례 섹스를 했다. 그는 진짜 지칠 줄 모르는 정력의 소유자였다.

유리창 안에 작은 도자기가 있었다. 그 안에 커다란 덩치를 다 구겨 넣은 태준이 있었다.

"안 좁아?"

태준의 사진을 만지며 하영이 말했다.

"춥다."

하영은 마음이 차가웠다. 모든 걸 잃었다. 욕심이 과하진 않았다. 다 내가 가질 것이었다. 다만 상대가 너무나 강했던 것이었다. 섣불리 움직이다가 이 꼴이 되고 말았다.

"태준아, 미안하다. 후계자는 형이 되었어. 네가 목숨까지 바쳐 가면서 날 후계자로 만들려 했는데 내가 부족했다. 아버진 형에게 결혼 선물로 부회장 자리를 주기로 공식적으로 발표를 했고 난 회사를 떠나기로 했다."

태준은 말없이 그를 웃으며 보고 있었다.

"태준아, 왜 말이 없어."

태준과 하영의 일은 가족들이 알아버렸다. 아버지는 태준이 사업체를 차지하기 위해 한 일보다 태준과 연인 사이었다는 게 더 충격이신 모양이었고 어머니는 황 집사와 태준 그리고 하영이 작당을 해서 사람을 해치려 했다는 게 충격인 모양이었다.

진짜 소라의 납치는 그가 모르는 일이었다. 경찰의 조사에서도 태준과 황 집사의 범행이라는 결론이 나왔다. 태준은 그날 칼로 자해를 해서 과다 출혈로 죽었다. 그리고 지금 황 집사는 납치 혐의로 교도소에 있었다.

모든 게 다 꿈만 같았다. 하영은 지금이 현실인지 꿈인지 구분이 가지 않았다. 일주일 후면 한국을 뜰 예정이었다. 바로 떠날 생각이었지만 그래도 황 집사의 재판을 위해 변호사를 선임해 주고 태준의 옆에 조금 더 있고 싶어서였다.

형의 결혼식에는 참석하지 않을 생각이었다. 형의 행복을 빌어 주고 싶은 마음은 없었다. 어차피 반쪽짜리 형이었다. 그의 인생을 비참하게 만든 장본인이 형이란 사람이었다. 용서할 수가 없었다.

반드시 힘을 키워서 그의 뒤통수가 아닌 앞통수를 날려 버릴 생각이었다.

하지만 그는 모든 걸 잃었다. 돈이야 평생 먹고살 만큼은 있었지만 그게 중요한 게 아니었다.

"외로워."

다시 한 번 태준의 영정 사진을 어루만지고 있는 하영이었다.

"다시 돌아갈 수 있을까?"

태준이 그렇다고 말하는 것 같았다. 하지만 그는 형을 이길 수 없었던 자신이 한없이 원망스러웠다.

윙—

그의 새로운 핸드폰이 울렸다. 아무도 모르는 번혼데 어머니는 알고 계신 모양이었다.

"여보세요?"

[하영아.]

"어머니, 어쩐 일이세요?"

어머니에 대한 서운함이 강한 그였다. 자신이 낳은 자식보다 다른 여자가 낳은 자식을 더 사랑한 사람이었다.

[이제 그만 집으로 와.]

"저는 안 갑니다. 그곳에서 제가 얻을 게 없어요."

[하영아.]

"다시는 전화하지 마세요. 전 어머닌 제 편인 줄 알았습니다. 그리고 전 다른 걸 바란 게 아니었어요. 어머니에게 삼우그룹을 드리려고 했다고요. 남의 자식이 어머니를 친어머니처럼 모실 것 같으세요?"

처음으로 원망을 쏟아내고 있었다. 태준의 영정 사진이 그에게 그만하라고 말을 하고 있었다. 죽어서도 잔소리였다. 하영이 태준의 사진을 등지고 섰다.

"전 이제 당분간 자유롭고 싶습니다."

[하영아, 그러지 말고……]

"어머니는 아니란 말씀은 안 하시네요."

[팔은 안으로 굽는 법이다.]

"아닐 수도 있다는 걸 알았습니다."

그는 전화를 끊고는 태준의 사진을 말없이 보다가 말했다.

"몇 년만 견뎌. 반드시 돌아와서 모두를 싹쓸어 버릴 테니까. 날 이렇게 놔둔 걸 반드시 후회하게 할게. 사랑해."

그는 납골당을 빠져나와 시골에 있는 작은 카페의 구석에 앉아

하영은 쓴 에스프레소를 삼켰다. 아무도 없는 크리스마스가 다가왔다. 정처 없이 더 돌아다니고 있는 그였다. 그가 사랑했던, 아니, 사랑한다고 믿었던 사람들이 다 그의 곁을 떠났다.

하지만 그 정처 없음의 끝이 어딘지 하영은 알았다. 언젠가는 그의 가족의 품으로 돌아가리라는 것을 말이다. 물론 그가 가족의 품으로 돌아갈 때는 거센 폭풍이 일겠지만 말이다. 그의 곁에 그림자처럼 따라다니던 그의 충복이자 사랑했던 태준은 이제 세상에 없었다.

그를 떠올리자 다시 하영의 눈에 눈물이 흘렀다. 가슴이 까맣게 타들어 가서 이제 더 태울 게 없었다. 그가 다시 그의 가슴만큼 까맣게 탄 커피를 한 모금 마셨다.

"사랑해."

이렇게 한마디를 하고 나니 마음이 좀 안정이 되는 것 같았다. 그의 휴대폰에는 연일 삼우그룹의 주가가 폭등하고 있는 게 떴다. 연속되는 신상품 출시 때문이기도 했고 중공업의 수주 또한 쉴 새 없이 따내고 있었다.

형의 실력은 역시 대단했다. 그가 자리에서 일어나 길을 또다시 걷기 시작했다.

터덜터덜 걷는 그의 뒤로 한 남자가 따르고 있었다. 핸드폰을 드는 걸 보니 그의 이동을 보고하는 것 같았다. 어머니인지 아니면 형인지는 누가 시켰는지 모르지만 그는 지금 미행을 당하고 있었다. 소중한 며느리 납치 사건이 일어난 이후부터 누군가 그의 뒤를 따라다니기 시작했다.

마치 그림자처럼 말이다.

"그렇게 따라다녀 봤자 좋을 게 하나도 없는데 말이야."

하영은 이제 착한 사람인 척할 필요가 없었다. 어차피 가족들은 그가 형의 자리를 빼앗기 위해 어떻게 했는지 알기 때문이었다.

터덜터덜 걷는 하영의 발걸음에 힘이 없었다. 길을 가다가 보니 버스 터미널이었다. 그는 자신의 차를 타고 다니지 않고 대학 때도 하지 않았던 배낭여행을 하는 기분이었다.

낡고 작은 버스 터미널 안에는 몇 명의 사람들이 TV를 두고 옹기종기 앉아 있었다. 뉴스였는데 주버들의 모습이 보였다. 어떻게 주버들을 다시 저 자리에 올려놓은 건지 모르지만 형이 한 수 위였다. 그가 영상을 주지도 않았는데 버들을 저렇게 불러냈으니 말이다.

"못됐다."

"왜?"

옆에 앉은 아주머니들이 화면을 보면서 침을 튀기며 말을 하고 있었다. 모두의 공분을 사는 이야기가 되어 있었다.

"주버들 저게 임신했다고 하더니 그게 다 거짓말이래."

"삼우그룹인가 그 아들 차지하려고 그랬대. 결혼할 여자랑 헤어지게 하려고."

"아침 드라마네."

"그러니까 드라마에서 독하게 나오지."

하영은 한숨을 푹 쉬고 있었다. 이제 하나하나 다 까발릴 생각인 것 같았다. 진짜 짜증이 나는 인간들이었다.

"그렇게 해봐. 내가 나중에 어떻게 하는지."

하영은 쓴웃음을 지었다.

11. 하나가 된다는 건

말숙의 공인중개사 사무실은 언제나 썰렁했다. 주업이 집을 소개하는 게 아니다 보니 주변 시세를 앞에 붙여놓거나 광고를 하지 않았다. 어쩌다가 손님이 찾아오면 친하게 지내는 옆집 부동산으로 보냈다.

그렇게 해서 계약이 성립되면 복채를 그녀와 반반씩 나누었기 때문에 그것도 용돈 벌이로는 좋았다.

하지만 진정한 그녀의 일은 중매였다. 하지만 재벌들의 특성상 사람들에게 알려지는 걸 좋아하지 않았다. 그래서인지 그녀도 비밀로 중매를 하고 있었다. 그녀의 가까운 지인들은 그녀가 그냥 아는 사람들을 서로 소개해 주는 정도라고 생각을 했다.

말숙은 어릴 때부터 엄마에게 어떻게 중매를 하는지를 배웠고 때로는 그들의 결혼에 어떻게 개입을 해서 성공시키는지도 배웠다. 재벌의 며느리 기준도 가지고 있었고 그런 아가씨들을 때로는 만들어내기도 했다.

그런 케이스가 몇 명이 있었다. 그중에 소라가 있었고 소미도 그에 포함이 되어 있었다. 재벌들은 이상하게 교육자 집안의 자제들을 좋아했다. 아무래도 바르게 자랐을 거라는 생각이 있는 것 같았다.

하지만 도둑이 자기 머리를 못 깎는다고 말숙은 아직 혼자였다. 그렇게 수없이 많은 만남을 소개했음에도 그녀는 혼자였다.

똑똑!

"네."

그녀가 요즘 가장 싫어하는 인간이 부동산 안으로 들어왔다.

"왜요?"

"아니 뭐."

건물주였다. 강남의 가장 큰 건물의 주인인 그는 부인과 사별한 사람이었다. 하지만 어찌나 요즘 그녀의 부동산을 제집 드나들 듯이 드나드는지 말숙은 짜증이 났다.

"내가 건물 관리 차원에서 오는 거지. 그리고 재계약 기간도 되고 해서……."

10층짜리 건물의 맨 꼭대기 층에 있는 그녀의 사무실이었다. 하지만 이 건물은 부동산 건물이 아닌 변호사 건물이었다. 길 건너가 서초동이라서 높은 층이어도 상관없이 변호사들이 선호하는 곳이었다.

　"나가라고요?"

　"아니, 그런 게 아니라……."

　큰 키에 체격도 좋은 사람이 그녀만 보면 얼굴이 홍당무가 되어 있었다. 순진한 건지 아니면 그녀가 뚜껑이 열리는 꼴을 보고 싶은 건지 알 수가 없었다.

　"자꾸 왜 오시는 거예요?"

　"보고 싶으니까."

　개미가 기어들어 가는 목소리였다.

　"보고 싶어요? 왜요?"

　이 남자가 왜 그러는지 알 수가 없었다. 오십이 넘은 나이에 이렇게 순진하기도 어려웠다.

　"김 사장, 저녁이라도 한번 먹……."

　"네? 왜 그러시는 거예요?"

　"진짜 내가 싫은 거야?"

　"네?"

　윙—

그때 갑자기 전화가 왔다. 효인그룹 사모님이었다.

"네, 사모님."

그에게 가만히 있으라고 신호를 보냈다.

"그럼요, 잘 진행되고 있죠."

최 사장에게 나가라고 손짓을 했지만 그는 끄떡도 안 하고 있었다. 그리고 입모양으로 오늘 저녁식사를 같이 하자고 했다. 하도 안 갈 기세여서 말숙은 고개를 끄덕였다. 그러자 최 사장이 7시에 데리러 온다고 말하고는 나갔다.

자신이 중매를 한다는 걸 들키지 않으려고 했다가 괜히 코가 꿰인 기분이었다. 말숙은 한숨을 쉬었다.

그리고 효인그룹 사모와 통화를 끝내고는 서둘러 전화를 했다. 지금 그녀가 추진 중에 있는 건이 있었다. 그건 소미의 중매였다. 소미에게 딱 맞는 사람이 있었다. 그건 대도그룹의 골칫덩어리 아들이었다.

다른 건 다 좋은데 여자 문제가 아주 복잡했다. 그런 걸 보면 소라와 비슷한 상황이었다. 그리고 소라보다는 소미가 중매에서 아주 우월한 위치에 있었다. 누가 되더라도 소미는 삼우그룹 후계자의 처제였다. 그런 프리미엄은 쉽게 붙는 게 아니었다.

"우리 은아 언니가 복도 많아."

말숙은 소파에 깊이 앉아 눈을 감았다.

"이 일도 이제 얼마 남지 않은 것 같아."

후계자를 만들 시기가 오고 있었다. 이대로 접기엔 그녀 집안의 중매 역사가 너무나 길었다. 최 사장에게 딸이 하나 있기는 했다. 그녀가 머리를 흔들었다.

"무슨 생각을 하는 거야."

말숙은 핸드폰을 다시 들었다. 이제는 소미를 연결시킬 때였다.

소미와 소라는 크리스마스를 어른들과 함께 보내기로 마음을 먹었다. 그래서 집 안에 크리스마스트리를 설치했다. 트리 아래에는 선물도 포장해 두었다. 거기다가 오늘은 주영이 오기로 했기 때문에 엄마는 음식 준비를 하시느라 분주했다.

"아니, 안 와도 되는데 왜 온다는 거야?"

말은 이렇게 하면서도 엄마의 얼굴엔 미소가 가득했다.

"사위가 온다니까 좋아?"

"당근이지."

"말숙 이모도 오라고 하지 그래?"

"안 온대."

"왜?"

"가족끼리 보내래."

"이모도 가족인데 왜?"

"그러게나 말이다."

엄마는 잡채와 불고기를 하고 있었고 아버지는 와인병을 닦고 계셨다.

"따실 거예요?"

"하는 거 봐서."

"예쁘게 봐주세요."

그녀가 사고를 당한 이후에 주영이 그녀에게 지극정성인 걸 보시고는 어른들은 이제 주영을 완전히 사위로 생각을 하시는 것 같았다.

"유 서방이 와인을 좋아한다고?"

"그냥 술을 좋아해요. 종류 상관없이."

"남자가 사회생활을 하려면 그런 면도 있어야지."

아버지는 완벽하게 넘어가신 듯했다.

띵동!

그가 온 모양이었다.

"언니, 언니, 이리 와봐."

"문 열면 되잖아."

"아니야, 심각해. 잠시만요."

"왜?"

진짜 큰일이었다. 시아버지와 시어머니까지 그녀의 집으로 왔다. 뿐만 아니라 그들의 뒤로 사람들이 보였다.

"엄마, 아빠, 어머님, 아버님이 오셨는데?"

"사돈이?"

소라가 문을 열어주었고 꿈같은 일이 벌어지고 있었다.

"사돈, 안녕하십니까?"

시아버지가 아버지와 악수를 하며 들어오고 있었다. 갑자기 집 안이 사람들로 꽉 찼다.

"연락드리고 오면 못 오게 하실까 봐 그냥 왔습니다. 결례를 용서하십시오."

"아닙니다."

시어른들과 주영이 들어오자 그 뒤로 선물 보따리가 따라 들어왔다.

"와인 좋아하십니까?"

아버지가 아끼고 아끼던 와인을 얼른 등 뒤로 감췄다. 아버지에겐 비싼 와인이지만 회장님에게는 동네 슈퍼에서 파는 요리용 와인 같을 게 분명했기 때문이었다.

"저도 그 와인 먹습니다."

"네?"

"전 좀 달달한 게 좋은데 취향이 비슷하십니다."

역시 사람을 다룰 줄 아는 분이었다.

"전 오늘 와인에 곁들이면 좋은 치즈를 가지고 왔습니다."

그러더니 진짜 치즈를 빼내셨다. 그 후로 아주 즐거운 분위기 속에서 저녁식사를 했다. 어머니는 소미가 아주 전담을 했다. 어찌나 말을 잘하는지 어머니의 마음에 쏙 들어 보였다. 성격이 좋은 소미가 분위기를 주도했고 소라는 지금의 가족 분위기가 좋았다.

"사실은 우리 아들 녀석 때문에 벌어진 지난번의 사건이 마음에 걸려서 우리 와이프가 잠을 못 잡니다."

"그건 사돈 총각이 한 게 아니라고 결론이 났는데 왜요? 신경 쓰지 마십시오. 지난 일입니다."

어른들끼리 서로의 상처를 풀고 계시는 중이었다. 소라는 그런 어른들을 뒤로하고 주영과 자신의 방으로 들어갔다.

"여기가 소라가 자는 곳이군."

"네, 태어나면서부터 배정 받은 나만의 공간이죠."

깨끗하게 정돈이 된 그녀의 방을 그가 스윽 둘러보았다. 그리고는 그녀의 침대 위에 앉았다.

"향기가 아주 좋아."

"뭐 여자들 방이 다 이렇죠."

그가 소라를 끌어당겨 그의 옆에 앉혔다. 그리고는 그녀의 입술에 입을 맞추었다.

"아주 자극적이야."

"당신은 항상 자극을 받는 것 같아요."

"그런 것 같아."

"여기선 안 돼요."

"난 아무 말도 안 했어. 이건 소라가 먼저 말한 거야."

"제가 뭘요."

주영이 소라를 침대 위로 쓰러트렸다.

"워워, 진짜 안 돼……."

그녀의 말은 어김없이 그에 의해 차단이 되었다. 그의 입술이 바쁘게 그녀의 입술을 열었고 그의 단단하고 강인한 혀를 밀어 넣었다.

"이러는 건……."

또다시 입술이 그녀의 입술을 막았다.

"어른들이 아신다고요."

"그래도 괜찮아, 손자를 빨리 만드는구나라고 생각하실 거야."

"유주영 씨!"

"응?"

"진짜 이러지 마요."

"아니, 괜찮아."

그가 깊은 키스를 해왔다. 소라도 그의 능숙한 키스에 흥분하기 시작했다. 그의 혀를 빨아들이고 그의 목에 팔을 둘렀다. 그에게 더 가까이 가기 위해서 몸을 밀착시키는 그녀였다. 자신의 이런 행동이 이제는 부끄럽지 않고 자연스러웠다.

그의 손이 그녀의 가슴을 만지더니 점점 아래로 내려와 그녀의 치마 속으로 들어왔다. 그의 손가락이 그녀의 여성을 가르며 들어와 질 안 깊숙이 박혔다.

"으으음."

그녀의 입에서 신음 소리가 나오자 그가 재빠르게 입술을 먹어 버렸다.

똑똑!

누군가 문을 두드리는 소리에 그들은 빛의 속도로 떨어졌다.

"언니, 어른들이 오래."

"응."

소미의 소리에 소라가 그의 등을 손으로 쳤다.

"다 당신 때문이라고요."

쪽!

"이렇게 예쁜데 어떻게 해."

그는 소라의 머리를 정리해 주고 옷을 매만져 주었다.

"하나도 티 안 나."

"당신은 얼굴이 빨개요."

"세수할까?"

"아니요."

그의 말에 고개를 흔들며 그녀가 웃었다. 어쩔 수 없는 사람이었다.

그들이 밖에 나가자 어른들은 와인 파티를 벌였고 아빠와 시아버지는 와인에 취해 아주 기분이 좋은 상황이었다. 생각보다 시어머니도 그녀의 집안 분위기에 만족스러워하셨다.

엄마가 취미로 그리는 민화를 보시더니 다음부터 같이 배우러 다니기로 하신 모양이었다. 이제야 사람 사는 냄새가 나는 것 같았다. 화기애애한 분위기 속에서 크리스마스 파티를 마쳤다.

늦은 저녁 그들은 어른들께 허락을 받고 그의 집에서 크리스마스를 보내기로 했다. 공식적인 외박인 셈이었다. 그가 현관에 들어서자마자 그녀의 입술을 차지하기 시작했다.

"헉헉, 키스하고 싶어서 미치는 줄 알았어."

"으으음."

그의 혀가 그녀의 입안을 미친 듯이 휘젓고 있었다.

탁!

그들은 등이 벽에 부딪치는 줄도 모르고 서로의 옷을 벗기기에 바빴다. 어느새 그의 품 안에 안겨 있는 그녀였다.

"풍덩!"

갑작스러운 상황이었다. 얼마나 키스에 열중을 했는지 발이 미끄러져서 물에 빠진 그들이었다.

"푸우!"

"죽을 뻔했어요."

"아니, 죽어도 같이 있었으니 행복하잖아."

"너무 긍정적인데요?"

그가 다시 그녀의 얼굴을 잡고는 깊은 키스를 했다.

"사랑해."

그녀가 그를 보며 환한 웃음을 지어 보였다.

"나도 사랑해요."

그가 물속에서 그녀를 안아 올렸다. 그리고는 단번에 자신의 페니스를 넣었다.

"아흐."

그녀의 입속에서 신음이 터져 나왔다.

"아까 이렇게 나오려는 걸 얼마나 참았는지 알아요?"

"아까 이렇게 들어가고 싶은 걸 참은 나의 마음은 하늘만이 아실 거야."

그가 물속에서 격하게 움직이기 시작했다. 그의 아주 훌륭한 근육을 만지며 그녀는 그의 입술에 깊은 키스를 하고 있었다.

"물속에 있으니 더 마녀 같아."

"왜요?"

"내 정신을 쏙 빼놓으니까 말이야."

"후훗, 그래요?"

"응, 그래. 뭐 하나 내 정신을 빼앗지 않는 게 없어. 당신은 정말 건강에 해로워."

그가 다시 그녀의 입술에 입을 맞추었다. 여전히 그들은 하나인 상황이었다.

"아흐, 좋아요."

"움직이지 마."

그녀가 허리를 움직이기 시작하자 그가 못 참겠다는 표정을 짓고 있었다.

"나 섹시해요?"

"심각할 정도지."

그녀가 웃었다. 그의 표정을 보고 웃지 않을 수가 없었다. 완전히 공감 백배의 얼굴이었다.

"난 평생 당신에게 헤어나지 못할 것 같아."

"바라는 바예요."

그가 물에 젖은 그녀의 가슴에 입을 맞추었다.

"난 참 행운인 것 같아."

"왜요?"

"인어를 얻었으니까."

"언제는 마녀라면서요?"

그녀가 입술을 쏙 뺐다.

"사이렌은 둘 다 아닌가? 사람을 홀리는 건 마찬가지지."

"아닌 것 같은데……."

그의 입술이 다시금 그녀의 입술을 덮었다. 진짜 점점 더 그들
의 섹스는 진해지고 있었다.

수영장에서 나온 그들은 따뜻한 커피 한잔을 마신 후에 식탁 위
에서도 사랑을 나누었다.

"아담과 이브도 아니고 우리 언제까지 이렇게 벗고 다녀요?"

"내가 질릴 때까지."

"왠지 그럴 일은 없을 듯하네요."

그가 웃었다.

"난 당신이 웃는 게 좋아요."

식탁 위에 앉아 있는 그녀가 그를 다리로 감싸 안고 말했다.

"자꾸 이렇게 위험하게 굴지 마."

"알았으니까 그만해요."

그의 눈빛이 다시 짙어졌다.

"진짜 그만."

하지만 그녀는 그의 어깨에 짐짝처럼 둘러매져 있었다.

"주영 씨, 제발……."

그녀의 말이 끝이 나기 전에 그녀는 벌써 침대 위에 내동댕이쳐졌다.

"짐승."

그녀의 말에 그가 으르렁거렸다.

"이런 내가 좋다며."

"너무 힘들다고요."

그가 그녀가 쉴 틈을 주지 않고 덤볐다. 그들의 섹스는 그렇게 끝을 모르고 이어졌다. 확실하게 그녀는 결혼 전에 보약을 먹어야 할 판이었다. 이렇게 정력왕인 신랑과 같이 살게 되니 말이다.

"힘들다고요."

"사랑한다고."

"진짜 못 말려요."

그녀는 두손 두발을 다 들었다. 그리고 그의 요구에 이제는 순순히 응해주고 있었다. 확실히 그는 정력왕이었다. 소라는 행복의 미소를 지었다. 그와의 결혼생활이 즐거울 거란 기대 때문이었다.

　이제는 지쳐 잠이 든 그의 품에 안겨 소라는 행복한 미래의 꿈
을 꾸었다.

에필로그

한남동의 한 저택에 은색 최고급 벤츠가 들어가고 있었다. 벤츠에서 내린 사람은 다름 아닌 말숙이었다. 차의 색깔에 맞춰 말숙은 은빛이 도는 밍크 코트를 입고 저택 안으로 당당하게 들어갔다.

그녀를 본 집 안의 집사가 구십 도로 인사를 했다. 1년 전에 삼우그룹 본가에 들어갈 때와는 사뭇 다른 모습이었다. 집 안은 으리으리했고 우리나라 10대 그룹의 하나인 대도그룹의 본가다웠다.

거실에서 우아한 자세로 앉아 있는 여자는 한때 우리나라 최고의 여배우였던 주화연이었다. 아직도 그 고고한 아름다움은 그대로였다.

"안녕하세요."

"앉아요."

화연이 도리어 약간 긴장한 얼굴이었다. 좋은 징조였다.

"삼우그룹 유주영 부회장의 결혼을 성사시켰다죠?"

"네."

말숙은 목에 힘을 주어 얘기했다. 아니, 저절로 목에 힘이 들어갔다. 그럴 수밖에 없는 게 이 집 아들 또한 유주영처럼 아주 골치 아픈 바람둥이였다.

"난 다른 거 필요 없고 딱 삼우그룹이 큰며느리 같았으면 좋겠어요. 어찌나 야무진지 모임에서 다들 박 여사를 부러워해요. 거기다가 그 바람둥이를 어쩜 그렇게 꽉 잡고 사는지 아주 신기할 지경이라니까요."

"다른 조건은요?"

말숙이 그녀의 비밀 병기인 수첩을 꺼내 들었다.

"다른 건 나중에 하고 우선 커피부터 마셔요."

"네."

"난 말이지 유 부회장의 이야기를 듣고 싶은데, 우리도 어떻게 해달라고 말하기도 편할 것 같고."

말숙이 의미심장하게 웃으며 수첩을 다시 가방에 넣었다. 그리고 마치 무용담처럼 그들을 위한 그녀의 프로젝트들을 이야기하기 시작했다. 어디 가서 자랑할 수도 없는 이야기라 말숙만 알고 있는 영업 전략이기도 했다.

"제가 이런 얘기는 영업 기밀이라서 알려 드리진 않지만 부탁을 하시니까 간략하게 말씀드릴게요."

말숙이 대도그룹 사모에게 이야기보따리를 풀기 시작했다. 지금 생각해도 받은 돈의 액수만큼이나 정성이 들어간 일이었다. 사업하는 사람들이 말하는 프로젝트와 같은 것이었다. 당사자들은 전혀 상상도 할 수 없이 치밀하고 비밀스럽게 움직인 말숙이었다.

"그러니까 1년 전에……."

사모의 눈이 반짝이고 있었다. 어지간히 소라가 마음에 든 모양이었다. 지금 그녀의 머릿속에는 소미가 가득 자리 잡고 있었다. 소라와는 다른 매력의 아가씨면서 재벌가의 며느리 조건에 부합하는 아가씨니까 말이다. 거기다가 지금은 솔로였다.

말숙이 입을 열자 사모는 그녀의 이야기에 몰입했다. 말하는 말숙도 신이났다.

"서울호텔이 저에겐 약간은 명당이라고 해야 할까요? 소개해 준 사람들이 거기서 만나면 아주 좋아요."

말숙은 소라와 주영이 만난 날부터 자세하게 설명하기 시작했다.

서울호텔의 룸에 앉은 말숙은 설치된 모니터를 통해서 유주영의 선의 장면을 보고 있었다. 이어폰을 끼우고 미리 설치해 둔 도청기를 통해서 그들의 대화를 듣고 있었다. 첫째 날과 둘째 날에 선을 보는 아가씨들이 보여준 어리숙함에 말숙은 고개를 저었었다.

하지만 오늘은 그녀가 준비한 비장의 무기가 테이블을 향해 걸어가고 있었다.

"진짜 예쁘긴 예뻐."

말숙이 보아도 저렇게 예쁜데 남자가 보기에는 더 예쁠 것이다. 꽃병에 설치된 두 대의 카메라가 주영과 소라의 표정을 각각 보여주고 있었다. 카메라는 삼우그룹 사모님에게 부탁을 해서 설치했다.

오늘은 사모님도 오시기로 했는데 아직 오지 않으셨다. 늦으시는 모양이었다.

"지금 만났는데……."

사모님이 중요한 게 아니라 지금은 그녀가 소개한 소라가 삼우그룹의 며느리가 되느냐 마느냐가 더 중요한 일이었다.

말숙의 손이 바쁘게 움직였다. 모니터를 보랴 상황을 파악하랴 그걸 또 메모까지 하느라 정신이 없었다.

말숙이 갑자기 모니터를 뚫어지게 바라보았다. 그건 주영의 얼굴이 잡힌 화면이었다. 그 화면을 보며 말숙은 주영이 넋을 놓고 소라를 바라보는 것을 보았다. 마치 첫눈에 반한 여자를 보는 얼굴이었다.

하지만 주영이 소라의 인사를 받을 땐 그 표정을 얼굴에서 지웠다. 하긴 원래 여자 경험이 많은 남자는 여자에게 쉽게 보이지 않는 법이었다. 그건 여자나 남자나 마찬가지인 것 같았다.

그래서 그들이 만나기 전에 말숙은 한 번의 기회를 주었다.

사고가 나지도 않은 자동차를 사고가 났다고 해서 대신 소라를 불러내서 주영과 앞면을 트게 했었다. 하지만 지금 둘의 이야기를 들으니 그 둘은 그녀가 나서기 전에 이미 만난 것 같았다.

뭔가 좋은 느낌이었다.

똑똑!

황 집사가 문을 열고 들어왔다.

"사모님께서 사정이 생기셔서 제가 대신 오게 됐습니다."

황 집사는 사람이 너무 차가웠다. 그리고 주영에게 애정이 있는 것 같지도 않아 보였다.

"앉으세요."

그 뒤로 말숙은 자신의 생각을 황 집사에게 드러내지 않았다. 영업상의 규칙이었다. 선의 상황은 뭐 그리 좋은 편은 아니었지만 확실한 건 유주영이 반드시 소라를 다시 찾을 거라는 것이었다.

말숙의 직감은 맞았고 둘의 사이는 말숙이 생각을 했던 것보다 진전이 컸다. 얌전하기만 한 줄 알았던 소라가 상당히 대담한 데이트를 하고 있었다. 그녀는 소라에게 사람을 붙여서 일거수일투족을 감시했다.

적절한 타이밍에 한 방을 터트리기 위해서였다. 그리고 일차적인 밑밥으로 닥터 최를 내세웠다. 닥터 최는 그녀의 수많은 고객 중에 한 명이었다. 아니나 다를까? 주영이 밑밥을 물었고 소라에게 걸린 것이었다.

하지만 생각해 보면 둘은 서로에게 관심이 있었고 말숙은 그저 불이 활활 타오르게 부채질만 열심히 하면 되는 것이었다.

하지만 다 된 줄 알았던 그들의 결혼이 너무 늘어지는 바람에 마지막으로 준비한 한 방을 터트릴 준비를 한 말숙은 박 여사의 도움을 받아 그렇게 보안이 철저하다는 주영의 아파트 지하에 잠입하는 데 성공했다.

기자인 사촌 동생에게 부탁을 해서 사진을 찍기로 하고 사촌 동생의 차를 타고 들어왔다.

"누나, 난 사회부라고."

"그런데?"

"이건 연예부 애들이 찍어야지."

"네가 제보해."

"누나."

"잔소리하지 말고 찍어."

차 안에 쥐새끼처럼 숨어서 그들이 나오길 기다렸다.

"난 내일 마감이라고."

"안 돼, 네가 찍어야 해. 어, 어, 저기……."

싸우는 순간 주영과 소라가 다정하게 나왔다. 원래 사진기자는 아니었지만 어깨 너머 배운 게 있어서 그런지 동생은 주영과 소라의 행복한 모습을 제대로 찍었다.

"내일 잘 내."

"알았어. 그런데 여자분은 모자이크 처리해야 하는 거 아냐?"

"아니, 아주 대문짝만 하게 확대해."

이렇게 해서 만천하에 주영과 소라의 일이 공개가 되었고 둘은 그 일이 결정타가 되어 날짜를 잡게 되었다.

"어쩌면……."

주 여사가 두 손을 모으고 그녀의 이야기에 빠져들었다.

"이래서 지금 두 분은 아주 행복하게 사시죠."

"첩보 영화보다도 더 재미있어요."

"다행입니다."

"그래서 우리 아들에게 맞는 짝이 있을까요?"

"이소미라고 소라 동생이죠. 제가 어릴 때부터 봐와서 아는데 소라보다 더 똘똘한 아이입니다."

"우리 아들을 마음에 들어할까요?"

"안 되면 되게 만드는 게 저의 할 일이죠."

주 여사가 만족한 웃음을 지어 보였다.

"사례는 제가 얼마든지 할게요."

"감사합니다. 저도 최선을 다하겠습니다."

"잘되면 줄줄이 줄을 서 있어요."

주 여사는 소미를 보지도 않고 좋아하고 있었다. 이게 다 소라가 주영과 잘살고 있기 때문이었다. 말숙의 입장에서 보면 그게 가장 좋은 홍보였다.

"그런데 제가 이렇게 중매 일을 하는 걸 주변의 사람들은 모르니 비밀로 해주십시오."

"호호호, 알았어요."

주 여사와 상담하는 내내 화기애애한 분위기였다. 말숙은 자신했다. 이번에도 아주 성공적인 중매가 되리라는 것을 말이다.

늦은 저녁 하루의 일과를 마친 주영은 지친 몸을 이끌고 집으로 돌아 왔다. 오늘은 그들이 분가를 한 첫날이었다. 어머니가 생각보다 그들을 일찍 분가시켜 주셨다.

일찍 서둘러 오려고 했는데 생각보다 일이 복잡하게 꼬여서 저녁 10시가 되어서야 집에 도착할 수가 있었다. 미안한 마음에 그는 주머니에 작은 선물과 함께 꽃다발을 준비했다. 사랑스러운 소라를 위해 그가 바쁜 시간을 쪼개서 사온 것이었다.

그녀는 그가 해주는 모든 걸 행복하게 받아주었다. 그래서 그는 아내에게 뭐든지 해주고 싶었다. 자신이 이렇게 여자에게 빠질 줄은 상상도 해보지 못했다.

그는 행복한 미소를 지으며 현관문을 열었다.

"여보."

하지만 아무런 소리도 들리지 않았다. 집 안에 정적이 흐르고 있었다.

"여보?"

일하는 도우미들은 퇴근을 했고 이사 온 집이라고는 믿어지지 않을 만큼 깔끔하게 정리가 되어 있었다.

"소라야?"

여전히 아무런 소리도 들리지 않았다.

"어디 간 거야?"

그는 서류가방과 꽃다발을 식탁에 내려놓았다. 그리고 돌아서려는데 소파에 누워 있는 소라가 그의 눈에 들어왔다. 정리를 하다가 잠이 들었는지 앞치마를 입은 채였다. 미안한 마음이 들었다.

"고단했구나?"

그는 쓰러져 잠이 든 소라의 얼굴을 물끄러미 내려다보았다. 결혼 전보다 더 예뻐진 소라였다. 하긴 더 예뻐졌다기보다 예쁨에 고급스러움이 더해진 것이었다. 그녀는 재벌가 며느리로서 손색이 없는 사람이었다.

거기다가 섹시하기까지 했다. 밤마다 그녀는 그를 미치게 만들었다. 어젯밤에도 그들은 세 번의 섹스를 했다. 진짜 지칠 줄 모른다며 투덜거리는 소라를 한 번 더 안은 후에야 잠이 든 그들이었다.

그가 불편하게 잠이 들어 있는 소라를 안았다.

"왔어요?"

"누가 안는 줄 알고?"

"날 안을 사람은 당신뿐이잖아요."

그녀는 졸린지 다시 눈을 감았다.

"이사하느라 피곤했지?"

주영이 안쓰러운 표정으로 물었다.

"아뇨, 일하시는 분들이 피곤하시죠. 그나저나 어머니께 전화 드려요."

"이따가."

지금 그의 관심은 오로지 소라였다. 하루 종일 소라가 생각이 나니 이건 병에 가까웠다.

"아뇨, 지금요. 오늘 많이 우셨어요."

"그럴 거면 왜 분가를 시키셔."

"우리 편하게 지내라고 그러신 거죠. 지금 어머니 마음이 마음
이 아닌 거 알잖아요."

"알았어."

하영의 일 때문에 어머니는 지금 마음고생이 심하셨다. 아들의
커밍아웃을 받아들이기가 쉬운 일은 아니니까 말이다. 거기다가
자라면서 한 번도 속 썩인 적 없는 녀석이 요 몇 달간 어머니의 속
을 있는 대로 뒤집어놓았기 때문이었다.

"전화 걸고 나면 약 줘."

"어디 아파요?"

"당신 때문에 상사병이 걸렸어. 중증이야."

"뭐예요?"

그녀가 눈을 흘겼다.

"어머니."

그가 침대에 앉아서 어머니에게 전화를 했다.

"제가 오늘 좀 늦었어요. 오늘 고생하셨어요."

[고생은 새아기가 했지.]

"이 사람이 고생은 어머니가 다 하셨다고 했어요."

[새아기가 착해.]

"저희 다시 들어갈까요?"

[말이라도 고맙지만 아기가 생길 때까지는 진짜 신혼생활을 하려무나.]

"감사합니다."

[아니야.]

어머니의 목소리가 촉촉하게 젖어 있었다.

"하영이 잘 있다고 보고가 들어왔어요. 스위스에 머물면서 공부를 하고 있으니까 너무 걱정하지 마세요."

[…….]

어머니는 답이 없었다. 아마도 하영이 얘기에 눈물을 삼키시는 것 같았다.

"이번 주말에 찾아갈게요."

[그래.]

"주무세요."

어머니가 전화를 끊자 그가 전화를 끊고 침대에 앉아 자신을 바라보고 있는 소라를 보았다.

"만족해?"

"아주요."

"그럼 보상을 해줘야 하지 않을까?"

"이런 보상요?"

그녀가 앞치마 속의 원피스를 벗었다. 그리고 앞치만 둔 채로 속옷까지 모두 벗어버렸다.

"날 죽일 셈이야?"

"설마 이 정도로 죽기야 하겠어요?"

소라가 꽃무늬 앞치마만 두른 채로 그의 앞에 서서 손가락을 까딱거렸다.

"덤벼요."

"뭐?"

"이 정도로 섹시한 여우 봤어요?"

그녀의 말에 그가 으르렁거리며 그녀에게 달려들었다. 그러자 소라가 살짝 몸을 피했다.

"당신도 벗어야 해요."

"진짜 이럴 거야?"

"네, 빨리 벗어봐요. 섹시한 당신의 몸이 너무 좋단 말이에요."

그녀의 말에 그가 넥타이를 풀어서 집어 던지고 자신의 슈트를 단번에 벗어버렸다. 자신이 이렇게 스피디하게 옷을 벗을 수 있다는 게 새삼 놀라웠다. 그는 그리고 지체 없이 그녀에게 달려들었다.

그리고 그녀의 입술을 삼켰다.

"앞치마가 이런 역할도 하는지 몰랐어."

"자극적이지 않아요?"

"이건 어디서 배웠지?"

"영화에서 봤어요. 뒷모습이 더 자극적이던데요."

그녀가 살짝 뒤로 돌았다. 아무것도 없이 늘씬한 그녀의 뒷모습이 보였다. 진짜 자극적이었다.

"이 마녀."

"칭찬이라고 생각할게요."

주영이 그녀의 입술을 다시 한 번 머금었다. 이 느낌이 그를 미치게 만들고 있었다.

"사랑해요."

"나도."

그녀의 입술은 천상의 맛이었다. 그 어느 것보다도 달콤했고 사랑스러웠다. 그는 그녀의 깊은 맛을 더 느끼고 싶어서 그 안으로 혀를 밀어 넣었다. 촉촉하고 달콤한 그녀의 입안을 그의 혀가 만족스럽게 누비고 있었다.

"으으음."

주영의 입술이 소라의 가늘고 긴 목을 타고 내려오고 있었다. 뜨거운 입김을 그녀의 목에 불어 넣으며 그는 살짝 입을 맞추었다. 그리고 그녀의 앞치마 사이로 손을 넣어 가슴을 어루만졌다.

"미치겠어."

"저도요."

섹스에 있어서 아주 솔직한 그녀였다. 그녀가 갑자기 그의 손을 이끌고는 욕실로 향했다.

"이리 와봐요."

"왜?"

"보여줄 게 있어요."

갑작스러운 그녀의 행동에 약간 어리둥절한 그였다. 그리고 그는 그녀가 왜 그를 욕실로 이끌었는지 잠시 후에 알게 되었다.

"이게 뭐지?"

욕실 안은 촛불로 가득했고 욕조에는 장미 잎이 깔려 있었다. 소라가 욕조에 따뜻한 물을 틀었다.

"주인님을 위해 제가 준비했습니다."

"주인님?"

"네, 주인님."

그는 섹시한 메이드가 이끄는 대로 장미 꽃잎이 둥둥 떠오른 욕조로 그를 안내했다.

"오늘 하루 힘드셨죠?"

그녀가 욕조 앞에 무릎을 꿇고 앉아서 그의 어깨를 주물렀다.

"제가 오늘은 풀코스로 주인님을 모실게요."

"소라야."

"네, 주인님."

"들어와."

그가 말하자 소라는 진짜 말을 잘 듣는 메이드처럼 그의 욕조 안으로 들어왔다. 그리고 그의 몸 위에 걸터앉았다. 그의 페니스는 벌써 잔뜩 부풀어 있었다.

"주인님, 필요하신 게 있으신가요?"

"소라."

"그럼, 어떻게 해드릴까요?"

"하고 싶은 대로."

"그건 제 메뉴에 없긴 한데 노력해 보겠습니다."

그녀가 그의 목에 팔을 감았다. 그리고 입술에 입을 맞추었다.

"이 여우."

"으으음."

그녀가 신음 소리를 냈다. 그녀의 가슴을 그가 꽉 주물렀기 때문이었다. 그의 손에 차고도 넘치는 소라의 가슴이 요즘은 더 커진 느낌이 들었다. 그의 손이 소라의 아름다운 허리를 감쌌다.

"일어나."

"네, 주인님."

물에 젖은 앞치마가 그녀의 몸에 피부처럼 달라붙었다. 그 모습이 옷을 완전히 벗고 있는 것보다 더 야했다. 그는 그녀의 앞치마를 들고는 소라의 여성에 입을 맞추었다.

"아아앙."

그가 그녀의 물에 젖은 여성을 깊이 빨아들이자 소라가 신음했다. 그 모습에 자극을 받은 그가 그녀의 한쪽 다리를 욕조의 가장자리에 놓게 하고는 다리를 크게 벌렸다. 그리고는 마음껏 여성을 빨아들였다.

"아아아, 서 있기 힘들어요."

"안 돼, 벌이야."

"벌이요?"

"너무 날 자극한 벌이야."

"아아앙."

그렇게 말을 한 뒤에 그는 한동안 그녀의 여성을 자극했고 소라는 거의 실신 직전의 신음 소리를 내고 있었다.

"서 있기 힘들어요."

소라의 말을 들은 주영이 일어났다. 그리고는 소라에게 욕조를 잡고 엎드리게 했다.

"오늘 주인 말을 잘 들어야지?"

"네."

그리고는 그녀의 엉덩이를 어루만지기 시작했다. 오늘은 그녀의 이벤트 때문인지 그는 더 흥분하기 시작했다. 그리고는 그녀의 엉덩이를 잡고는 뒤에서 자신의 페니스를 그녀의 질 안으로 넣었다.

"아아악!"

그녀가 평소보다 더 발기한 그의 페니스를 받아들이기가 힘이 들었는지 소리를 질렀다.

"아파?"

"아뇨, 주인님."

퍽퍽퍽!

그가 아주 힘차게 그녀의 엉덩이 사이로 자신의 페니스를 박기 시작했다.

"아아아앙."

더 깊이 넣기 위해 그는 그녀의 허리를 잡았다. 이렇게 자극을 받기는 처음이었다.

"좋아."

"저도요."

빠르게 움직이던 그가 마지막으로 격하게 움직이며 그의 분신을 그녀의 몸으로 쏟아냈다. 그리고 그들은 욕조 아래로 쓰러졌다.

"오늘 아주 끝내줬어."

"당신이 좋았다고 하니 나도 좋아요."

"오늘 당신이 준비한 거에 대한 보상이야."

그가 잠깐 침실로 갔다가 돌아왔다. 그리고 그녀의 목에 다이아 목걸이를 걸어주었다.

"나한테 시집와 줘서 고마워."

"오늘 무슨 날도 아닌데……."

"당신이 있는 모든 날이 나에겐 기념일이야."

그녀가 그를 바라보며 웃었다.

"나도 그래요. 사랑해요."

"나도 사랑해."

그가 욕조 안에서 소라를 안았다. 그의 모든 사랑을 담아서 말이다. 그는 따뜻하게 그녀를 품에 안으며 결혼을 한 게 너무나 잘한 일이란 생각이 들었다.

자신을 낳아주신 어머니와 아버지의 일 때문에 그는 결혼에는 회의적이었다. 하지만 지금은 자신의 결혼생활에 너무나 만족했다. 그리고 앞으로도 만족할 수 있도록 노력할 것이다. 그가 사랑하는 소라를 위해서 말이다. 그 후에도 그들은 뜨거운 밤을 보냈다. 새로 태어날 2세가 그 밤에 찾아온지도 모르고 말이다.

서울호텔 로비에 도착한 소미는 투덜거리고 있었다. 언니가 선을 볼 때는 아침부터 마사지다 뭐다 해서 신경을 써주더니 그녀가 맞선을 보는 날에는 아무도 신경을 쓰지 않고 있었다.

하다못해 언니도 이상하게 선을 잘 보고 오라는 말도 하지 않았다.

"서운해."

오늘 그녀가 선을 보는 상대는 대도그룹의 아들이었다.

"이름이 차서진?"

어디서 들어본 이름이었는데 기억이 나지 않았다. 차가 너무 막혀서 시간이 거의 다 돼서야 호텔에 도착한 소미였다.

"그래, 대도그룹 아들이라는데 저녁이나 잘 얻어먹고 나오자."

그녀가 엘리베이터 앞에 서자 갑자기 엘리베이터가 작동을 하지 않았다. 그리고 직원이 내려와서는 수리하는 데 30분이 걸린다고 말했다.

레스토랑은 30층이고 그녀는 안 올라가고 싶었다.

"차서진 씨 우리는 인연이 아닌 걸로."

깨끗하게 돌아서려는데 이모한테 전화가 갔다.

"여보세요? 이모, 엘리베이터가……."

[뭐 하는 거야? 빨리 가지 않고 기다리고 계신다니까.]

"알았어요."

[빨리 가. 비상계단으로라도 말이야.]

이모는 마치 이 상황을 아는 사람같이 비상계단을 이용하라고 말해주기까지 했다.

"아이고 내 팔자야."

소미는 한숨을 한번 쉬고는 비상계단을 찾아 30층까지 오르기 시작했다.

"이건 선보는 게 아니라 극한 체험이야."

3층쯤 올라가서는 신고 있던 구두를 벗어들었다.

"그 사람이 내 발을 볼 것도 아니고."

"맞아."

그때 누군가 그녀의 뒤에서 말대꾸를 했다. 깜짝 놀란 소미가 아래를 쳐다봤다. 멀쑥하게 차려입은 남자가 위를 향해 올라오고 있었다. 전화 통화를 하나 보다 생각을 하며 그녀는 계속해서 계단을 올랐다.

"가지 말까?"

"사람이 시작을 했으면 끝을 봐야지."

분명히 이번엔 그녀에게 하는 말이었다.

"이봐요."

"……"

"왜 자꾸 말대답을 해요. 그쪽한테 이야기한 거 아니니까 그냥 지나치시죠?"

한 층 아래에 있던 남자가 그녀의 코앞에까지 왔다. 그리고 그녀의 턱 아래서 말했다.

"들리게 말을 하지 말던지."

그 싸가지였다.

"당신은? 그때 그……."

남자가 갑자기 그때와 마찬가지로 그녀의 허리를 잡아당겼다. 그리고 그녀의 입술을 삼켰다. 이번에도 다른 여자를 차기 위해 그녀를 이용하는 거라면 가만두지 않을 생각이었다. 소미가 그의 가슴을 힘껏 밀었지만 그는 밀려나지 않았다.

그 대신에 환상적인 테크닉으로 그녀의 입술 안으로 혀를 밀어 넣고 있었다. 그의 혀가 그녀의 잠자던 욕망을 일깨우고 있었다. 소미는 저도 모르게 남자의 목에 팔을 두르고 열렬히 반응을 했다.

열정적인 키스에서 그녀를 떼어놓은 건 그였다. 순간적으로 소미는 정신이 확 들어왔다.

"뭐 하는 거예요?"

"키스."

"왜 만날 때마다 이래요?"

"내 여자니까. 입술 정도는 확인해야 되지 않겠어?"

"뭐요? 내 여자?"

어이가 없는데 기분이 나쁘지는 않았다.

"연락을 하라고 준 명함이었어."

대도그룹, 차서진이라고 적힌 명함을 말하나 보다 그는 오늘 그녀가 진짜 차서진을 만나러 가는 길이란 걸 모르고 있었다.

"아, 그 명함?"

"그래, 대부분 남자가 명함을 주면 아주 이상하지 않으면 궁금해서라도 연락해 보지 않나?"

"제비의 경우는 제외죠."

"제비? 날 지금 그 카바레 제비라고 말하는 거야?"

"네."

소미는 묘하게 끌리는 남자를 뒤로하고 다시 걷기 시작했다. 이러고 있을 시간이 없었다.

"어딜 자꾸 올라가는 거야?"

"약속 있어요."

그가 소미의 손을 잡았다.

"그 약속이라면 올라갈 필요가 없어."

"왜요?"

그녀를 쳐다보는 남자와 눈이 마주쳤다. 참 눈동자가 짙은 남자였다. 그 안에 그녀가 선명하게 보이고 있었다. 솔직히 외모는 요즘의 여자들이 선호하는 얼굴이었다. 쌍꺼풀이 없는 커다란 눈에 오뚝한 콧날 그리고 도톰한 입술까지 아주 훌륭하게 생기긴 했다.

거기에 여자로서 큰 키인 그녀의 키에 전혀 눌리지 않는 기럭지까지.

"혹시 연예인 지망생?"

"뭐?"

"아니, 지난번에 연예인을 뻥 찬 것도 그렇고 옷에서 구두까지 다 명품이시고 제비가 확실한데……."

"지난번에 명함을 주지 않았나?"

"봤죠. 명함은 위조할 수 있어요."

그녀가 다시 앞을 보고 계단을 오르기 시작했다.

"지금 차서진 만나러 가는 길 아니야?"

소미가 걸음을 멈추었다. 그건 그가 당사자가 아니고서는 모르는 일이었다.

"어떻게 알았어요? 스토커예요?"

"아니."

그가 최고급 명품 지갑을 꺼내더니 자신의 주민등록증을 소미에게 보였다.

"차서진……."

그는 분명히 차서진이 맞았다. 대도그룹의 아들 차서진이 그녀 앞에 있었다. 층수를 보니 벌써 10층이었다.

"나한테 왜 이러는 거예요? 지난번에도 난 줄 알았어요?"

"아니, 그땐 몰랐어."

"그럼요?"

"그날 연락이 올 거라고 확신했어. 그런데 안 오더라고. 그러고 나선 후회했지. 쫓아갈걸."

이 사람이 무슨 이야기를 하는지 소미는 정신을 못 차리고 있었다.

"그런데 며칠 전에 어머니에게 선볼 상대의 사진을 받고는 이 여자가 내 여자다 생각했지."

"거짓말."

"내가 그렇게 한가해 보이나?"

"아니, 그건 아니지만……."

그가 그녀를 다시 자신의 품에 안았다.

"이렇게 내 몸에 꼭 맞는 여자는 처음이야."

"늘 이런 식으로 꼬셔요?"

"아니, 난 여자를 꼬신 적 없어, 다 자기들이 먼저 안달을 하니까."

그가 멍하게 있는 그녀의 어깨에 손을 올렸다. 그리고 그녀를 아래로 이끌었다.

"내가 마음에 드는 거예요?"

"아주."

"난 당신이 마음에 들지 않아요."

그녀는 마음에도 없는 소리를 했다.

"마음에 들 때까지 노력할게."

"언제 봤다고 자꾸 그래요?"

소미는 진짜 어이가 없었다. 하지만 이상하게 이 남자가 마음에 들었다. 재벌이라서가 아니라 왠지 자신의 짝이란 생각이 들었다.

"언제까지 이렇게 가요?"

그녀의 어깨 위의 손을 가리키며 소미가 물었다.

"평생."

하여튼 말은 잘했다. 소미는 어이없어하면서도 남자를 따라가고 있었다.

"우리 어디 가는데요?"

"이 근처에 아주 맛있는 스테이크 집이 있어."

그들은 아주 오래전에 만난 사람들처럼 아주 자연스럽게 호텔을 빠져나가고 있었다. 이들의 모습을 숨어서 보던 말숙이 엘리베이터 정비공들에게 신호를 보냈다. 그러자 그들은 아무 일도 없었다는 듯이 엘리베이터를 정상 운행했다.

"소라야, 고마워."

그녀는 소라에게 부탁을 해서 서울호텔의 엘리베이터를 잠시 멈추게 했다. 이번에도 아주 잘될 조짐이 보이고 있었다. 말숙은 소미와 서진을 바라보며 만족스런 미소를 지었다.

THE END